新装版

親指Pの修業時代　上

松浦理英子

kawade bunko

河出書房新社

目次

プロローグ　7
第1部　21
第2部　289
解説　親指ペニスの哀しみ　内藤千珠子　360

親指Pの修業時代 上

PROLOGUE

★

プロローグ

真野一実は、私の友人と言うほどの行来はない知人の親友だった。間接的な知り合いに過ぎないからほんの二三度しか同席したことはない。しかも最後に会ったのはもう二年も前になるので、いざ対面してみるまで彼女の顔をよく思い出せなかったのも無理はなかった。

一月ほど前、一実が彼女の親友であり私の知人である彩沢遙子の訃報を告げる電話をかけて来た時も、どうしても顔を思い浮かべることはできなかったが、今朝相談があるので訪問したい旨の電話を受けた時も同様で、一時間後に彼女が訪ねて来るまでにせめて面影くらいは思い出しておこうと試みたのだけれども、ゆうべ遅くまで起きていてまだ蒲団の中にいた私は、努力半ばで再び寝入ってしまったのである。

玄関のドアが続けざまにノックされる音で眼を覚ました私は、一時間前に取り交わした約束に思い当たって、慌てて玄関に飛んで行った。ドアをあけ、遠慮がちな様子で立っている一実と向かい合った瞬間、あれほど苦労しても思い出せなかった彼女の顔が既視感を伴って記憶の底から甦って来て、眼の前の顔と正確に重なった。

「お久しぶりです。」

真野一実は一礼すると、はにかんだ微笑を浮かべた。そうだ、この心持ちふっくらとした頬や反り返った下睫、口の小ささのわりには意外に豊かで美しい曲線を描く唇の持主こそ、いつも控え目な様子で彩沢遙子の隣にいた真野一実であった。一見すれば世間で「可愛い」とされる顔立ちであるが、よくよく眺めると眼鼻の位置関係の均衡が微妙で、泣き出す寸前の子供に似た、悲しさとおかしさの漂う風貌である。私は会うたびに、「面白い顔の子」だとひそかに感じていたのだった。

私は大急ぎで蒲団をかたづけた部屋に一実を招き入れた。もちろん一実が私のフラットに足を踏み入れるのは初めてである。炬燵に落ちついた一実は、物珍しげに六畳の室内を眺めまわした。

「ワープロもファクシミリもありませんね。何だか小説家の部屋らしくないですね。」

「平均的日本人の部屋らしくない、と言ってほしいですね。ビデオ・デッキもCDプレイヤーもないんだから。」

「貧乏なんですか？　遙子がよく首をかしげていましたよ、Mさんはどうして仕事をしないんだろうって。」

私は話題を変えようとした。

「彩沢さんの四十九日はすんだのだった？」

「ええ、三日前に。」一実は悲しそうな表情になった。「遺体の発見者になんてなるものじゃないですね。三日前まで、毎晩のように夢を見ましたよ。お話ししましたっけ？　遙子は普段の派手好みに似合わない、どこかのお嬢さんが着るような清楚な白いドレスを着て死んでいたんです。ところが、首に巻きついていたのはドレスに似合わない荒縄でしょう？　あんまり異様で、眼をそむけたいのにそむけられませんでした。」

遙子は二ＬＤＫのマンションの浴室のドア・ノブに結びつけた縄で首を吊って死んだのだった。享年二十二歳。髪をきれいに結い上げ薄化粧も施していたと言う。

「前の晩、うちに電話して来たんですよ。自分の車を出先に置いて来たから、明日の朝私の車で出社したいって。だから迎えに行ったら、あんなことになってて——。死ぬつもりならなぜ迎えに来いなんて言ったんでしょう？」

「あなたに見つけてほしかったからに決まってるじゃない。」

「そうでしょうか？」

問い返す一実の無邪気なのか鈍感なのか判断しがたい調子には憶えがあった。二年前、自分の会社を起こした遙子が片腕として会社に入る一実を伴って現われた日も、遙子が席をはずした際に一実は、「私なんて簿記ができるわけでもないし、何の役にも立たないのに、なぜ遙子が会社に誘うのかわからないんです」と私に囁きかけたものだった。「あなたを信頼しているからに決まってるじゃない」と言うと、今日と同じ調子で「そんなものでしょうか？」と呟いた。

遙子の方は一実と対照的に物事を裏の裏まで読む傾向があり、なおかつその読みかたは多分に厭世的だった。彼女が考案した事業のコンセプトにも、シニカルな人間観が滲み出していた。あの日、遙子は彼女にしては熱っぽい口調で、私に会社の事業内容を説いた。

「一種の風俗産業なんですけど、性を売るんじゃないんです。愛情を売るんです。」

「あれは売買できるものだったかしら？」

「概ねできますよ。もちろん金で買えない愛もありますが。近頃の若い女たちは、玄人女さながらに金持ち男が大好きですからね。」

「まあ一般にはそう言われているけど。」

「でも、ご存じですか？　金持ち好きの女たちは、必ずしも打算ずくで金持ち男とつき合っているわけではないんですよ。冷静に相手の男を観察し計算して男を操り捕まえようとしている者ばかりじゃないんです。」

「と言うと？」

「打算からではない、おいしい物を食べさせてくれたり高価なプレゼントをくれるからではない、そういう得をする面とは関係なく、自分は純粋に彼を愛しているのだ、と思い込んでいる子たちが案外いるんですよ。思い込んでいる、とあえて言うのはつまり、恋人の羽振りがいい時には優シイ彼ヲ愛シテイルワと繰り返しておきながら、同じ相手がエリート街道からドロップ・アウトしたり不治の病を患ったり金持ちの親が破産したりすると、途端に掌を返して、愛シテイルト思ッテイタケド錯覚ダッタワと平然と言い放ち、あっさりと別れてしまう子がとても多いからです。そして、次の男を見つけると今度コソ本物ノ恋ダワと言う。」

「ありがちですね。」

「そんな女の子たちを身近に見て私は、非難するよりもむしろ、錯覚や思い込みだとしても、利益と引き換えに胸の内に愛情らしき情熱を生み出せる彼女たちの能力に、感嘆せずにいられませんでした。この能力は使えるのではないか、そう考えた時に今回の事業のヒントが摑めたんです。」

「確かに、利益と引き換えでなくても、疑似恋愛感情ならわりに簡単に芽生えるもののようですね。無闇に恋をしたがるロマンティストも多いし。」

「ええ。そこで私は考えました。もしもあるタイプの女たちに、自己暗示によって愛情もしくは愛情に酷似した感情を抱く能力が備わっているとしたら、この能力を開発して、意志的に自己暗示をかけ任意の相手に愛情を寄せるように自分を仕向けることも可能なのではないか。もちろん、好みと言うか許容限度はあって、どうしても好きになれない男も稀にはいるだろうけれど、まずたいていは相手がどんな容貌でもどんな性格でも愛することができるのではないか、と。」

「愛しているつもりになれる、でしょ。あなたの主旨からすると。」

「そうです。ともかくも、本心は利益が目当てであっても、意識の表面ではつき合っている相手を純粋に愛しているつもりになれる女ならば、さらに能力を増大させれば、不粋に契約を結び金銭の受け渡しを行なっても、契約を結んだからではない、お金をもらっているからではない、そんなこととは無関係に、私は彼が好きだからおつき合いしているのだ、と思い込んでも不思議はないというものです。」

「理論的にはね。」

「会社では、まず女の子を集めて自己催眠の訓練をさせます。たとえ背が低くて禿げ頭で脂ぎっていて毛深くて、話題と言えば自慢話と猥談ばかりの男でも、爪の形が可愛いとか丸めた背中が頼りなげだとか積極的に憎めない部分を見つけて、ほんの少し湧いた好意を拡大して愛情めいた思いを抱けるようにするんです。肝心なのは、上手に愛しているふりをすることではなく、上手に自分を仮想恋愛の状態に持って行くこと。この点が、かつての愛人斡旋業と違うところですね。」

「限りなく本物に近い愛情を売るってわけね。」

「決して管理売春じゃないんです。愛情を求めてやって来る男たちに、愛情を与える準備のできた女の子を紹介するだけですから。あくまでも女の子と客の間に恋愛めいた結びつきを発生させる手助けをするのが目的で、女の子を紹介した後は、肉体交渉が行なわれようが行なわれまいが、疑似恋愛が本物の恋愛に発展して結婚に至ろうが、当方はいっさい関知しません。結婚相手を紹介する会員制サークルがあるでしょう。あれと愛人斡旋業の中間的なシステムですね。ただし、結婚や肉体交渉ではなく恋愛を目的としているのが新しいんです。」

一生懸命に話す遙子に何度も頷いた後、私は疑問を口にした。

「だけど、わざわざ恋愛をしてやろうとはりきってやって来る男がいるかしら？　かりにいたとしても、そんな風な疑似恋愛で満足するものかしら？」

遙子は自信たっぷりに答えた。

「Mさん、世間の男女がしたがっているのは、しち面倒臭くなく傷つかない恋、手軽で心地よい恋、重荷にならない恋なんですよ。辛いこともあれば邪魔になることもある本物の恋なんか誰も求めてやしません。恋愛の甘い部分だけがほしいんです。そんな人々のニーズに応える機関をつくったんです。」

訊きたいことはもう一つあった。

「あなたも客とつき合うの？」

「いいえ、私は経営するだけです。」

「なぜやらないの？」

「それは――」初めて遙子はことばを濁した。「やりたくないですよ。」

「だからどうして？」

「私自身は恋愛めいたことは得意じゃないですから。」

「でも、あなた自身は何が目的でそういう仕事を始めるの？」

「目的なんて別にありません。思いついただけです。今のところ他にやりたいこともないですしね。」

妙に力なくそう答えた時の遙子が見せた陰性の笑いを忘れることができない。あの若い娘には傲慢さとともにどこか痛々しさもつきまとっていた。

一実は遙子と私の会話にはほとんど口を挟まず、時折友人のことば遣いに笑い声をたてるだけだった。私の見るところ、二人は親友同士と言っても考えかたや感じかたを同じくする気の合ったコンビではなく、遙子の一実への思い入れと一実の無垢な受容性によって成り立つ仲であった。遙子が一実のような人間と一緒にいると安らいだ気持ちになれるのはよくわかるが、一実に遙子の感受性が理解できるわけではないから、長い間には傷つくことも多かったのではないだろうか。

一実は鳩麦茶を一口啜って溜息をついた。

「自分の死体をいちばんに見つけてほしいと思うような友達がいるなら、私だったら自殺したりしませんけどね。」

「自殺しそうな気配はなかったの？」

「なかった、と思います。遙子はずっと明るかったし。いくらか口数は少なくなっていたけど、私たちは週に六日会ってて、あまり話題もありませんでしたからね。——ただ、私は鈍感だから彼女の変化に気がつかなかったのかも知れない。遙子によく、あんたは鈍いって言われてたんですよ。」

私は思わず言ってしまった。

「やっぱり？」

「やっぱりって——」一実は眼を丸くした。「Mさんも私は鈍いと思いますか？」

「まあ——」笑いをこらえながら私は答える。「あなたは素直でとてもいい子だけど、物事に敏感な方ではないみたいよ。」

「そうですか。」

彩沢遙子の設立した恋愛供給会社〈LOVERSHIP〉は成功した。マスコミはこぞって

〈LOVERSHIP〉を採り上げ、二十歳の娘の考案した奇妙な商売は広く知れ渡った。事業内容ばかりでなく会社の設立者にも関心が持たれるのは当然で、「新風俗の仕掛人は才色兼備の二十歳」といった類のありふれた見出しの取材記事が週刊誌等に氾濫したが、掲載された写真に写っていたのは遙子とは似ても似つかぬ娘であり、名前も「卯月美沙」となっていた。賢明にも遙子はダミーを用意していたのである。

〈LOVERSHIP〉は順調に拡大発展し続けたようだ。事務所は中級アパートから乃木坂のマンションに移転した。ライバル会社もいくつか発足した。〈LOVERSHIP〉に登録した女の子の何人かは顧客の男性とめでたく祝言を挙げ、結婚式の模様は午後のワイドショー番組で放映された。ヌード写真を発表しタレントに転身した子もいる。話題には事欠かなかった。

しかし、遙子自身ははしゃいではいなかった。半年ほど前、電話で話した際の彼女の声は実に暗かった。

「今度、料理等を教えるカルチャー・スクールを併設するんです。」

「登録している女の子たちに習わせるの？」

「それと、一般の女の子たちも集めて、その中から新しく会員をスカウトするんですね。」

「がんばってるのね。」

「もうやけくそみたいなものですよ。面白くもない。」

「どうして？」

「マスコミも含めて、うちに集まって来る男女を眺めていると、人間が嫌いになるんです。やっぱり私は人間の悲しさや滑稽さを愛せないみたいです。特に女が嫌ですね。何の志もなければ自分の手で人生を切り拓いて行こうという積極性もない――」

「やめちゃえば？」

「そうですねえ。」

私がやめろと言ったのは会社のことだったが、彼女は生きるのをやめてしまった。

遙子の暗い声を耳にしていたことは話さず、一実に尋ねる。

「〈LOVERSHIP〉はどうなるの？」

「ある企業が買い取りました。私も、もう疲れ果てましたよ。」

沈黙を挟んで、再び一実は口を開いた。

「私、遙子に呪われているような気がします。」

「何でまた？」

「あの子の考えていることに、あまりに無頓着だったから。もっとわかってあげるべきでした。」

「わかってもらえようがもらえまいが、彼女はあなたを好きだったでしょう。」

「だったら、どうして私に死んだ姿を見せつけたんでしょうか？」

思いがけない一実の強い語調に、私は少々たじろいだ。

「嫌がらせだと思うの？」

「そうは思いたくないですけど。」

「推測だけど——」私は慎重にことばを選んだ。「死にざまを見せつけることで、あなたと強く結びつきたかったんじゃないの？」

「結びついてましたよ、とうの昔から。」

「もっと強く、よ。体に刻み込むような具合に。」

一実はわからないという顔をした。私も強いて納得させようとはしなかった。

「で、相談っていうのは何なの？」

「あ、そうでした。」一実は姿勢を正した。「一昨日、夢を見たんです。」

「彩沢さんの？」

「いえ、遥子は出て来ないんです。」一呼吸置いて、明確な発音で一息に一実は言った。「右足の親指がペニスになったんです。」

私は一実の顔を見直した。

「何がペニスになったって？」

「右足の親指が、ですよ。」

恋愛供給会社だのペニスになる足の指だの、いったいどうなっているのだろう、と思って私は笑い出した。一実は私につられて片頬で微笑むと、詳しく話し始めた。

「短い夢で、全然ドラマティックではないんですけどね。ふと気がつくと、右の足の親指がペニスになってるんです。夢の中だから、驚きもしなければ、こんな馬鹿な、と疑いもしないんですよ。ああ、私にペニスがある、とそのまま受け入れて感動しましたね。人のペニスなら珍しくもないけれど、自分のだと新鮮でしょう？　感動と同時に、しめたんです。女にとっては永遠に神秘的な快楽、味わってみたくても味わえない、想像をめぐらせているしかなかった男性器の快楽を、今経験することができるんですから。現実ならば、困ったことになった、と悩みもするでしょうけど、夢の中の私は困ったなんてちっとも感じなくって、しめた！　と思うと即座に親指ペニスを摑んでこすり出したんです。」

私は炬燵を叩いて笑った。一実の話は続く。

「夢の中でも感覚ってあるんですねえ。摑んだだけで親指ペニスは、何と言うか、いいんですよ。くすぐったいような震えるような、甘い感じが起こるんです。こすり始めると親指は膨張して、だんだん快感が昂まって行って、クライマックスの予感に胸もときめいた、それなのに——」一実は声を落とした。「予感よりも早くクライマックスが来たんです。しかも期待したほどでもなくて、快感が急速に拡がりかけ熱がいちどきに放射されるかと思った途端、すうっとわが親指ペニスは萎えたじゃありませんか。もう私はがっかりして、何だ、男の快楽ってこの程度のものなの、と呟かずにはいられませんでしたよ。そこで眼が覚めたんです。」

いつの間にか私は真剣に聞き入っていた。「摑んだだけで、何と言うか、いいんですよ」と言った時の一実の声と表情が、まさに性的経験の歓びをいとおしく思い起こす者のそれだったせいか、話が生々しく伝わって来たのである。聞きながら、私自身の右足の親指が膨張し震えたような感じがあった。ペニスであるはずのない足の指に力を込めてみる。荒唐無稽で愉快な夢と笑い飛ばす前に、私は一実の夢を忠実に追体験してしまったのだ。

もぞもぞと足を動かす私に、一実が訝しげな眼を向けた。

「どうかしましたか？」

別に、と答えようとした矢先、一実は急にほがらかな声を上げた。

「もしかしてMさん、親指ペニスがあるんじゃないでしょうね？」

「まさか。」私は苦笑した。「でも、そんな夢を見た後心配にならない？　本当に右足の爪先にペニスができてるんじゃないかって。」

「心配ですとも。」一実は自分の足先に手を伸ばす。「その夢を見て以来、絶えず気にかかるんです。正夢だったらどうしよう、と思って。やっぱり現実にペニスができると面倒ですからね。一日に何度も靴下を脱いで確かめたくなるんです。今朝も起きると真先に足を見ました。」

一実の手が足の甲の上を滑る。

「たった今も、靴下を脱いでみたくってたまらないんです。」

靴下の口にかけられた指が迷う様子で動いた。

「Mさん、ちょっと見てくれませんか？」

黒い靴下を履いた足が炬燵蒲団をはね上げて、私の前に投げ出された。言うまでもなく、私には人の靴下を脱がせる趣味はない。

「本当に？」

「早く見てください。」

断固とした言いかたに負け、私は不本意ながら両手の人差指を一実の靴下の口に引っかけた。

一気に引っぱると靴下はすっぽり抜けた。

露わになった足先を見て私は眼を瞠った。

真野一実の右足の親指はペニスそのものであった。

第1部

CHAPTER 1

私の親指ペニスと対面したMは、一瞬瞼を震わせはしたが息を呑むでもなく叫ぶでもなく、手に靴下をぶら下げたまま眼の前の物に見入った。

第一関節から先が際立って肥大し、マッシュルームそっくりの輪郭になった親指。私自身もまだこの指の変わりように馴れていない。他の指とははっきり違った赤味の強い色も、毛孔や指紋が眼につかないほどすべすべになった皮膚表面も、靴下を脱ぐたびに異様と感じる。いちばんひどく変形したのは爪だろう。平べったかったのが直径一センチくらいの半球の形に盛り上がり、マッシュルームの先端寄りの所で真珠に似た光を放っている。向かい側のMには、トランプのハートのマークを逆さにしたような指の腹のフォルムが見て取れるはずだ。

Mは私の靴下を脇に置き、腕を組んだ。

「なるほど、これは——あれですね。」

低く抑えた声に熱が込もっている。不可解な現象に出喰わした昂奮を隠しきれない様子である。

私は苦笑した。この親指を誰かに見てもらおうと決めた時いちばんにMの名が浮かんだのは、彼女なら動転して騒ぎたてたり赤面して顔をそむけたりことばを失って深刻に頭をかかえたりといった、こちらを気疲れさせる大仰な反応を顕わしはしないだろう、と予測したからだが間違っていなかった。

　Mは私の足を角度を変えて観察しながら言う。

「よくよく見ると、あれと完全には同じじゃないのね。包皮も排泄孔もない。爪の痕跡があるし。だけど、よく似てるわねえ。Pに。」

「ピー？」

「あ、ペニスのこと。頭文字で言う方がいいでしょう？」

　何となく調子が狂って相槌を打ちそこねたが、Mの表情は真面目である。

「二三質問してもいい？」

「どうぞ。」

「これは、くしゃみか何かをした拍子に薔薇の花に変わったりしない？」

「変わりません。」

「満月の光を浴びるとこうなる、というわけでもないの？」

「月の周期とは関係ないみたいですね。」

「整形医のお世話になったのでもないのね？」

「わざわざこんなところにこんな物をこしらえたがる人なんか、真性の変態の中にもいないでしょうよ。」

「そうねえ。」Mは考え深げに唇を嚙んだ。「でも、いくらPに似ていても、足の指に本物のP

ができるはずはないわよね。これはいったい何なのかしら？」

言いながらMは手を伸ばし、親指ペニスの付根から先端にかけて撫で上げるように指先を滑らせた。

悪戯心や猥褻な好奇心からの行為ではないと信じたい。Mは何の気なしに、疑問を動作で表現しただけなのだと思う。だが、彼女の指先の動きは柔らかで繊細であり過ぎた。甘い刺戟を受けた親指ペニスに、心臓の鼓動に合わせて温かい血が流れ込み始めた。私は投げ出していた足を引っ込め、両手で爪先を覆った。

Mはぽかんとして私を見つめた。

「どうしたの？」

どうしたもこうしたもなかった。私のペニスは掌を突き上げていた。

「もしかして、それは勃起するの？」

「言ったじゃないですか。」

「じゃあ、夢の話の通りなの？　それは生まれつきあったんじゃなくって、ある日突然できたの？　生理的にもPと同じに反応するの？」

返事どころではなく、私は必死で膨張した物を押さえつけていた。元の二倍以上の長さになった親指は、押さえつけられるのを嫌ってあっちへこっちへと反り返る。力ずくで縮めようと指で締めるとますます勢いを増し、さらなる刺戟を求めて熱くなる。困ったことに、親指ペニスの要求は私自身の要求でもあった。私は今すぐペニスを満足させたかった。しかし、まさか人前でそんな振舞いに出るわけには行かない。思慮のないMの行為が恨めしかった。

Mが私の手頸を摑み足先から引き離した。変わり果てた姿の親指が空気に曝された。恥しさの余り私は横を向いた。

「あなたのせいですよ。」

「私の？」Mは戸惑った顔で訊き返した。「だって、ちょっと触っただけじゃない。」

「これはMさんが好きなんでしょう。」

「つまり、これはまだ刺戟に馴れていなくて感じやすいのね。」

私の嫌味に動じることもなく言うと、Mは慈悲深い医師のような眼差しを親指ペニスに注いだ。

「どうしたらいいの、こういう時は？　水をかけて冷やす？」

肩から力が抜けた。

「人のことだと思って、ふざけているんでしょう？」

私の声はほとんど泣き声であった。さっきMは私を鈍感だと言ったが、M自身だって随分鈍感ではないか。

「ふざけてなんかいないわよ。」

Mは立ち上がると、台所から濡らしたタオルを持って来た。私は受け取って足の先に巻きつけた。三月の水道の水は充分に冷たく、背筋が震えた。親指の血管が収縮するのがわかった。

「ごめんなさい。」

Mがきちんと膝頭を揃えて頭を下げた。私はMを許すことにした。濡れタオルをはずしてみると、親指ペニスの方も落ちつきを取り戻しつつある。唇から安堵の息が洩れた。

改めてMが尋ねた。

「いつからそうなったの?」

「一昨日から。」

一昨日の夕刻だった、Mに話した夢を見たのは。前日が遙子の四十九日で、夜床につくとまたいろいろと彼女のことを考えてしまったし、それでなくても連日彼女の死に姿が夢に現われるので眠るのが少し怖くもあったし、ろくに睡眠をとっていなかったため、昼を過ぎてから急激に眠気が差したのである。

三時間ほどの昼寝であったが、眼覚めの気分は悪くなかった。近頃になく体が隅々まで温まり手脚には力が漲っていて、遙子が死んで以来溜っていた疲れがいくらかとれたような気さえした。さっとベッドから出て久しぶりに自分で夕食でもつくってみようか、とも思ったが、すぐには動き出せなかったのは、見たばかりの夢の後味が濃厚に残り、右足の親指が心地よく疼いていたためである。

くだらなくも楽しい夢を見たものだ。足の親指がペニスになり変わるとは。ペニスの感覚に常々関心がなかったわけではないけれども、ペニスがほしいとか男になってみたいとか切実に願ったことなどないのに、どうしてあんな夢を見たのだろう。

考えるよりも親指の疼きの名残りに誘われ、私は夢を反芻した。足の先にペニスを見た瞬間の心のはずみ。一も二もなく手を伸ばして摑んだ時の快さ。手の動きとともに昂まって行ったときめき。夢とは言えいい思いを味わえたのはよかった。オルガスムスが貧弱だったのが残念だが、あれは私がペニスのオルガスムスを完全には想像しきれなかったせいなのか。しかし、眼の覚めた状態でペニスの快楽に思いをめぐらせれば、格段に鮮やかなオルガスムスを想像できる。意識的に、自分自身が経験可能なオルガスムスと置き換えて想像をめぐらせるからだ。夢の中ではペニスがあったのが足の先だったせいで、置き換えがうまく行かなかったのかも知れない。全く残念である。もう一度同じ夢を見られるなら、きっとオルガスムスまで完璧に夢見てみせるのだが。

次に私は、今見た夢を誰かに話して聞かせたくなった。品の悪い夢と眉をひそめたりせず、興味を持って耳を傾けてくれ、笑いながら語り合える誰かに。そこで、遙子の顔が思い出された。途端に浮き立っていた心が沈んだ。私にはもう何でも話を聞いてくれる誰よりも気心の知れた友達はいないのだ。あんなに優しい友達はこの先何十年生きても見つけられはしないだろう。もっとも、遙子は誰もが口を揃えて優しいと言う人間ではなかった。彼女の欠点は人の好き嫌いが激し過ぎるところで、私は内心、他の連中にももっと親切にすればいいのに、と感じていたものだ。とは言え、私にとっては本当にありがたい面白い友達だった。

いつだったか、女ばかりの席で一人が「一日だけ男に変われたら何をするか」という話題を出したら、遙子が即座に「去勢する！」と答えたのを憶えている。誰かが「ナルシシズムの極致ね」と評すると、遙子は「ロマンティシズムの極致と言ってほしいわね」と応じた。遙子なら、足の親指がペニスになるという夢をどんな風に解釈するだろうか。いや、それよりも、そんな夢は私ではなくて遙子こそ見そうな夢ではないか。

そう言えば、今しがたの昼寝では遙子の出て来る夢を見なかった——と気づくと同時に、ある予感に突き動かされて、私は掛蒲団をはねのけた。右足の親指に現実に異変が起きているのを知ったのは、この時である。

もちろん驚いたし、信じられなかった。ひとことで言い表わせるような感情は湧かず、不安やら好奇心やらが胸に渦巻いて、しばらくベッドの上で呆然としていた。じきに枕元の灯をつけることを思いつき、十五ワットの光のもとで眼を凝らして確かめたが、やはり見間違いではない。手で触ってみる気にはなかなかなれなかった。突然身に降りかかった珍奇な現象を信じたくなかったからではない。手で触れて親指ペニスに通う感覚を呼び醒ましたら最後、能天気に面白がるだけではすまない道に踏み込んでしまうことになると思えたのだ。

しかし、気味が悪いとも美しいとも評しがたい親指ペニスのフォルムは私を誘惑した。やがて私は息を殺し、そろそろと足先に向かって手を伸ばした。

親指ペニスに届く寸前であった手が止まったのは、電話の呼び出し音のおかげである。注意を逸らせることができれば幸いと、側転して床の上の電話を取った。

「いたの？　俺だよ。」

正夫の声は懐しく耳に響いたが、目下の動揺が鎮まるはずはない。

「今からそっちへ行ってもいいかな？」

よりによってこんな時に、と私は慌てた。平生正夫は私の部屋に来るよりも私が彼の部屋へ行く方を好む。来たがるのは珍しかった。

「何かあったの？」

「いや、大したことじゃないんだけど、晴彦の奴がうちに来そうなんだ。さっき電話をよこしてさ、会いたいって言うんだよ。君が一緒だからだめだって嘘をついたんだけど、かまわないって言うんだから大した心臓だよ。だめだと言ったらだめだ、と怒鳴って切ってやったんだけど、あいつのことだから押しかけて来かねないだろう？」

　晴彦というのは正夫の大学の仲間の一人である。入学以来一緒にアルバイトをしたり旅行に行ったりするつき合いだったのだが、三箇月ほど前にある仲間から恋人を奪ったのが元で、卒業を目前にしてのけ者にされている。私も会ったことがあるが変わった男で、正夫がちょっと座から離れた際に、いきなり私の方に体を傾けて、「俺は人の彼女を奪《と》るのが趣味なんだ」と告白した。「どうしてそんな趣味を持つようになったんですか？」「理屈じゃない、体質みたいなものさ」「内分泌に原因があるんでしょうか」というような遣り取りを交わしたが、正夫の恋人である私には手を出して来なかった。

　正夫の話は続く。

「だから、できればここは留守にしておきたいんだ。しばらくぶりだから君にも会いたいし。——おまえ、声がおかしくないか？」

「そう？」確かに私の声は上ずっていた。「妙な夢を見たものだから。」

「話しかたもいつもと違うぞ。誰かそこに来てるの？」

「愛してると言ってみろ。」

「本当に？」正夫は気配を探るように沈黙すると、やおら真剣な声を送って来た。「愛してると言ってみろ。」

さすがに私は笑い出さずにいられなかった。正夫は心配性なのだ。私が遙子の〈LOVER-SHIP〉に協力するようになってからは彼と会う回数が減ったので浮気の心配をするのも無理はないとも言えるが、以前にも、晴彦と私の間に何かあったのではないかと問い詰めたことがある。一年半ほど前だったろうか。「晴彦はおまえを口説いたと言っていたぞ」と迫るのである。事実無根だが、納得させるのに苦労した。

「笑ってごまかすな。」正夫は昂ぶっている。「笑いかたも不自然だ。」

すぐに笑いやまなかったのは私も平常の精神状態ではなかったせいだが、よけいに疑いを深めたらしい正夫はさらにとんでもないことを言い出した。

「まさか、晴彦が行ってるんじゃないだろうな？」

これには私も真剣になった。

「まだそんなこと疑ってるの？」

「疑いはしていないけど。」正夫の調子は少し弱まった。「誓って誰もいないんだな？」

「私が一度だって他の男の方を向いたことがある？」

「ないよな。君は男好きの淫乱女じゃないものね。」

「そうよ。」

「悪かった。俺も男は嫌いだ。」

今度は穏やかに笑うことができた。

「で、今から行ってもいい？」

「あ、今日は遠慮して。」私の声は再び上ずった。「体調が悪いのよ。」

「そうか。」正夫は素直に言った。「じゃあ、明日か明後日？」

「明後日、行くわ。」

「わかった。」

電話は切れた。

腹這いになっていた私は起き直った。正夫は私にペニスができたのを知ったらどんな顔をするだろう。女でなくなったのではないから気にしないかも知れないが、眼障りではあるだろう。見られないですめばいいのだが、そうは行くまい。何しろ正夫とは、今春私が〈LOVER-SHIP〉にかかわっていた間休学していた大学に戻って、二年後めでたく卒業できたら、結婚する約束になっている。一生隠し通せるものではないし、隠し通したとしてもそれに伴うストレスはたいへんな強さだろう。明後日打ち明けるしかない。

けれども、明日になって親指が元に戻っていたら。もう一度ぐっすり眠ったら、この幻も消えてしまうのだとしたら。今夜中に親指ペニスを充分に観察研究しておかなければもったいない。

結論が出ると、私は勢い込んで足先に手を伸ばした——。

「でも、二晩たっても親指は元に戻らなかったのね？」

Mのことばに私は頷いた。

「病院には？」

「何しに行くんですか？　行ってどうにかなりますか？」

「ならないでしょうね。私があなたの立場だったら、やっぱり行かないわね。」

「せいぜい医者のモルモットになるくらいでしょう。」

「じゃあ、昨日は何をしていたの？」

「ずっと家にいました。」

答え終わらないうちに、つい笑いが浮かんだ。Mも察したという風に微笑んだ。

「機能はどうなの？」

「完全だと思います。夢と違って——」何やら恥しくなって、言い澱む。「まあ、本当に男性の性感と同じかどうかは確かめようがないですけどね。」

「生殖能力はないわよね。」

「何も排出しませんからね。」

「すると、本当に快楽を感じるだけの器官なのね。」

あからさまに言われてみると、頬が熱くなった。恥しさをこらえて言う。

「全く、世のため人のためになる道具じゃありませんよね。」

「人のためにはなるんじゃない？　勃起力も充分だったみたいだし。」

Mの言ったことが私は理解できなかった。

「人のためって、いったいどんな風に？」

私の問を理解できない、という表情でMは私を見た。ややあって、唇を弛めて説明する。

「つまり、自分一人の愉しみのためだけじゃなくて、人にも快楽を与えられるでしょう？」

「だけど、いったいどんな人がこんな物に快楽を授けてほしいと望むんです？」

Mは困ったような、また憐れむような顔つきになった。

「世の中にはいろいろな人がいて、いろいろなことがあるじゃない？」

「変態のことですか？　でも私は変態じゃないし、私の婚約者もノーマルだから、人のためになんて使い途《みち》はないですよ。」

ますます困惑の色を深めたMは溜息をついた。

「なぜあなたみたいな人に、そんなことが起こったのかしら？」

「それこそ私の知りたいことです。」次いで私は、最も尋ねてみたかったことを口にした。「さっき私は、遙子に呪われているような気がするって言いましたよね？」

鳩麦茶に口をつけようとしていたMは、湯呑を手にしたまま向き直った。

「こうなったのは四十九日の翌日なんです。」

Mは湯呑を下に置いて、私を見つめた。

「呪われてるなんて、心当たりがあるの？」

「私自身は思い当たりませんけどね。遙子の方は私に対して何か感じていたかも知れないじゃないですか。とにかく私は鈍いらしいから。」

「オカルトには詳しくないけれど。」Mは視線を逸らせた。「かりに今回のことが彩沢さんと関係があるとして、どうして呪いだと思うの？　あの世からの贈り物とも考えられるんじゃない？　呪いにしては中途半端じゃないの。」

「だから、中途半端な、大して意味もないように見える謎をかけて、私を戸惑わせて、馬鹿だ鈍感だと罵っているような気がするんですよ。」

昨日一日中私は考えていたのだ。遙子は私に優しかったけれども、私の方はどうだったか。私は遙子に対して何一つ役に立つことをしてあげなかったのではないか。役に立つ余地がなかったとも言える。遙子は私に悩みを相談したり、考えごとを打ち明けたりしなかった。尋ねれば一部は話すが、あるところまで来ると、ここから先は話してもしかたがないと言わんばかりに打ち切ってしまう。正直私は私と一緒でない時に彼女が何を考え何をしていたのかよく知らない。彼女は私に正夫という恋人がいるのを知っていたが、私は彼女に恋人がいたかどうかも聞かされてはいないのである。

そう考えるのは辛いことだが、私は遙子のいい友達ではなかったのかも知れない。遙子は私を、誰とでも仲よくできる人間だと言っていた。実際は、遙子ほど人の選り好みはしないにせよ、私にだって嫌いな人間はたくさんいるのだけれども、遙子が言いたかったのは、彼女とのつき合いにしても私はたまたま仲よくなるきっかけがあったから仲よくしているだけで、わざわざ彼女を選んで友達になったのではない、ということらしい。確かに私は、彼女に限らず自分から友達を選んだ経験がない。第一、友達を選ぶ基準がわからない。

多分、私は自分で思っている以上にいろいろなことがわかっていないのだ。それが鈍感ということなのだろう。だから、少なくとも私よりは物事を見通せるであろう人に判断を仰ぎたいのだ。遙子は私を憎んでいたのだろうか。

Mは長い間考え込んでいた。彼女なりの見解は明確なのだろうが、どういう風に私に伝えるか思案していたのに違いない。その程度のことなら私にも見当がつく。

Mがようやく重い口を開いた。

「彩沢さんがあなたを呪うとは考えられないわ。だって、馬鹿だ鈍感だくらいのことは生前から遠慮なく言ってたんでしょう？」

「ええ。」

「今回のことは彩沢さんのあなたへの何らかのメッセージなのかも知れないけど、今すぐメッセージを解読しなくてもいいんじゃない？　事が起こってからまだ三日目だし、こうなったのがあなたにとっていいことなのか悪いことなのかはっきりするのもこれから先だろうし。当面は面白がってれば？」

私は頷いた。Mが何かを言わないですまそうとしているのは感じられたが、強いて問い質すのも気が重かった。

脱ぎっ放しだった靴下を拾い上げて履こうとした時、Mが声をかけた。

「私からも訊きたいことがあるんだけど。」

「何ですか？」

しばしのためらいの後、Mは思いきった調子で問を放った。

「もし今彩沢さんが生きていて、あなたのその親指ペニスを彼女に対して使ってくれと頼んだらどうする？」


改札口の向こうに正夫の姿が見えた。見馴れた顔に出会うとほっとする、と言うほどではないが、帰るべき所に帰って来たような安らぎを覚える。知り合ったばかりの人とのお互いに関する情報交換の楽しみよりも、充分に馴染みになった人と会って覚える安らぎの方が私は好きだ。だから、人とはできるだけ長くつき合いたい。小宮正夫とももう三年以上のつき合いになる。


正夫はブルーのスウェット・シャツの上にベージュのジャンパーを引っかけた気楽ないでたちで、口から長葱の先の覗いたスーパー・マーケットのビニール袋を片手に提げていた。私が前に立つか立たないかのうちに、肩をめぐらせ歩きかける。

「暇だったから迎えに来てみたんだ。」

「いつも暇ならいいのにね。」

正夫と並んで駅の階段を下りると、これもまた見馴れた商店街が眼の前に開ける。約三年半、正夫の住む東京都下のこの町に通って来たのだ。もっとも通って来るのも今月限りのことで、四月から正夫は就職先の会社の独身寮に住む。あと数回でこの町も見納めである。

「一昨日、岩合君押しかけて来た？」

「晴彦か。幸いなことに来なかったよ。」正夫は不快げに眉根を寄せた。「だけど、山岸の所にも電話したらしい。よくよく図太い奴だ。」

正夫は自分がまだ晴彦を名前で呼んでいることに気がついているだろうか。他の仲間の山岸や畑田は昔から一貫して苗字で呼んでいるのに、晴彦だけは名前で呼ぶのは、かつて二人が格別に仲がよかった名残りである。正夫は晴彦について「変わった奴だけど悪くない男だ」と評していたし、晴彦は私に「正夫は外見もみっともなくないから、いろんな友達にも紹介できる」と話したことがある。

「もう絶対許さないの？」

「畑田の気持ちを考えてみろよ。許せるか？」

晴彦は畑田の恋人を奪ったのだ。それも、畑田の初めての恋人を。どういうわけか畑田は恋愛に恵まれなかった。不器用なのだろうか。性格は温和だし器量も特に悪くない。名の通った大学の学生でもある。ところが恋人がほしいほしいと言いながら全然できなくて、男友達に指南を受けてようやく女とつき合い始めた矢先、指南役の一人であった晴彦にぶち壊された。直後は見る影もなく打ち沈んでいたという。

事が仲間内に知れ渡ると、最も腹を立てたのは正夫だったようだ。いちばん仲がよかった分、失望が深かったのだろうか。

「よりによって畑田の女を奪《と》るんだからな。非人道的だよ。」

「その言いかたの方が非人道的なんじゃない？　畑田君に対して。」

私のことばを正夫は鼻で笑った。晴彦の一件があるまでは、正夫たちが本人のいない所で畑田が女にもてないことをさんざん笑いものにしていたのを思い出した。

正夫は私の方を見ないで言った。

「非人道的な風俗産業にかかわっていたのはおまえじゃないか。」

険の含まれた正夫の科白を私は聞き流した。遙子の〈LOVERSHIP〉に関しての正夫の揶揄は聞き馴れており、私が〈LOVERSHIP〉を弁護しただけで彼の機嫌が悪くなるのも経験からわかっていた。正夫は私が〈LOVERSHIP〉を手伝うことを快く思っていなかったばかりか、遙子と親密につき合うことも嫌がっていた。正夫は遙子を嫌いだった。遙子も実は正夫を嫌っていたのだが。悲しそうな顔で、「本当にあの人が好きなの？」と訊くほどに。

先刻Mの家でMに投げかけられた問が頭の中に甦った。

「もし今彩沢さんが生きていて、あなたのその親指ペニスを彼女に対して使ってくれと頼んだらどうする？」

突拍子もない質問に二の句が継げなかった。

「何を言ってるんですか、Mさん？」

Mは苛立たしげに手を振った。

「びっくりしているよりも考えて。」

「遙子が変態だと言うんですか？」

「変態の定義なんて人それぞれよ。変態か変態じゃないか決める前に、答えてくれない？」

「だって、考えられませんよ、そんなこと。」

Mは呆れ果てた風情で「あなたはそういう人よね」とぼやいたが、私はどうしても親指ペニスを他人に使うことを想像できない。勇を鼓して想像すれば、膣にせよ肛門にせよ他人の生温かい湿り気が親指ペニスにまとわりつくのはとても気持ちが悪いだろうと思われる。相手が誰であろうと事情は同じだ。

また、遙子が親指ペニスを欲するという発想もお笑い草である。遙子はたとえ欲求不満に陥ったとしても手近なところで不満を解消しようとするほど自尊心が低くはない。Mは妄想家だとの評判だが、私はMの妄想にはついて行けそうにない。

アパートが近づいて来たので、正夫はジャンパーのポケットから鍵を取り出した。私はプレーン・トウの靴先におとなしく収まっている右足の親指を意識した。今日は正夫に私の身に起こった珍事を話さなければならない。昨日冷静に検討したが、正夫が度を失うほど大した出来事ではないのだから、びくびくする必要はないだろう。正夫に説明することばも準備してある。たかだか爪先の一方が変形しただけだし、私という人間の中味が変わったわけじゃないわ、困るのは先の細いパンプスが履けなくなったのと、人前で裸足になれないからプールに行けなくなったことくらいよ——。

月末に引っ越す予定の正夫の部屋の隅には、すでにいくつかの段ボール箱が積み重ねられており、ただでさえ広くない部屋はますます狭く感じられた。部屋に入った正夫はまず窓をあけ放ったが、それで窮屈な印象が薄らぐものではない。一つしかない窓の外の塀のすぐ向こうに、隣家の建物が立ち塞がっているからである。

「去年こいつが建てられさえしなければ、ここもまあまあの住処だったのに。」

去年の春、それまで中庭だった隣家の敷地に突然離れらしい別棟がつくられ、正夫の部屋から陽当たりと風通しを奪った。おまけに、離れの住人はバンドでもやっているのか、双方が窓をあけておくとピアノやシンセサイザーの音が筒抜けに響いて来る。正夫は生活環境の悪化をこぼしていたが、風呂付きにしては家賃の安いアパートだったし、エア・コンディショナーを作動させる季節になって隣家の窓が閉め切られると楽器の音も耳につかなくなったので、卒業までもう一年住み通すことにしたのだった。

今日は楽器の音はなかった。

「二三日前からまたうるさくなってたんだけど。」

正夫は背伸びして塀の向こうを窺った。

「窓があいてるみたいだ。」

ジャケットをハンガーに掛けて振り返ると、正夫は窓べりによじ上ろうとしている。

「もうじきお別れだから、どんな顔の野郎か見てやる。」

ピアノを弾く隣人は若い男だということしかわかっていなかった。彼の腕前はなかなかのものので、モーツァルトをブギ・ウギにアレンジして演奏したりする。正夫は「気障な奴だ」と口元を歪めるが、いくぶんかは自分が楽器を弾けない僻みも混じっているようだ。

「顔を見てどうするの？」

「興味ないか？」

「ないわよ。」

正夫は窓べりから下りて、流し台の前に来た。

「君は好奇心がなさ過ぎるよ。」

野菜を洗う私の横で、棚から土鍋を取り出しながら言う。

「俺、あいつの女見たことある。」

「あいつって？」

「気障な楽師様さ。けばい女だったな。」

見れば、いやに楽しげな表情になっている。

「あの女は晴彦の好みだな。」

「あなたは？　好みなの？」

「遊ぶには悪くない。」

私は台所仕事の手を止めた。眼が右足の先に行った。気がついて、正夫が肩を叩いた。

「変にとるなよ。男だったらみんな言う科白さ。」

気をまわした正夫のことばは耳を掠めただけだった。私はかつて関心を払った経験のない事柄が今や自分の問題になっていることを強く感じていた。顔を上げて尋ねた。

「気持ち悪いと感じたことはない？　あの、女と結び合わさった時に。」

唐突な質問だったためか、正夫は一瞬まごついた風だったが、答はあっさりしていた。
「ないよ。気持ちいいよ。」
「だって、じっとりしているじゃない。うっとうしいと思わない？」
「中学の頃は思ってた。」正夫は笑った。「知ってみれば、温かくて気持ちよかった。まあ中には気持ちの悪い女もいる——かも知れないけど。どうしたんだ？　俄然好奇心が湧いたのか？」

なるべく何でもないことのように軽い調子で打ち明けるつもりでいたのだが、いざ正夫を前にしてみると呼吸を整える必要があった。正夫は不思議そうに私の様子を見守っている。私はひとまず洗った野菜を笊に上げた。唇を舐めて話し出そうとした時、電話が鳴った。正夫は電話を取りに行ってしまった。

しかたなく私は台所仕事の続きを始めた。水を入れた土鍋を火にかける。足元のビニール袋から鶏肉の包みを取り出す。が、頭の片隅にはさっきの正夫の話が残っている。「知ってみれば、温かくて気持ちよかった」——私の場合でも同じだろうか。男性器にとっては女性器は気持ちのよいものなのだろうか。知らず知らずのうちに私は、女性器の感触を心地よく味わっている自分を想像しようと努め出していた。もう少しでうまく想像できる、というところで我に返った。うまく想像できたところで何になるだろう。

正夫が乱暴に受話器を置く音が聞こえた。続いて聞こえた足音も乱暴だった。正夫は不機嫌な顔で流し台の前に戻って来ると、吐き捨てるように言った。

「晴彦だよ。どうして話を聞いてくれないんだと泣きついて来やがった。」

「本当に泣いてたの？」

「いや。だけど、泣き声に近かった。」

「どうせなら、絶交だってはっきり言ってあげればいいのに。」

正夫が返事をしなかったせいもあって、私はついよけいなひとことをつけ足した。

「あなたたち、女学生みたい。」

「そりゃ悪かったな。」

答えて沈黙した正夫の怒りが気配となって伝わって来た。私が隣を向いたのと正夫が部屋の奥へ向かったのとほぼ同時だった。

「怒ったの？」

「別に。」

ぶっきらぼうな声を投げつけて、正夫はテーブルの前にどっかりと腰を下ろした。

怒ったのなら怒ったと言えばいいのに拗ねて否定するなんて全く女学生だ、と思う。そもそも正夫たちの仲間づき合いのしかたと来たら、五六人で学校でもべったりとくっついている上、アルバイトも一緒、夏と春の休みには必ずグループ旅行、と今時本物の女学生でも恥しくてやらないような密着ぶりなのである。さらに皆で申し合わせて一人を仲間はずれにするのだから、女学生と言っても不適当ではあるまい。

しかし、今日私には大事な話がある。正夫の機嫌が悪くては下手をすると別れ話に発展する恐れがないでもない。謝るほどのことではないけれども謝っておいた方が賢明か。沸騰した土鍋から鶏肉の灰汁をすくい上げながら、正夫の機嫌をとる方法に思いをめぐらせる。けれども、とふと私は考えた。正夫と別れることになって何か不都合があるだろうか。

私は驚いた。そんな風に考えたのは初めてだったからだ。三年半前新宿のパブで知り合ってつき合い始めて以来、別れ話は三回ばかりあるにはあった。正夫が言い出した時も私が言い出した時もあった。一度目は私が〈LOVERSHIP〉に勤め出して生活が変わった時。二度目は私を口説いたと晴彦が正夫に嘘をついた時。三度目はついこの間、正夫が会社勤めを始めたら同棲しようと持ちかけたのを私が断わった時。一度目の時には実際三箇月くらい別れていて、正夫がやっぱり別れるのはやめようと言って来るまで会わなかった。だが、常に私は別れずにすめばいいと心の底で願っていたのだ。

人と別れたいとか絶交したいと望んだことは私にはない。いったん気が合って友達になったら一生友達だし、男に好意を抱いて恋人になったら結婚して死ぬまでともに過ごすのが自然だと思っている。それはあまりにもおめでたい考えかただと遙子は言ったが、近寄ったり離れたりを繰り返している世の人々の方が、単純なことをわざわざ複雑にするゲームに囚われているように見える。

遙子の死によって否応なしに彼女と別れる結果になったのが影響したのだろうか。今私は正夫と別れても耐えられるという気がしている。遙子との別れにもこうして立派に耐えているのだ。すると私は、正夫より遙子の方が好きだったのだろうか。いや、それは飛躍というもので、友達と恋人を同列にして比べるのは間違いである。

眼の前に煙が立ち昇った。土鍋が噴きこぼれたのだった。

「何やってるんだよ。」

正夫が立って来て、ガス・レンジの火をつけ直した。私の顔を覗き込んで尋ねる。

「拗ねてるのか？」

私は首を横に振ったが、なぜか正夫は機嫌を直していて「交替だ。休んでろよ」と言いながら私の背を押した。俺は怒ったんじゃないのにな、などと呟き呟き大根をおろし始めている。私は素直に座っていることにした。

図らずも正夫の機嫌が回復して和やかに夕飯を終えると、正夫と別れたってかまわない、という気分はどこかへ消し飛んでいた。正夫は人を緊張させない、気楽にお喋りできる好青年である。異性とはいいものだ。同性とは相手がどんなに魅力的でも友達にしかなれないが、異性となら友達になるのと同時に恋人や結婚相手にもなれる。私は幸福を感じながら食後のコーヒーを飲んだ。正夫もまた楽しそうだった。

「さっきはどうしたの？　急に女は気持ち悪くないかなんて訊き出して。」

「自分が女でよかったと思ったのよ。」

私は酔っ払いでもしたように浮かれていた。

「僕も君が女でよかったと思うね。」

「そう？」私は笑っていた。「じゃあ、もし私にペニスがあったらどう感じる？」

「女にペニスがあったら困るじゃないか。」正夫にも私の笑いが感染していた。「それとも両性具有ってこと？　君ならかまわないよ。だけど、俺が挿入されるのはちょっと嫌だな。」

「そんなことしないわよ。」私は笑い転げる。

「でも、僕は君にペニスなんかないことを知ってるぞ。」

「この前まではなかったのよ。」私は陽気な声を張り上げた。「一昨日からできたの。」

正夫は大袈裟に驚くふりをした。

「どうした？　サルマキスの泉にでも漬かったか？　シモーヌ・ド・ボーヴォワールの呪いにでもかかったか？　女性の部分は健在かい？」

「健在ですとも。右足の親指がペニスになったんだもの。」

正夫は真面目な顔つきをつくった。が、依然大袈裟だった。

「ふん。首尾は上々だな。右足の親指なら大丈夫、君は女だ。こすってみたかい？　やりかたがわからなければいろいろ教えてあげるよ、可愛い後輩に。」

私は打ち明けかたが明る過ぎたのを悟った。正夫は一跳びで私に覆い被さった。

「比べっこしようじゃないか、どっちのペニスが優秀か。何だか君が少年に見えて来たぞ。ホモごっこをしようか。」

正夫が私を抱き締めた。突然胸が疼いた。そして体の力がすうっと抜けた。今日は初めてのことが多いが、抱き締められただけでこうした反応が起こるのも確かに初めてだった。どうしてだかわからないが、正夫の今のことばが私に魔法をかけたと思われる。「少年」「ホモ」とのことばが。

「可愛いよ。ずっと好きだったんだ。」正夫は本気で芝居に入っていた。「びっくりしてるね？でも愛に性別は関係ないんだよ。」

最後の科白はやや興醒めだが、よくやるわねと笑う冷静さは私にもなかった。胸を満たす甘い感覚に私は夢中だった。正夫が唇を重ねて来てもなすがままで、応じることなど忘れていた。

「君も名演技じゃないか。」

いったん唇を離して囁くと、正夫は再び優しく口づけする。芝居は少年同士が初めて接吻するという設定なので、正夫の舌使いは近頃になく丁寧である。まるでつき合い始めの頃に戻ったようだ。だが、つき合い始めの頃でも私がこんなに昂奮した記憶はなかった。私は憧れの男友達との恋が成就した少年の役にすっかりなりきって、昂奮しているのだった。

正夫にしても、こんな愛撫を私に加えたことがあっただろうか。最初の時、正夫はぎこちなかった。やりたい行為をやっていると言うよりも、雑誌等の手引き通りにわけもわからず動いている風だった。私の側も似たようなものだったが、正夫にはさらに、闇雲な欲望を懸命に抑えつけている感じがあった。彼が欲望を抑えつけるのをやめて一気に解き放ったらどんなに怖いだろうと私は思ったし、何度目かの折に、実際に彼が欲望を剝き出しにした際には吐き気がするほど怖かったものだ。ところが、今正夫の動きには愛情が込もっている上に余裕がある。こちらを気遣いながらも、ためらいがなく確信に満ち溢れている。リラックスした、歯切れのいい愛撫だ。馴れてからでさえこんな愛撫を受けた経験はない。馴れると、正夫の行為には省略がふえただけだった。

こんな愛撫になるのは同性を相手にしているつもりだからだろうか、それとも芝居をすることで目先が変わってたまたまこれまでやらなかった種類の動作が導き出されたのだろうか。正夫はホモセクシュアルの傾向はなく、常々男は嫌いだと言っているので、後の方が正解かも知れない。だが、先の解釈も捨てがたい。いつもに比べて遠慮や計算がなく性急で直接的なために歯切れのいい印象を与える愛撫は、生理的条件を同じくする同性が相手のつもりだから、と見ることもできるのである。同性愛もホモセクシュアルなら悪くない、男に生まれていてもよかったかも知れない——ちらりとそんな思いもよぎった。

正夫の指が私のシャツの釦にかかった。甘い声もかけられる。

「大丈夫、これは決して悪いことじゃないんだ。」

正夫がこうまで芝居好きとは知らなかった。

「ホモは文学の主題にもなるんだよ。」

「そうだ、女みたいな愚かで汚らわしい生き物は地上から消えてしまえばいい。」言いながら、私は自分が即興で科白を話せるのを意外に思った。「それか、せいぜい哀れな女好きの男の性欲を満たす道具として、片隅で小さくなってりゃいいんだ。」

「ああ、君は何て賢いんだ。」

「だって、あたし、オカマだもの。」ちょうど胸をはだけたところだった。「シンガポールで性転換手術を受けたのよ。」

正夫は笑いながら私のスカートのファスナーを下げた。その時、私は自分にペニスができているのを忘れていた。

「ちょん切っちゃったのか。」

「せいせいしたわ。」

正夫は私の下着を引き下ろしにかかっていた。途中で腿に接吻する。体の奥が引き締まった。私はかつてないほど敏感にもなっていた。ただ、服を取り去ると、女としての快楽を待ち受ける気がまえになりはしたが。そっと瞼を閉じて待つ。

眼をあけたのは、正夫の動転した声が響いたためだ。

「何だ、これは？」

正夫は驚愕の表情で私の靴下を握り締めていた。私も慌てて上体を起こし、自分の身に降りかかったことをだめ押しのように思い知らされる運びとなった。親指ペニスはそこにあった。しかも、弱々しくはあったが勃起しかけていた。

「いったいどうしたんだ？」正夫の声は震えていた。

「ちょん切ったのを移植したのよ、もったいないから。」

冗談で正夫の気をほぐそうとしたのだが、正夫は顔を硬張らせたままである。私は息を深く吸い込んだ。

「だからさっき言ったでしょう。一昨日からこうなったって。」

「ふざけないでくれ。」

「厳粛な事実なのよ。」

「どうしておまえはそんなに落ちついているんだ？」

「もう三日目だから。」

正夫は靴下を握り締めた手を額に当てた。

「何てことだ。面白過ぎるぞ。」

「落ちついてよ。大して面白くもないわよ。いい？　変わったのはここだけなのよ。」

正夫は薄眼をあけて親指ペニスを斜《はす》に見た。頭を振る。

「不様だな。」

私は少しばかり傷ついた。しかし目下、正夫を宥めるのが急務である。

「額に生えるよりましじゃない。」

おかしなことばを口走ってしまったのは、私も平常心ではなかったせいだろうか。正夫の反応はなかった。彼は黙って蹲っていた。私は自分が裸であることを思い出して下着を拾い上げた。服をつけ始めても正夫は頭を上げない。スカートまでつけ終わると私は、正夫の手から靴下を抜き取った。やっと正夫は顔を起こした。睨みつけるような眼差しである。

「男になりたかったのか。」

「まさか。第一、私は男になったわけじゃないわ。」

「いや、なりたかったんだ。心の底でペニスをほしがってたんだ。」

「決めつけないでよ。」

「俺はボーヴォワールを読んだ。」

「私は読んでないわ。」

「おまえが読んだか読まないかは問題じゃない。」

「問題は、私が女でなくなったわけじゃないことをあなたがちゃんと認めるかどうかよ。」

「俺に責任を押しつけるな。」

完全に会話がすれ違っている。私は泣きたくなって来た。正夫はいったい何を怒っているのだろう。醜いイボができたというわけではなく、彼自身にも備わっている器官そっくりのものが私にも顕われたに過ぎないのに。

不穏な空気の室内に、玄関のドアを叩く音が割り込んだ。正夫は音の方を振り返って少し迷う風だったが、立ち上がった。

ロックを解く音が聞こえたと思うと、荒々しい勢いで闖入して来た者があった。強盗、と閃いて咄嗟に腰を浮かしたが、ずかずかと部屋に入って来たのは、したたか飲んで来たと一眼で知れる真赤な顔をした岩合晴彦だった。

「何なんだよ、おまえ。」

背中に呼びかける正夫を無視し、唖然としている私を気にするでもなく、晴彦はさっさと腰を下ろした。正夫も苦りきった様子で私の隣に座った。晴彦はふてぶてしい調子で言った。

「悪いね。お邪魔して。」

「だから何の用なんだよ。」

正夫も負けずに不愉快そうな声を返す。男二人の対決には迫力があった。大事な話の最中に飛び込んで来た晴彦に腹を立てるよりも、私は二人の気合に呑まれ体を硬くしているほかはなかった。

晴彦は充血した眼をぎろりと剝いた。

「何の用かわかってるだろう？　おまえら、陰険だぜ。」

「俺たちが陰険なら、おまえは露骨だよ。」

「何が露骨だって？」

「露骨に助平だって言うんだよ。獣まる出しだって。」

「畑田の女のことか。」晴彦はいくらか神妙な態度を見せた。「後悔してるよ。畑田を傷つけるつもりはなかったんだ。反省して、あの女とは別れたよ。」

「今さら別れたって遅いだろう。女が畑田のところへ帰るわけじゃないし。」

「帰らない方がいいさ。あんな、おとなしそうなふりをしていて誘われたらふらふらついて来るような女なんか。畑田には向かないよ。」

「馬鹿を言うな。ついて行かせたのはおまえじゃないか。」

「知ってるだろう？　俺が女を誘うのは礼儀としてだよ。本気で口説いたつもりはなかったんだ。」

私は晴彦の顔に眺め入った。彼が女たらしだというのが信じられない。ちっともハンサムではないし、服装や立居振舞いが洗練されているでもない。話上手でもなければ、優しそうでも誠実そうでもない。むしろ、女をじろじろ見つめる視線が無作法で、正夫の言う通り好色まる出しである。こんな男に簡単について行く女が少なくないというのは本当だろうか。

あの遙子が晴彦を嫌いではなかったのも不思議である。晴彦の陰惨な生きかたは理解できないでもない、と言うのだ。正夫と私が晴彦と遙子を誘って飲んだ際、彼等二人が案外話をはずませていたのも記憶している。そうだ、晴彦も遙子を気に入っていた。「ああいうしっかりした女性は好きだね。手は出せないけど」と言ったのだ。

正夫が追及している。

「おまえは女を物みたいに扱ってるよ。」

「そんな気はないんだ。ただ、つき合っているうちに決まってうんざりして来るんだ。」

「それがわかっていて、なぜ次々と手をつける？」

「だって、やめられるか？　女は必要だぜ。」

「だったらソープランドへ行けよ。」

二人の男は私の存在が頭にないようだった。

「おまえは俺を誤解してるよ。俺は女とつき合い始める時にはいつも、今度こそずっと愛し続けられたらいいと願ってるんだよ。」

「恰好のいいことを言うじゃないか。」

私は居辛くなって来た。ここにいても意味はないので帰ろうかとも考えた。しかし、晴彦が出て行ってくれれば正夫と話の続きができる。私が以前と変わりなく女であることを実地に証明することもできる。男同士の話が終わるのを待っていた方がいい。

晴彦が哀願調の声を上げた。

「俺はおまえに対しては何も悪いことをしていないじゃないか。そうだろう？」

正夫は答えない。晴彦はなおも言い募る。

「おまえとは楽しくやってたじゃないか。たった一回、他の奴に悪いことをしたからって縁を切るのか？」

正夫が眉をひそめた。

「気持ちの悪い言いかただな。」

私もそう思った。浮気をした夫が妻に許しを乞うているような掻き口説きかたである。それを男同士でやるのは異様である。

晴彦は戦法を変えた。

「何でおまえがそんなに怒るんだ？　畑田のことならいつも一緒に笑っていたじゃないか、女一人ものにできない間抜けだって。」

「それとこれとは別だ。」

「畑田なんかどうでもいいじゃないか、俺たちにとっては。」

正夫は晴彦をまっすぐに見つめると、低く言う。

「確かにどうでもいいよ、俺にはね。」

晴彦の表情が和らいだ。

「俺だって同じさ。」

「いや、おまえは何かあるだろう、畑田に対して。」

「何かって何だ？」

「何かあったから、奴の女を奪《と》ったんだろう？」

「恨みなんかないぜ、あのお人好しに。」

「コンプレックスでもあったんじゃないのか。」

晴彦は笑いかけて、表情を凝固させた。数秒何かを考えた後、凝固を解いて笑った。

「おまえ、畑田に嫉妬してるのか？」

「どうして？」

「俺が奪ったのが、おまえの彼女じゃなくて畑田の女だったから。」

勝ち誇った口調だった。今度は正夫が凝固した。私は何が何だかわからなかった。晴彦が私の方に顎をしゃくった。

「おまえの彼女なら口説いたって言ったじゃないか。畑田の女に手を出すずっと前に。」

正夫は気の抜けたような顔を私に向けた。私は急いで言った。

「嘘よ。」

すかさず晴彦が口を出した。

「君が気づかなかっただけだよ、うぶだから。君も正夫にはもったいないよな。正夫以外の男を知らないんだろう？」

「晴彦。」

正夫の声にかまわず、晴彦は私に向かって身を乗り出した。

「教えておいてあげるよ。正夫は俺と俺の用意した女と、三人でやったことがあるんだぜ。」

正夫がテーブルを蹴って晴彦に摑みかかった。壁際に積み重ねられていた段ボール箱が崩れた。落ちたのは空箱で、一つは晴彦の体の下敷きになって潰れた。

そこから先は知らない。私は自分の鞄とジャケットをかかえると、正夫の部屋を飛び出して力の続く限り走った。

2
CHAPTER ★

正夫の部屋を飛び出して帰った日から三日間、私はぼんやりとして過ごした。あの日だけでもあまりにいろいろな出来事に見舞われたようで、いったい今自分はどんな事態のもとにあるのか整理してみるべきだとはわかっていたのだが、うまく思考を集中することができなくて、機械的に食事をしたり洗濯をして漫然と暮らした。

最も強く甦って来る記憶は、正夫が私の親指ペニスにショックを受けたばかりでなく何やら憤然としていたことと、晴彦と正夫の間に他人の入り込む余地のない濃密な交流があると感じられたことだった。正夫と晴彦とどこかの女とが三人で性行為を持ったとの晴彦の告げ口の内容そのものも決して愉快ではなかったが、それ以上に、正夫と晴彦が普通の友達同士ではなかったらしいこと、そして今や二人のお互いに向ける感情が複雑怪奇に捩じ曲がっていることが、私をいたたまれなくした。あんな光景は第三者にはとても正視できない。

正夫の浮気については前々からそういうこともあろうかと思っていた。正夫は私以外の女とも性経験があると冗談半分にではあっても仄めかすことが多かったからだ。私はあまり気にしなかった。正夫と私の関係が他の女の影響で悪化するなら話は別だが、そうでないなら無理に正夫に貞節を求める必要もないと考えていたのである。もちろん、正夫が浮気をするなら私だって、といった発想も湧かなかった。女友達は皆「信じられない。あなた本当に彼を好きなの？」と尋ねたけれども。

しかし、浮気の中味がトリプル・プレイとは驚かされる。性に関する話題、とりわけ変態に関する話題は女友達の間でよく出たから私も知識だけは豊富になったが、同性愛やサド・マゾヒズムのようにその素質のある者が比較的珍しくないものならともかく、トリプル・プレイだのスワッピングだのを実践する者とはまず出会えないと思っていたら、正夫がやっていたとは。ちっともおかしくはないのに何だか笑えて来る。笑うと少し気分が軽くなる。

憂さ晴らしに車でも走らせたかった。だが、先日まで乗りまわしていた車は私の物ではなく〈LOVERSHIP〉名義の物だったので、もはや手元にはない。他には何の意欲もなかった。親指ペニスにもいっこうに気をそそられなかった。三日の間に一度電話が鳴ったが、取る前に切れた。

四日目に正夫から電話があった。緊張した声で、「今近くにいる」と言った。

「君にも考えはあるだろうけど、このまま会わなくなるのは嫌だ。」

「あなたと岩合君はホモだったの？」

「違う。それだけは絶対に違う。聞くだけでも話を聞いてくれ。」

私の部屋にやって来た正夫は、青ざめた顔でしきりに眼をこすった。

「晴彦という奴は独得のやりかたで人とつき合うんだ。人と言っても男とだけどね。あいつだって別にホモじゃないだろう。でも、何て言うのかな、これはあくまでも喩えだけど、人と恥部で繋がることで親密になろうとするんだな。普通だったらあまり他人には見せない、自分の精神的な弱味とか恥しい部分をあえて曝して気を惹くんだ。しかも、うまいのは相手には恥部を見せろと要求しないところだ。見せられた相手が晴彦と相通じる恥しい部分を秘め持っていれば、しめたものさ。必ず晴彦に切実なシンパシーを抱くからね。相手にとっては晴彦はありがたい存在になるよ。自分の恥部には蓋をして晴彦の恥部をかまうことができるもの。本当は晴彦にシンパシーを抱くこと自体、自分にも同じ恥部があると証明することになるんだけど。」

よくは理解できなかったが、頷いて先を促した。

「恥部と恥部で繋がった仲になると、一種官能的な心地よさに包まれるんだ。同性同士でもね。と言うか、もしかすると男女の仲より心地いいかも知れない。男と女は性器で、つまり文字通り恥部で結ばれ合うんだけど、この頃僕は思うんだ、性器は恥部じゃないって。だって、誰でもあたりまえに備えてるちっとも恥しくなんかない器官じゃないか。性器で繋がり合うのだって気持ちいいけど、精神的恥部での繋がりには強い安心感と信頼感がある。全面的にもたれかかって身を委ねたくなる。僕は晴彦に引っかかり、一時期夢中になったんだ。」

正夫は深い息をついた。思い出すのも嫌な事柄を懸命に努力して話そうとしているのが伝わって来る。

「気を悪くしないでほしいんだけど、正直に言って、君以上に晴彦を頼ってた時期もあった。女なんか糞喰らえと思って晴彦と飲み歩いたりした。君が〈LOVERSHIP〉に通い始めて、三箇月くらい会わなかった頃さ。その頃だよ、晴彦に誘われて女の家に行ったのは。」

全身が緊張した。正夫は私の顔色を見守っていたが、私は何も言うことができなかった。

「三日間考えてたんだ。晴彦の言ったことは嘘だと言い張ろうかって。でも、君に嘘をつきたくなかった。君は僕に嘘をついたことがないしね。馬鹿な真似をしたことで君に軽蔑されるのはいい。だけど嘘を言って、不誠実の上に不誠実を重ねるのは、いくら何でも君に失礼過ぎる、と思ったんだ。」

私はやっとの思いで唇を動かした。

「岩合君はどういうつもりであなたを女の家に誘ったの？」

「荒れてた俺を元気づけようとしたんだろう。」

「元気づけるのに、なぜ性的なことじゃなきゃいけないの？」

「女に苦しんでいる時は女で癒すものだと考えてるんじゃないか？」

「癒すことができた？」

正夫は私の視線を受けて口を噤んだ。私の胸ははっきりとしたわけもなく騒いでいた。正夫は眼を伏せた。

「俺はあの時どうかしてたんだよ。」

「あの時、別れたいと言い出したのもどうかしてたから？」

「そうさ。本心じゃ別れたくなかった。だから、君が別れたくないと言ってくれたのはとても嬉しかった。だけど、意地になってたんだ。」

「どうしてそんなに――」

「君が俺のことをそれほど好きじゃないんじゃないかと疑ってたから。」

胸の奥で何かが砕けたような痛みが起こった。そんなことで正夫が苦しんでいるのを私は全く知らないでいた。

「でも、どうして？　好きだってことなら何度も言ってたじゃない。」

「もっと好きになってほしかった。」

正夫の声もしゃがれていた。私は立てた膝に顔を埋ずめた。胸が錐で突かれるように痛い。顔を上げられない。

「君はいつも淡々としているから。」正夫のことばは容赦なく耳を襲う。「女の子は本当に男を好きになると、べったり男と一緒にいたがって、あれやこれやと男に要求するものだと思っていたから。君はそうじゃなくって、淡々としてるのが君なんだと認められるようになるまで、僕は不満だった。子供だったしね。」

自分では気づかないうちに人を苦しめていたと知った時の辛さを、私は学んだ。知ったところで改められる保証はなく、これからも同じように人を苦しめるかも知れない自分に対して込み上げる歯痒さも。

私は冷淡に生まれついた人間なのだろうか。人は私の示す好意に満足しない。私の心からの好意は通じず、人はもっともっとと要求する。正夫も、そしておそらく遥子も。私はまた人の好意を身悶えするほど欲した経験がない。いつでも人が自発的に与えてくれるだけの好意で充分満たされる。人がなぜ私のようではないのかという点こそ疑問である。

先ほど正夫が言った、誰かと恥部で繋がると安心感と信頼感が生まれるという心性も、自分に置き換えて納得することはできない。だいたいのところは推測できるが、そもそもなぜそれほどまでして安心感と信頼感を得なければ気がすまないのか。なぜ日常の人との触れ合いで安心できないのか。普段は不安と猜疑心でいっぱいなのだろうか。どうやら世間にはたいへんな人生を送っている人々が少なくないようだ。それに、精神的恥部とは具体的にはどんなものなのだろう。体の恥部なら私は人よりよけいに持っているが。

しかし、ともかくも自分の好意が通じないのは寂しいことだった。正夫は私に何をしてほしいのだろう。そして、遙子は何をしてほしかったのだろう。

「聞いてくれてる？」

正夫が尋ねた。私は頭を動かして応えた。正夫の声が続いた。

「不満な時もあったけど、ここのところは落ちついてた。君とのつき合いに満足していた。そのままの君がいいということがよくわかった。足の親指がペニスになっていてもかまわないんだ。君をなくすのは嫌だ。」

私はゆっくりと顔を上げた。正夫の頬は紅潮していた。

「もし君が僕に愛想を尽かしていないなら、つき合い続けてほしい。」

眼に涙が滲んだ。私は正夫に向かってしっかりと頷いた。

そういうわけで、私はまた正夫の部屋に来ている。もう三日も一緒だ。たいていはベッドの上にいた。仲直りの直後の性行為は新鮮味があって愉しい。好き合っているのに喧嘩を頻繁に繰り返すカップルがあるが、仲直りの後の性行為の新鮮な親密感を味わいたいために、わざと喧嘩をしているところもあるに違いない。

だが、私たちはベッドの上で抱き合ってばかりいたのではない。二人で私の親指ペニスを研究した三日間でもあった。

まず正夫は彼の目前で親指ペニスの性能を披露することを注文した。人前でなんかできない、と言うと、「昔おまえは俺に同じことをやらせたじゃないか」と責めた。事実、私は正夫に射精の瞬間を見せてくれるよう頼んだことがある。やむなく私は正夫の注文に応じようと試みたが、やはり人眼があると親指ペニスは萎縮してしまって、言うことを聞かなかった。

「やあい、インポテンツ。」正夫は嬉しそうに笑った。「な、男ってデリケートなものだろう？案外苦労があるんだよ。」

正夫自身は不能に陥った経験はないはずなのにわかったような口をきくのは、先輩ぶりたいためらしい。

正夫に背を向けてもらってもだめで、浴室に籠もっていてもらってようやく、私のペニスは潑剌とした姿を顕わした。浴室に呼びかけると、正夫は駆けつけて嘆声を上げた。

「大したものじゃないか。」

親指ペニスの伸縮力にはわれながら感心する。平生はいくぶん腫れた親指程度の大きさでおとなしく縮こまっているが、充分に刺戟を与えると目覚ましく膨張して、先端から付根までの長さは十七センチメートルにも及ぶ。街を歩いている時に靴の中で勃起が起こったりしたら困るが、視覚刺戟には反応しないようなので助かる。

オルガスムスに達するところが見たいと正夫は希望したが、そればかりはいくらこすってもだめだった。正夫の前では快感はいっこうに昂まらなかった。

「シャイじゃないか、兄弟。」

正夫は私のペニスに話しかけた。兄弟と言えば、私たちの間には男と女と言うよりも仲のいい兄弟めいた雰囲気が生まれていた。

「君は親指ペニスを愉しむ時、どんなことを想像するの？」

「何も。」

「何も？　ただこするだけ？　何も想像せず、何も見ず、何も読まないの？」

「そうよ。」

「どうしてかな。まだそこまで成長していないのかな。」

「成長すると何か想像しながらやるようになるの？」

「うん。今度やってみてごらん。いちだんと気持ちよくなるよ。」

「でも、想像なんかしながらやると、癖がついて変態になりそうな気がするわ。」

「ならないよ、変な想像さえしなければ。」

「どんなことを考えればいいのかしら？」

「たとえば、僕のこととか。」

そんな会話を交わして私たちは笑い合う。正夫は呟く。

「弟ができたみたいだ。弟なんかほしいと思ったことはないけれど、いれば可愛かったかも知れないな。」

私にしても正夫の弟分になるのは悪い気分ではなかった。ただの恋人同士だった今までにはなかった、別種の親近感が確かに育っているからだ。私たちは以前にも増して近づき合い仲よくなったような気がする。この親近感は、正夫が私の親指ペニスを眼のあたりにする直前、二人でホモセクシュアルごっこの芝居をした際に醸し出された雰囲気に似ているようだ。

ただ、性行為の際には兄弟の気分は消えた。私はあくまでも女だった。親指ペニスができたからと言って、行為に新しい手管が加わるわけではない。正夫は最中には私のペニスを完全に無視していた。性行為の時以外でも、私のペニスにはいっさい触れようとしなかった。

「俺はよくよくホモの気がないんだな。自分の物にしか触れないんだよ。高校の時のクラブの合宿で、男四五人で車座になってそれぞれ隣の奴の一物をこすったことがあるんだ。俺は参加したくなかったんだけど、男同士のつき合いは断われなくてね。嫌だったよ。自分のを摑まれるのはまだいい。人のを摑むのが本当に辛かった。わかるかい?」

「わからないわ。」

話の前に、私は正夫のペニスを口に含んだばかりだった。

「女にはわからないだろうな。中学、高校の頃なんて、日に日に自分のペニスが醜くなって行くのが本当に不愉快だったんだぜ。」

ペニスについての正夫の感じかたが男一般の感じかたなのかどうかは知らない。私は正夫のペニスも自分のペニスも特に醜いとは感じない。醜いとか気持ち悪いとか思っていたら性行為はできない。生まれて初めて男性器を眼にした時には、それはたじろいだけれども、見馴れればどうということもなくなった。しかし、初めて正夫が私の顔を彼の股間に押しつけた時は、死にたくなるくらい嫌だった憶えがある。

思いついて、私は尋ねた。

「自分じゃ嫌なことを人がしてくれるのは平気なの？」

「何のことだい？」

「あなたは口でやってもらうのが大好きじゃない。」

「ああ、ペニスのことか。」正夫は笑った。「だって、君は女じゃないか。それとも嫌なの？」

「嫌じゃないけど。」

答えたものの、どこか割り切れない思いが残った。別に私は自分のペニスを正夫の口に含んでもらいたいわけではないのだが。

仰むけに寝ていた正夫が、私の方に向きを変えた。

「フェラチオしてもらうのは好きだよ。愛されてるという感じがするからね。女の子って、本当に男を好きじゃなければ口に含んだりしないだろう？」

鈍い私だが、この時ばかりは素早く頭が働いた。

「それって、ペニスとはとにかく汚い物だという前提に立っていない？　汚い物なのに口に含んでもらえるから、愛されてると感じるわけでしょう？」

「そうだよ。」正夫は頷いた。

「そこまでしてもらわないと、愛されてると思えないの？」

「そんなことはないけど、深く愛されてると思いたいじゃないか。」

また私を混乱させることばが出た。「もっと好きになってほしかった」だの「深く愛されてると思いたい」だの、全く正夫の望みは一貫している。先日は彼はそんなに愛情に飢えているのか、たいへんな不安と猜疑心に満ちた人生を送っているのか、と心配になったけれども、今度は何だか贅沢な望みを持ったお坊ちゃんのように思えた。

同時に私は、これまで単なる愛情の表現のつもりでしていた行為が、正夫にとっては「深い愛情」の表現という重要な意味を担っていたのだと知って、感慨を催した。なるほど、ペニスを汚い物とする感受性の持主であるから、フェラチオに重要な意味を持たせいっそう愉しむことができるのだろう。偏った感受性にも便利な側面があるものだ。

しかし、自分が汚いと思っている物を好きな相手の口に押し込むことに抵抗はないのだろうか。さっき正夫は「だって、君は女じゃないか」と言った。女は男ほどペニスに嫌悪は感じないはずだ、と考えているのだろうが、正夫は「汚い物なのに口に含んでもらえるから、愛されていると感じるんでしょう？」との私の問を肯定したし、「女は本当に男を好きじゃなければ口に含んだりしないだろう」とも言って、女もまたペニスを汚い物と思っているのでなければ彼の歓びが深まらないと言外に語っている。もしかすると、彼がフェラチオで得る歓びは残酷な性質のものではあるまいか。

胸がもやもやしていた。もやもやを振り払うために、事をいい方向に考えようと試みる。正夫がペニスを汚い物とするのは観念上のゲームであって、心底からペニスを汚いと思っているわけではない。だから私に含ませることができるのだ。彼はペニスを嫌悪しているわけではない。だが、それならどうして私のペニスには指一本触れないのだろう。どうして私のペニスがちょっと脚に当たると、さっと身を引くのだろう。

天井に眼を遣って考え込んでいると、正夫が顔を覗き込んだ。

「深い愛情を感じたいかい？」

正夫は彼が女性向けの「深い愛情」の表現だと考えている行為を始めた。私はこの行為に魅力は覚えるが格別な愛着はない。しなければしないですむ。この行為で正夫の愛情を測ろうとしたことは一度もない。まあ、これが「深い愛情」だと言われれば、何やらありがたい気持ちも湧いて来る。

正夫が体勢を変えた。私の番なのだ。正夫の手に導かれて、彼のゆるやかに勃起したペニスに顔を近づける。

私は息を止めた。突然、正夫のペニスが「汚い物」に見えたのである。

ガラス越しの春の日差しが体を温める。近所の小学校のチャイムが聞こえて来る。一人きりの昼下がり、私は靴下を脱いで体を丸め、そっと右足の親指を口にくわえてみる。かすかに埃っぽい味がするがすぐに消え、親指は無味無臭になる。半球型に固まった爪が舌に当たるが、表面は磨かれたようになめらかなのでさほど不快な異物感もない。親指の方は温かく柔らかい口内の感触にすぐ馴染む。口の中は寝床のように心地よい。

親指を舌でくすぐる。軽く歯でこすってみる。唇で締める。唾液を絡ませてみる。親指は大きくなって来る。頰に力を入れ吸う。快感が走り、親指ペニスは完全に勃起する。姿勢が苦しくなるので口から出し、親猫が仔猫を舐めるように丁寧に熱心に舐めてやる。自分の体の一部でありながら、ペットか何かを思わせて可愛い。女性器に対してこんな気持ちになることはない。嫌悪であれ愛着であれ、男が自分の性器にこだわる心性が少しわかる。

脚と頸の筋が痛くなって来たので、脚を床に下ろし手で親指ペニスを摑む。唾液で濡れているから滑りがよく、快感も甘い。今後は液体でぬめらせてから戯れることにしようと思う。

正夫との行為を思い浮かべる。正夫は私に接吻し、服を脱がせる。彼もいつの間にか裸になっている。肌寒さを感じているところへ正夫の温かい体が重なる。その瞬間はいつも嬉しい。正夫の舌が私の唇から耳、耳から肩へと移る。彼の前髪が私の顎にかかってくすぐったい。正夫の刈り上げた後頭部の手触りが私は好きだ。彼の項の窪みはとても精悍だ。正夫の顔を両手で挟んで持ち上げ接吻する。唇を離すと正夫はふっと微笑する。それから私の胸に顔を伏せる。

上下に動かしていた手を止める。想像しながらやるといちだんと気持ちいい、と正夫は教えてくれたがどうも私には当て嵌まらないようだ。かえって集中がそがれてうまくない。それどころか、想像があるところまで進むと重い気分になる。愉しみを続行する気さえなくなるほど。

突然正夫のペニスが「汚い物」に見えた時から、私は正夫との行為に何も感じなくなってしまった。あの時、口に含む行為は頭をからっぽにして何とかやってのけた。しかし後は、胸に嫌悪感がわだかまりいっさいときめかなくなった。ただ荒い息だけして私は横たわっていた。正夫に突き上げられて体が揺れるのもまるで他人事だった。

正夫に触れられるのが嫌でたまらないというのではない。何も感じないだけだ。正夫の息は鍋から立ち昇る蒸気、正夫の唾液や汗は浴室の天井から滴る水滴、正夫の愛撫は乾布摩擦と変わらなくなった。次の時もそうだった。その次の時も同じだった。呆然とした。怖くて痛くて恥しかった初めての時だって、全く何も感じないということはなかったのに。

妊娠中絶の手術を受けて一時的に不感症に陥ったと言う女の子が〈LOVERSHIP〉にいた。数箇月で全面的な不感症ではなくなったものの、今でも産婦人科の診察台の上での姿勢に似た体位での行為からは快楽を得られない、との話だった。聞いた際には心底同情したけれども、今や私も同様の身である。私はずっとこのままなのだろうか。時期が来れば元通りに回復するのだろうか。

正夫が私の変調に気がついているかどうかはあきらかではない。私は気づかれないように努めている。込み上げる嫌悪感をこらえてペニスを口に収めもしている。拒んでもいいのかも知れないが、今まではやって来た行為だし、どう言って断わればいいのかわからない。

私自身のペニスなら口に含むのは平気だ。このペニスを汚いと考えたことは一度もないからである。正夫以外の男のペニスはどうだろうか。口に含むことができるだろうか。浮気かとも思うが考えるだけなら罪ではあるまいから、想像しようとしてみるが、具体的な男の顔が浮かばない。知った顔ならいくらも浮かぶけれども、性的対象として見たことがないので場面を想像しようがない。第一、相手の意向を問わないで勝手に妙な想像に登場させるのは失礼だ。

感じなくなってから三度目の時、正夫に仰むけに横たわってもらった。隆起した喉仏や平たい胸、種子のような乳首、堅い上膊等を唇や指先で刺戟して行った。気分が変わるかも知れないと思ったのである。しかし、順序立てて続けているうちに私は無心になった。事は機械的に進んだが、新鮮な昂奮は訪れず体に変化は生じなかった。

ゆったりと手脚を投げ出している正夫は呟いた。

「女になったみたいだ。」

私は驚いて訊き返した。

「女だなんて、どうして？」

「こんな風に受け身で、相手のなすがままになってさ。」

正夫の素朴さに反発を覚えた。

「それだけで女になったと思えるの？」

「女の子は今の俺みたいな気分なんだろうと思うよ。」

私は何か自尊心を傷つけられたような気がした。だからわざと言った。

「じゃあ、あなた、私のペニスを所望する？」

「馬鹿。嫌だよ。」正夫は腰を引いた。「オカマになっちまう。洒落にならないよ。」

私は正夫の胸に手を載せて、努めて平静に声をかけた。

「でも、私は男じゃないのよ。」

正夫は笑って勢いよく私を引き寄せた。

「わかってるよ。今はレスビアンごっこをやってるんだろう？」

その想像も私の苦手なものだ。正夫の胸の上でもがく。

「だめよ。あくまでもあなたが男で私が女でなきゃ。」

「ホモごっこの時には乗ってたじゃないか。」

正夫のことばに私ははっとした。本当だ。同じ同性愛なのに、どうしてホモセクシュアルにしか好意を持てないのだろう。

「僕は女に生まれ変われたらレズになるね。男は嫌いだから。」

抱いた疑問への答が出せないので一時棚上げにして、正夫に尋ねる。

「女に生まれ変わりたいの？」

「生まれ変わりたいというほどじゃない。生まれ変わってもいいっていう程度さ。ただし、美少女に生まれるんじゃなければ嫌だな。」

「どちらにでも生まれ変われるなら、どっちがいい？」

「そうだな。」正夫は真面目に考えていた。「理想を言えば、世界でただ一人の男に生まれたいね。俺以外はみんな女でさ。」

私は噴き出した。正夫の胸の居心地が急によくなった。

「じゃあ、もし女かホモかどちらかに生まれ変わらなきゃならないとしたら？」

「難題だね。」正夫は再び黙考した。「ホモになってしまえば男相手も苦痛じゃないだろうからな。ホモかな。」

意外な答だった。

「どうして？」

「とりあえず、ペニスがあるからな。精神的には女よりも男の方が好きだし。」

私は首に巻きついていた正夫の手をほどいて、頭を起こした。胃のあたりがひどく緊張していた。なぜだろうと思って違和感を覚える箇所に手を当てる。感情が膨れ上がって来る。どうも猛烈に腹が立っているようだ。そう悟ると、荒っぽいことばが口をついて出た。

「だったら、今ホモになればいいじゃない。」

正夫は頭の下に腕を差し込んで私を見た。

「何無茶なこと言ってるんだ？　なれるわけないじゃないか。」

「ホモになれなかったのが残念なんじゃないの？」

「とんでもない。日陰の道は歩きたくないね。変態の人生は厳しいぞ。」

だが、一応は女と性行為をしているからと言って、正夫が変態でないという証拠になるだろうか。ペニスを汚いと思い、自分以外の男を嫌い、「汚い物」を女の口に平気で押し込み、なおかつ精神的には女よりも男の方が好きだと言うような者は、感受性が偏り感情が矛盾に満ちていて、正常の規範からはずれていはしないだろうか。私だって体は異常だけれども。しかし、「正常」とか「異常」とはどういうことだったろうか。

「どうしたんだよ？」

正夫の声が鼓膜を打った。私は弾かれたように喋り出した。

「考えてたのよ、男に生まれ変わって女を思い通りにしたらさぞかし面白いだろうって。」

唇を閉じてから、自分の喋ったことばに呆然とした。今まで考えた憶えのないことなのに、まるで日記に書き込んだ文章を暗誦するように一息に言えたのはなぜだろう。

舌の表面に苦味が残っていた。口にしたことばの下劣さに胸が冷えた。男に生まれ変わって女を思い通りにしたら面白いだろうなどと本気で思っているわけではない。その想像に性的な昂奮を感じるわけでもない。正夫に対して、と言うよりももっと大きなどうしようもないものに対して嫌味をぶつけた気がするのだが、嫌味は私自身にもはね返って来たようで、残忍かつ自虐的な気分が襲いかかって来る。

残忍かつ自虐的な気分をもたらすのは、頭に浮かんだ場面だった。男に生まれ変わった私が股間のペニスを女にくわえさせている。しかも、吟味してみると、ペニスをくわえている女も私なのだ。

急いで浮かんだ場面を打ち消した。私は体ばかりか心まで変態になりかかっているのだろうか。正常で健康な女に生まれついて、婚約者にも恵まれて、これと言った不満はなかったはずなのに、どうして今さら物事の感じかたが変わらなければならないのだろう。

「甘いよ。女が男の思い通りになるもんか。」正夫が言った。「おまえ自身を振り返ればわかるだろう？」

どことなく、正夫も腹を立てている風情だった。

一人きりの自分の部屋で、親指ペニスを握ったまま壁に寄りかかる。正夫との関係が微妙に狂いつつあるという気がする。原因はもちろん私の変化だ。さらに元を辿れば、親指ペニスができたのが間接的にであれ変化のきっかけになっているのかも知れない。いや、それは遡り過ぎだろう。親指ペニスを使って何かをしたわけではない。このペニスは一人の時に愉しみを与えてくれるだけの無垢な器官である。

無垢な器官をこすりたてる。右脚全体がとろけそうな快感が起こる。女の部分にもいくらか刺戟が伝わるようだ。だが、オルガスムスは親指ペニスにしか来ない。

親指ペニスと女性器に緊密な連絡がないらしいのは幸いだった。女性器への刺戟で親指ペニスまで反応してしまったら、他人のペニスを嫌う正夫は身震いするだろう。正夫は性行為の後、時々私の足先を振り返って「いい子だ、おとなしくしてたね」とか「おまえは後で可愛がってもらえよ」と声をかける。彼も親指ペニスが独立した器官なのを喜んでいるのである。

けれども、たった一度、ホモセクシュアルごっこをした折に触れもしないのに親指ペニスが軽く勃起したのを、正夫は記憶しているだろうか。なぜあの時だけ勃起したのだろう。普段より昂奮したためだろうか。

確かにあれほど昂奮したことは後にも先にもない。私は性的にまだ未成熟なのか、性行為のたびに必ずオルガスムスに達するわけではなく三四回に一回しか達さないのだが、あの時途中でやめないで最後までやり遂げていたら、きっとオルガスムスが得られたと思う。しかし、性行為で全く感じなくなった今、そんなことを考えてもしかたがない。

不感症に陥ったのは本当に困ったことだ。オルガスムスなどは別に訪れても訪れなくてもかまわないのだけれども、接吻や愛撫を愉しめなくなったのには参る。接吻や愛撫の歓びこそ正夫とベッドをともにする理由だった。

体は感じなくなったが、親指ペニスならば正夫に刺戟してもらっても快感が惹き出されるに違いない。Mにちょっと触れられてすら勃起したのだから。だが、他人のペニス嫌いの正夫には望んでも無駄だ。

二日前の晩、正夫は私に言った。

「一人で愉しむ時、左手でやってごらん。人にやってもらってるみたいで、いいよ。」

「人にやってもらうと、いいの？」

「快楽本位に言えばペースその他自分で調整した方がいいけどさ。人にしてもらうのは別のよさがあるよ。」

「左手を使うまでもないんじゃない？　実際人にやってもらえば。」

「まあ、それに越したことはないけど。」

「じゃあ、あなた、やってくれる？」

「嫌だね。」

断わられるとはわかっていても、即座に拒絶されるとやはり面白くない。

「誰かやってくれる人を探そうかしら？」

「いいんじゃない？　でも親指ペニス以外は触らせるなよ。」

　こうまで親指ペニスを嫌われると、私は悲しくなる。しかし嫌い無視する一方で、正夫は親指ペニスを意識している模様だ。別の時、正夫が尋ねた。

「そのペニスを自分に挿入することはできるの？」

　それには私は笑った。

「自分でためしてみてよ。骨格と筋肉の構造からして、できっこないわよ。」

　正夫は自分に親指ペニスがあるつもりになって脚を折り曲げたが、四苦八苦するうちに「痛い」と呻いてやめた。

「本当だ。そんなに立派な物なのに、もったいないなあ。」

　次の科白に皮肉の棘が仕込まれていたかどうかは判断できない。

「もし挿入できたら、俺がやるよりずっと気持ちいいんじゃないか？」

　彼が私のペニスと自分のペニスのサイズを比較していることに思い当たったのは、しばらくたってからであった。

　性行為に感じなくなった上に、何気ない会話でお互いにちくちく刺し合うようになったのも悩みの種だった。時折、正夫を嫌いになったらどうしよう、と思う。今のところはまだ彼が好きだ。正夫もまだ私を嫌になってはいない様子である。

　昨夕私たちは東京湾をめぐる船に乗りに出かけた。風の渡るデッキは思いのほか寒く、私たちはどちらからともなく寄り添った。他にも二組の若いカップルが手摺にもたれて身を寄せ合っていた。彼等と同様に、親指ペニスなどない普通の女と普通の男の組み合わせに戻れたような思いで、私はゆっくりと遠ざかる埠頭の灯に眺め入った。性的な事柄さえ忘れれば、私たちは相変わらず仲のいい恋人同士なのだ。

吹き曝しのデッキから暖かい船室内に入ると船内レストランに突き当たった。大勢の客がガラス扉の内側で忙しくナイフとフォークを動かしていたが、私たちはディナーの予約を取っていなかった。踵を返した時、黒いボウ・タイを締めた乗務員がカウンターの中から声をかけて来た。

「あちらにいい部屋がありますよ。」

手で示された方へ行くと扉のあいた小さな部屋があった。ロココ調のテーブル・セットがまばらに並べられた喫茶室だった。二方向が窓で、風に曝されることなく夜景が望める。席についているのは私たちだけだった。正夫が讃嘆した。

「いいクルーズだね。」

光量の低い間接照明の室内で、正夫の肌が美しい。私たちはグラス・ワインを注文した。ワインを運んで来た女性乗務員は、他の業務も兼ねているのか、すぐに喫茶室を出て行った。

寛いで外を眺めていた正夫がぽつりと言った。

「何も知らなかった子供の頃に返りたいな。」

「何年寄りじみたこと言ってるの?」

先刻羽田空港の横を通り過ぎて、飛び立つ飛行機のテール・ランプを見たから感傷的になっているのか、と思った。

「年寄りだよ、二十二歳なんて。」

年寄りのわりには甘ったるい声で正夫は言う。

「もう俺には夢はないよ。来月からは毎日毎日会社だし。」

「そりゃ学生時代のようには行かないわよ。」

「そんなわかりきったこと言うなよ。」

「これからやっとできるようになることもたくさんあるじゃない。」

「たとえば?」

私は黙った。たとえば結婚、と答える手もあった。だがふと、私たちの結婚の約束はまだ有効なのだろうか、という疑問が湧いて口に出せなかったのである。正夫も同じことを考えていたらしい。有名な遊園地の方角の夜空で花火が弾けるのを眼にした後、彼は言い出した。

「親指がペニスの子供が生まれたらどうする?」

「生まれないわよ。私のは後天性よ。」

「わからないぞ。あらかじめ遺伝子にプログラムされていたのかも知れない。」

「でも、一族に親指ペニスの持主なんていないわよ。」

「君の代から遺伝するかも知れない。」

「生まれたら生まれたでいいわよ。」

「俺はよくない。」

はっきりとした口調で正夫は言いきった。私は口がきけなくなった。

「かわいそうだよ、親指がペニスの女の子なんて。いじめられるし、男にも敬遠されるに決まってる。」

私に対する当てこすりではなく、やがて生まれるであろう自分の娘を案じているのはわかる。しかし、正夫のことばは私の胸に突き刺さった。

「また男の子の親指がペニスでも悲惨だぞ。二倍男らしくなるわけでもないしな。真面目な話だぜ。考えてみろよ。」

もはやクルージングを楽しめず、私は俯いた。正夫は、親指ペニスの備わった子供を産む恐れのある私とは結婚したくない、と言っているのだろうか。訊くのは怖かった。正夫はことばを切ったが、私はかすかに揺れるワインの表面を見つめたまま動かなかった。

不意にざわめきが近づき、家族風の五六人の男女が喫茶室になだれ込んで来た。五十代と見える男が椅子にどさりと腰を落とし、「ああ、よく見える」と大声を上げた。乗務員が人数分のメロンを運んで来てプロフェッショナルらしい迅速さでテーブルに載せて行く。ディナーのデザートの時間になったので、落ちつける喫茶室に移動して来たらしい。たちまち室内は人の声と食器の鳴る音で賑わった。

正夫は静けさが破れたのを惜しむ様子で、ちらりとグループ客の方へ眼を遣り、私に視線を戻すとのんびりした調子で言った。

「子供をつくるのは慎重にしような。」

昨夕正夫はああ言ったけれども、私と結婚してはたしてうまく行くものか、絶えず思案している に違いない。私も思案している。本当に結婚まで行き着けるかどうかも不安である。予定では二年後だが、それまでに取り返しのつかない行き違いが生じる可能性も小さくはない。私の親指が元に戻らない限り。あるいは、正夫が私の親指ペニスを愛してくれない限り。

男は皆親指ペニスを嫌がるだろうか。誰でもペニスを「汚い物」と決めて、フェラチオで女の愛情を確かめようとするのだろうか。正夫以外の男と話がしたい。正夫とつき合い出してから初めてそう思った。続けて私は考えた。もしも今、正夫以外の誰か好ましい男と抱き合ったら、私は快楽を感じることができるだろうか。私は頭を振った。その想像は恐ろしかった。

陰鬱さの晴れないまま、翌日の夕方、私は正夫と待ち合わせた渋谷の喫茶店に向かった。近年新しくできた今風のシックな店ではなく、昔ながらのごみごみした通りにある古い店である。いつだったか散策中に偶然見つけて、面白がって二人で入った。計算された光量ではなく単に薄暗い店内、趣味の悪いチェックのシート・カバー、うっすらと埃を被った鉢植え。陰鬱な気分での待ち合わせには最適の店だ。

途中私は道に迷った。一本隣の通りを入ってしまったのだ。土曜日の雑踏の中を小走りで引き返す。狭い歩道にたむろした少年少女に苛立つ。やくざになりそこねた風の小汚い中年の親爺にも苛立つ。やっと店に辿り着いて見まわしたが、正夫の姿はなかった。

コーヒーを一口飲んで落ちつくと、以前この喫茶店に来た時の楽しい気分を思い出した。当時の私たちは無邪気そのもので、顔を見合わせているだけで幸福だった。会う約束をした日の前夜から、着て行く服を選びながら浮き浮きしていた。デートに向かう途中、電車が混んでいようと舗道の敷石に足を取られてパンプスのヒールを傷つけようと、浮き浮きした気分が壊れることはなかった。今は違う。デートの前でも些細な原因で気が立ってしまう。

十分ほどして、正夫が姿を現わした。私を認めると俯き加減で近づいて来る。

「待った?」

走って来たらしく呼吸が荒い。ウェイトレスに「コーヒー」と告げると、お絞りのビニール袋を引き裂く。視線があちこちにさまよっている。

正夫が口元を拭いたお絞りを何の気なしに見ると、赤い染みがついている。薄暗い中で正夫を見つめると、唇の親指でいじっているあたりから血が滲んでいる。

「どうしたの?」

「今そこで喧嘩した。」

「誰とどうして?」

「知らない奴だよ。肩がぶつかったからさ。頭に来た。」

正夫はまたお絞りを取って唇を押さえた。

彼もまた鬱屈しているのだ。すでに私たちの間柄は大きく変わっているのかも知れない、と思った。

正夫の引っ越しの前日はとても暖かい日だった。正夫と私はシャツ一枚になって、こまごまとした正夫の持物を段ボール箱に詰めていた。正夫は物持ちで、アイロンなどでもドライ・アイロン、スチーム・アイロン、洋服をハンガーに掛けた状態でもスチームを当てられるファッション・スチーマーの三種類を備えていたし、女の私でさえ買っていない毛玉取りクリーナーまで持っているので、思いのほか荷づくりは捗らない。

押し入れの中を引っ掻きまわしていると、ずっと前に私が買って来て口を切ったまま忘れていた生理用品が見つかった。正夫は笑いながら「どうする？　持って帰る？」と尋ねる。私は生理用品を、やはりいつか正夫の部屋に持ち込んだきり忘れていたTシャツや下着類を入れた手提げ袋に放り込んだ。

正夫の部屋のあちこちに私の痕跡があった。食器類をかたづける際も、縁の欠けたティー・ポットが出て来ると、ひとしきり思い出話に花が咲いた。そのティー・ポットは欠け落ちた破片を強力接着剤で貼りつけてあったが、破片は無器用にもずれ曲がってくっついていた。

「これを壊したのはあなたよね。」

「違うよ。おまえだよ。」

「いや、この無器用な修繕のしかたはあなただわ。」

「違うってば。いいかい？　確かにかけらをアロンアルファでくっつけたのは俺だよ。でも、カップを取った拍子にティー・ポットの縁にぶつけてかけらを吹っ飛ばしたのは、おまえだ。」

「そうだった？」

「そうとも。おまえ、おろおろして『これ高いんでしょう？　どうしたらいいの？』って泣きそうな声を出したじゃないか。」

部屋がかたづくにつれて、正夫の匂いも私の匂いも薄まって行く。持物を整理することで、三年半の私たちの思い出も整理されているような気がする。同棲あるいは結婚生活を解消することを決めたカップルが互いの持物を整理する時の気持ちが、少しわかる。もちろん私たちは今日限り別れるわけではないが、何となく寂しかった。

正夫も同じような気分なのか、今日はいつになく私を気遣って嫌な顔一つ見せない。日差しも優しいし私たちの会話は和やかで機嫌は上々になっても不思議はないが、お互いに相手を不快にすまいと意識しているので、楽しいことは楽しいけれども胸の奥が寂しい。本当に正夫と別れたならどんなに寂しいだろうと思う。もし正夫と二年後に結婚できなかったら、その後の人生をどういう風に生きればいいのか見当がつかない。遙子ももういないのだから。

あけ放した窓からは向かいの家の住人の弾くピアノの音が流れ込んで来ていた。クラシックもジャズもブルースも弾きこなす器用な隣人がさっきから延々と弾き続けているのは、ジャズ・アレンジの「マイ・フェイヴァリット・シングス」だった。

「あの曲は、やり出すとやめられなくなるんだよ。」

段ボール箱にガム・テープを貼りながら正夫が言った。

「やっぱりうまいな、あいつ。俺が金持ちだったらおかかえ楽師に雇うね。」

隣のピアノ弾きを「気障な奴」とか「騒音野郎」と罵ってばかりだった正夫が、初めて素直に褒めことばを口にしたのが嬉しくて、私は微笑んだ。正夫も心持ち眼を細めると、ガム・テープを置いて立ち上がり手を差し出した。

「ダンスをしよう。」

私たちは右手を重ね腰に手をまわし合った。ソシアル・ダンスは体育の授業でしか踊った経験はないが、何とかうろ憶えのステップを踏む。ステップが怪しい上に床には物が散乱しているので、膝頭はぶつけ合うし踵と爪先で小さな物を蹴散らしてしまう。しかたなく動きまわるのはやめ、一つ所に立って軽く体を揺らせるだけにする。

正夫の体は汗ばんでいた。しかし体の匂いは嫌ではなかった。正夫の肩に額を載せ頭の重みを預けてみる。正夫の両手が私の背中にまわる。抱擁を愉しめなくなった私だが、今日はいくらか心地よさを感じた。だが相変わらず寂しさで胸の底がさざ波立っている。寂しいのを紛らわしたくて、私はふざけ始めた。腰を振って踊りにコミカルなアクセントを加える。よろめいた正夫も、腹で私を押し返す。押し合いはだんだん白熱して、しまいにはレスリングさながらになった。

「参った、もうやめよう。」

私の頭突きを胸に受けた正夫は、私をかかえたまま座り込んだ。私も汗をかいていて、少しの間呼吸を静めなければならなかった。「マイ・フェイヴァリット・シングス」はまだ続いている。同じメロディを聞いていると、ダンス、いやレスリングの気分が消えない。ふざけた調子の残っている私は、戯れに隣の窓に呼びかけた。

「次は『アフター・アワーズ』をやってくれない？」

正夫は「馬鹿」と言った。ところが驚いたことに、隣人は「マイ・フェイヴァリット・シングス」をぴたりと止めると、「アフター・アワーズ」を弾き始めたのだ。正夫と私は顔を見合わせた。

「聞こえたとはな。耳のいい奴だ。」

リクエスト曲の演奏中、私たちは手脚を投げ出して休んでいた。曲が終わると荷づくりを再開した。

夜までは和やかな雰囲気を保てた。だが、夕食をとりに行って帰って来た頃には、正夫も私も相手を不快にすまいと気遣うのに疲れていた。

「気が滅入るな、野郎ばかりの寮なんて。」

ベッドの上で壁にもたれ、買って来たビールの缶を片手で弄びながら、正夫は明日の晩から暮らすことになる会社の独身寮のことを言った。

「九時から五時まで働いて疲れて帰ったら、野郎の匂いを嗅いでなきゃいけないなんてな。」

「寮費は安いし食事も出るじゃない。」

「ああ、一生会社に仕えるなんて嫌だ。」

「エリート・サラリーマンが何を言ってるの？」

「この憂鬱は学生なんかにはわからないよ。」

四月からの新生活にまつわる正夫の愚痴はいい加減聞き飽きていた。つい私も愛想のない口調になる。

「私だって会社勤めをしていたのよ。」

「あんな風俗産業、お遊びじゃないか。」

「お遊びだったらあそこまで発展しないわよ。」

「女を売りものにしたから発展したんだ。まともになんか評価できるもんか。」

黙った私に眼を向けようともせず、正夫は吐息をつく。

「女はいいよな。女であるというだけで価値が上がる。」

面倒臭くなって、私は乱暴に言った。

「じゃあ、あなた女になればいいじゃない。」

正夫はむっとした顔を私に向けた。ややあって、皮肉な笑みを浮かべる。

「おまえはそういうことが言えるよな。おまえは男になったんだものな。」

込み上げた怒りを抑える気はもうなかった。

「私が男なら、私と寝てたあなたは何なのよ？」

「悪かった、おまえは男のなりそこないだった。」

こんなに意地の悪い正夫に相対するのは初めてだった。私は力を落とした声で尋ねた。

「そんなことを言って何になるの？」

正夫は答えないで膨れっ面を俯けた。この男は子供なのだ、と私は思った。もはや一人前なのに、慰めと「深い愛情」と性を三つとも同時に要求しないでいられないお坊ちゃんなのだ。これまでどうしても訊く勇気が出なかったことを、今なら尋ねられそうだった。私は震える唇を開いた。

「私は男のなりそこないだから、嫌いになったの？」

正夫は膨れっ面をやめ、急に優しい声になった。

「嫌いになったりしないよ。君はかわいそうな女の子だもの。悲しそうな顔をするなよ。」

私が再び怒りに囚われたのは、私を「かわいそう」と言った正夫の表情と声音に奢りに満ちた満足感が感じられたためである。私は強い語調で言った。

「あなたは勝手に私をかわいそうな女にして、そのかわいそうな女を捨てられない自分をもっとかわいそうに思って気をよくしてるんじゃないの？」

「よくもそんなことが言えるな。」正夫は壁から背を起こした。「おまえの親指ペニスを見て俺がどんな気持ちになったか知らないくせに。」

「汚いと思ったんでしょう？　不様だと思ったんでしょう？　あなただって同じ物を持っているのに、あなたは自分の物しか可愛がらないわ。私なんてまるで、あなたが自分のペニスを可愛がるのを手伝う道具じゃない。」

正夫は荒々しい勢いでベッドを下りた。床に座っていた私は反射的に身を縮めた。だが、正夫は私の前を通り過ぎて積まれた段ボール箱の所に行き、上に置いてあった大型カッターを取り上げた。

「おまえが変な物をこしらえてから、おかしくなり始めたんだ。」

正夫は大型カッターの刃を五センチほども出した。その音を聞いて私はぞっとした。

「おまえだってそいつのせいで具合が悪いだろう。」

　私を見下ろした正夫の顔は真白で、眼ばかり気味悪く輝いている。口元を引きつらせ、正夫は低く言った。

「そんな物、切り落としてやる。」

　正夫が体をかがめた。私はおののいた。立ち上がりざま、渾身の力で正夫の顎に頭を当てた。正夫は唸り声を上げて尻餅をつき、両手で顎を覆った。その隙に、私は靴も履かないで玄関を飛び出した。正夫が「一実」と叫ぶ声が背後に響いた。

　走ったところで追いつかれるに決まっている。玄関を出た私はすぐさまアパートの横手にまわった。住人の物干場となっている中庭で、私を追ってまっすぐに駆け出した正夫の足音を聞き届ける。心臓が激しく脈打っていた。人に親指ペニスを切り取られるなどまっぴらだ。正夫はどうかしてしまったようだ。たまらなく怖かった。

　中庭を抜け、建物の裏側に進む。灯のついた正夫の部屋の窓が見える。少しの間この辺にひそんでいて、正夫が部屋に戻ったら立ち去ろう。だが、財布の入った鞄を部屋に置きっ放しなのを思い出した。どこに置いたかと言えば窓際だ。外から手を伸ばせば取れる。私は冷たい土と雑草を踏んで、正夫の部屋の窓の下へ行った。手摺の枠の中に肩まで押し込んで、巾着型の鞄の口を摑み上げる。靴も取りに行きたいが、それは危険だ。

　窓辺から離れる時、灯に照らし出された室内を見た。来馴れた部屋だが窓の外から眺めると知らない人の部屋のようで、無性に寂しくなった。正夫の窓から一メートルほど離れた所で蹲る。こんな夜は早く過ぎてしまえばいい、と思った。

その時、塀の向こうの建物のドアが開いた。ピアノ弾きの住む家屋である。家の中から誰かが出て来た。私は息を殺した。出て来た人物は用心深いような摺り足で歩みを進める。なぜかこちらへ近づいて来る模様だ。板塀の下の方の横木を渡しただけの部分に派手な縞模様のコットン・パンツの足が現われた。

足は私のすぐ近くで止まった。誰かの所在を尋ねる風に板塀が二三度軽く叩かれた。次いで、声変わり前の少年としか思えない甘味を含んだ優しい声が、間違いなく私に向かって言った。

「こっちだよ、おいで!」

CHAPTER 3 ★

「こっちだよ、おいで！」という呼び声には声質の優しさ以上の親身な響きがあって、警戒心は全く起こらなかったのだが、やはりあまりに思いがけなくてすぐには動けなかった。板塀の向こうの人物は再び塀をノックすると、膝を折って塀と地面の間の横木に両手をかけた。もう一度柔らかな声が呼ぶ。

「隠れてるんでしょう？　おいでよ。匿ってあげる。」

声の主は犬でも招くように両手を広げた。優しい声に似つかわしい、指が長く肌理の細かい手が眼についた。この手の持主こそ、今日の午後私のリクエストに応えて「アフター・アワーズ」を演奏してくれたピアノ弾きに違いない、と直感し、私は招き寄せられるように板塀に近づくと、声の主に向かい合って腰を落とした。

「私を知ってるの？」

「知ってるよ。君だって僕を知ってるだろう？」

「あそこでピアノを弾いている人ね？」

「そうだよ。」

声の主は顔を見せない。お互いに胸元から上は板塀の陰になっているのだが、彼はこちらを覗き込もうともしない。ささやかな遣り取りのあった間柄ではあるけれども、人相も知らない者を助けようとするなんて、随分無防備でお人好しのようだ。奇特な人柄に戸惑って、私はぼんやりと彼の手を見つめた。

「何をしてるの？　そこにいるの？」

見つめていた手がふいと動き、塀の下から伸びて来て私の左腕にぶつかった。どこかの国の舞踊を思わせる不思議に緩慢な動きであったが、ぶつかった指先が軽く私のカーディガンの袖をつまんだのも、まるで小鳥の嘴に挟まれたかのような不思議な感触だった。思わず私は右手の指先で彼の指先を挟み返した。

ろくに知らない男に進んで手を触れたことなどない私は、自分で自分の大胆さに少々驚いたのだが、ピアノ弾きの方は驚いた様子もなく、私の指に挟まれた手をじゃれるように軽く振って言った。

「早くこっちへ来て。」

「どうして助けてくれるの？」

「だって君のこと知ってるもの。」

少ししか知らないじゃない、と私が口に出すより早く、変わり者らしいピアノ弾きは手を私の指から抜いて、塀の横木と地面との間を往復させた。

「狭いかな？　通り抜けられる？」

少ししか知らないピアノ弾きの好意に甘える気になっていた私は、頭を低くして横木の高さを測った。這って通るのは無理で、蛇を真似て冷たい地面にべったり体をつけてにじり入らなければくぐれそうにない。ぞっとしないが、土くれ塗れになるのを厭う余裕はないのである。理性をなくした正夫に捕まるくらいなら、肥溜だって泳いで渡る。板塀と平行に腹這いになって、まず右半身を塀の向こうに差し入れた。

ピアノ弾きが塀をくぐった私の右肩に触れた。さっきの小鳥のような感触とは大きく違った強い力で腕の付根を摑まれたかと思うと、一息の間に私は横木の下を通過して隣家の敷地に引き入れられていた。横木でこすった後頭部の痛みに声を洩らすと、ピアノ弾きが心配そうに声をかけた。

「ごめん、乱暴だった？　立てる？」

腕を摑んだ手の力を弛めて、ピアノ弾きは私を助け起こそうとした。

「大丈夫、立てる。」

ピアノ弾きの腕の力に頼らず、私は手をついて立ち上がった。勢い右腕にかけられた手を押し返すことになったが、ピアノ弾きは手を私に触れたままで、私が服の前一面についた土を払い始めても離そうとしない。優しいのだろうか。それともスキンシップが好きなのだろうか。よくわからないけれども、性的な気配を全然感じさせないあっさりした触れかたなので、煩わしくも気味悪くもない。だが、本当に一風変わった人のようである。

傾けていた背を起こすと、ピアノ弾きはようやく私から手を離し、体の向きを変えて、私が正夫の部屋からいつも見ていた建物に向かって歩き出した。後ろ姿に眼を遣れば、男にしては小柄だ。身長百六十センチの私とほとんど変わらないのではないか。取り紛れて顔は見なかったが、声と言い幼さの残ったスリムな体つきと言い、十代の少年としか考えられない。無防備に好意を表わすのも若さのためだろうか。

ピアノ弾きはそれが習慣なのか、出て来た時と同様ゆっくりと一歩ごとに足の下の地面の感触を味わう風に歩を進め、戸口に着くと片手で建物の中を差した。

「入って。」

建物の中は灯がついていなかった。窓から差し込むよそからの弱い光と空気の籠もり具合で、いろいろな物が雑然と置かれた八畳程度のワン・ルームと見当がつく。先に上がった部屋の主は馴れた足どりで暗がりを部屋の奥へと器用に進んで行く。私も靴下の裏の泥を払って後に続こうとしたが、数歩進むと足頸に電気のコードらしい紐が絡まった。よろめいたところへ何かが倒れて来て腰にぶつかった。咄嗟に摑んだのはエレキ・ギターのネックだった。

「ああ、そうか、見えないんだ。」ピアノ弾きが声を上げた。「待って、今灯をつけるから。」

部屋の奥で丸い光が浮かび上がった。ベッドのサイド・テーブルの上の球型のランプである。光は強くなったり弱くなったりした。ピアノ弾きが調光スウィッチをいじっているのである。

「明るさはこれくらいでいい？」

薄明るく照らし出された室内は、見当よりももっと物でごった返していた。アップライト・ピアノ、シンセサイザー、エレキ・ギターを始め私が名前を知らない楽器類、大きなスピーカーを組み込んだ立派なステレオ・システム、バーベルの付いたトレーニング・マシン等が、無理矢理詰め込まれているさまは物置同然で、灯がついていてもどこをどう通ればよいものか判断がつかない。

「座れるのはベッドの上だけだよ。」

そう言ったピアノ弾きは、もうベッドの上で胡坐をかき胸にクッションを抱いている。ベッドに呼ぶのは何か悪い企みでもあるのではないか、という考えが一瞬頭をよぎったが、クッションをしっかり抱いているのはそばに来ても襲いかかったりしませんと態度で表明しているように思えたし、独得の印象を与えるこのピアノ弾きはまだ性に目覚めていないという見かたも充分にできるので、素直にベッドに行くことにした。

ところが、物と物の隙間を次はどちらに足を踏み出すか迷いながらすり抜けて行かねばならないため、なかなかベッドに近づけない。

「何だ、明るくても歩けないのか。」クッションに顔を埋めてピアノ弾きが言う。「もしかして君、眼が悪いの？」

「この部屋が歩き辛いんじゃないの。」

やっとベッドに辿り着いてピアノ弾きからやや離れて腰かけた私は、言い返した。

「こんなに物が多いんだから、立往生するなと言う方が無茶だわ。」

「そうか、眼が悪いんじゃないのか。」ピアノ弾きはクッションに顔を埋めたまま呟いた。「僕は眼が見えないんだよ。」

頭をもたげてこちらを向いたピアノ弾きの顔を、私はまともに見た。下膨れ気味の頰、くっきりした鼻柱、丸い鼻先、なめらかな肌の、剽軽な感じの童顔である。そして、標準よりもいくらか落ち窪んだ眼元が、「見えない」という彼のことばが嘘ではないことを私に教えた。先ほどから不審に思わないでもなかった、彼の慎重な歩みぶりやしきりに触って人の挙動を確かめること、人相への無関心等も、眼が見えないせいだったのかと考えると合点が行く。

「僕の顔が見える？　愉快な顔だと思う？」ピアノ弾きは手で自分の頬や鼻を撫でて笑った。

「みんな可愛いって言うよ、僕のこと。」

深刻さを追い払うための冗談とわかりはしたが笑いそびれて、私は尋ねた。

「みんなってどんな人たち？」

「チサトさんや、仕事で会う人たち。」

「チサトさん」とは誰なのかもちろん私は知らない。

「仕事って何をやってるの？」

「作曲。」

道理でピアノがうまいわけだ。改めて私は室内を見渡した。たくさんの楽器類は全部商売道具なのである。これだけたくさんの高価そうな楽器を持てるのだから、結構売れている作曲家なのだろう。同じ専門職でも、ワープロもファクシミリも買えない小説家のMとは大違いである。そうだ、今日の午後唐突な私のリクエストに応えてくれたことへのお礼を言わなければならない。

「ありがとう、昼間は。」

「『アフター・アワーズ』？　何でもないよ。」

「まさか、私の声が聞こえるとは思わなかったわ。」

「聞こえるよ、両方の部屋の窓があいてれば。」

大型カッターを手にした正夫の形相が甦った。

「さっきの騒動も聞こえたのね？」

「一部始終じゃないけどね。」

ピアノ弾きはクッションを放り上げて受け止めた。

「女の人の声はわりとよく聞こえるな。君の声は前から知ってたよ。」

「前から？　この部屋が建てられてから？」

「もっと前。母屋の方の部屋にいた時から、時々夜庭に出て聞いてた。」

顔に血が上った。確かに正夫と私は夏場は窓を閉めないでいた。アパートの隣人たちは幸いにも夏は帰省して留守だったし、気遣いはいらないと決め込んでいたのである。恥しさで口もきけない私にかまわず、ピアノ弾きは涼しい顔でクッションを潰したり叩いたりしている。理解できない図太さだ。

「どうして聞いたりなんかするの？」

「だって素敵な声なんだもの。知らないの、自分で？」

好色さの全くない無邪気な口ぶりに、あっけに取られた。

「女の人の声を聞くと耳をくすぐられるみたいで、とっても気持ちがいいんだけど、君の声は特別いいな。耳の中が綿飴でいっぱいになるような気がして、ずっと聞いていたくなる。」

「だけど」相手の無邪気な調子に引き込まれつつあると感じながら、私は言った。「そんな個性的な声だなんて、他の誰にも言われないわよ。」

「ふうん、でも僕は大好きだよ。君が向かいの部屋に来る日が待ち遠しかった。だから『アフター・アワーズ』も弾いてあげたんだ。」

悪い気はしなかった。しかし、そう言う彼の方こそ変声期前の少年のような甘くて優しい声である。そもそも初めから、見ず知らずの異性と打ち解け寛いで話せるのは、彼の心地いい声質のおかげでもあるのだ、と気がつくと、私の方も何やら耳がくすぐったくなって来た。

ピアノ弾きがクッションを弄ぶのをやめた。首をかしげ耳を澄ます素振りを見せると、低い声で言った。

「帰って来たみたいだよ。」

私はびくっとして、正夫の部屋に面した窓に眼を向けた。途端に思いきり荒々しく窓を閉める音が響いた。反射的に腰を浮かすと、ピアノ弾きがクッションで私の腕を叩いた。

「落ちついて。見つかりやしないさ。」

腕に当てられたクッションを手で押さえる。ぶり返した恐怖と悲しみで心臓が苦しい。ピアノ弾きはクッションを放した。代わって私がクッションを抱き締めた。ピアノ弾きが尋ねた。

「戻りたくなんかないんでしょう?」

「絶対に。」

自分でも当惑するくらい断固とした口調になった。一拍置いて、ピアノ弾きが嘆声を発した。

「そんな声も出るんだね。」

見れば明るい笑顔である。緊張が解け、私も笑った。

「気に入った？」

「気に入った。ミント・シャーベットみたいな声だった。もっといろんな声が出せるんだろうね。聞いてみたいな。」

それほど喜んでもらえるのなら聞かせてあげたい、という思いが湧いた。私は完全にピアノ弾きの少年の率直さにつられていた。

「あなたは何ていう名前なの？」

「ケンドウシュンジ。」

ピアノ弾きはまだ笑っている。ひとりでに私も笑えて来る。

「どんな字を書くの？」

「イヌにワラべにハルにココロザシ。」すらすらと答えて註釈する。「人に名前を伝える時はそう言えって、盲学校で教わったんだ。教わったけど、子供の頃は意味がわかってなかった。イヌとハルはわかる。だけどワラべとココロザシって何なんだろう、とずっと思ってた。今は漢字でサインできるよ。」

言いながら、犬童春志は私に手を伸ばした。

「掌を貸して。」

私の手頸を取ると、自分の膝に置く。体が傾いて安定が悪くなった私は、春志の近くに座り直す。春志は左手で私の手頸を押さえ、右手の人差指で私の掌に字を書き始めた。だが「犬」と書かれたところでくすぐったさに耐えられず、私は笑い声をたてて手を引き抜いた。

「ああ、その声。」春志が再度嘆息した。「いいな、とっても。」

それがまたおかしくて私は笑い続けたが、春志が真面目な声で止めた。

「あんまり高い声を出すと、あの人に見つかっちゃうよ。」

私は口元を引き締めた。春志は私の手を握り直して、続けて「童」の字を書こうとする。ところがいったんくすぐったいと感じると何がどうでもくすぐったく、今度も身をよじって手を引き抜いてしまった。

「だめだよ、サインできないじゃないか。」

そう言う一方で、春志は眼を細めて私の笑い声に聞き入っている風情である。私の笑いが収まると、あくまでもサインをやり通そうとしてまた手を伸ばして来る。掌を合わせるかたちでその手を握って止める。

「ペンで紙に書いてよ。頼むから。」

「紙なんかないよ、ティッシュ・ペーパー以外は。」

なるほど、眼が見えないのなら普通字や絵を書く習慣はないだろう。間抜けなことを言った、と気を落とした時、春志が合わせた手の親指を使って掌をくすぐった。腕を押したり引いたり捻ったりの攻防がしばし続いた。私は笑い続けなければならなかった。笑いの合間になぜ会ったばかりの相手とこんなに親しげに戯れているのだろう、と自分を訝ったが、親しげに戯れていることがごく自然であっていっこうに不快ではないので、考えるのはよした。

いつの間にか私たちは互いに両手を摑み合っていた。間近に春志の顔があった。実に楽しげに笑っている。笑うと童顔がますますあどけなくなる。はずむ息を抑えて、私は訊いた。

「あなたいくつ？」

「十九。」

「本当？」眼の前の顔を見直す。「十六七かと思ってた。」

「成長が遅いんだ。髭もあんまり生えないし。君はいくつなの？」

「二十二。」

「じゃあチサトさんより一つ下だ。」再度私の知らない人の名を口にした後、思い出したように言う。「カズミって呼ばれてたよね。本名？」

「もちろんよ。本名じゃなきゃ何なの？」

「チサトさんは本当はサトコっていうんだよ。本名は嫌いだからチサトと呼べって言うんだ。名刺もチサトにしてる。」

チサトさんは彼のマネージャーなのだろうか。尋ねようとしたが春志の問の方が早かった。

「上の名前は？」

「真野。真野一実。真実のシンに野原のノに——」

「あ、聞いてもわからないよ。」握り合った手を振る。「自分の名前に使われてる漢字しかわからない。」

またも間抜けなことをやってしまった、と自分に腹が立ったが、春志の方は気に留めていない様子である。暢気な調子で言い出した。

「何かして遊ぶ？　ピアノを弾いてあげようか？」

私も暢気であった。この部屋に入ってから、時の経過もどうやって家に帰るかという大問題を考えることも忘れていた。今は十時頃だろうか。たぶん正夫は昂ぶる感情と闘いながら荷づくりをしているだろう。もう外に出ても安全である。

「二三日中に返すから、サンダルか何かあったら貸してくれる？　靴を履かないで出て来たのよ。」

「帰るの？　泊まって行けば？」

簡単に言った春志の顔を、私はまじまじと見つめた。

「誰でもすぐ部屋に泊めるの？」

「夜来た人は泊めてあげるよ。」

いくら春志の明るく人なつっこい性格に親しみを覚えても、さすがに泊まれと勧められて即座に頷くわけには行かない。年より若く見えるとは言え一応は十九歳の男だし、無邪気な少年だからこそ性行為も無邪気に気軽に行なおうとするとも考えられる。しかし、さっきから握り合っている手からは性的な関心が伝わって来ないのも事実だ。いや、無邪気を装うのが彼流の手口なのかも知れない。

考え込むうちに、今一つの想像が頭の中で膨らんで来た。もしもこの少年と抱き合ったらいったいどんな感じがするだろう、という想像である。婚約者から逃げ出したその晩に別の男と抱き合いたいとは思わない。だが、春志が正夫や晴彦を始め私がこれまでに出会った男たちの誰とも似ていないせいか、もしも抱き合ったらという想像はひどく魅力的だった。私はうろたえた。

「返事がないのは帰りたいからだね？」

春志の声が私を困惑から救った。思わずほっと息をついた。直後、まるで見計らったかのように、しかもこれ以上はないほどのさりげなさで、春志は私の片方の手の甲を自分の頰に当てた。私がはっとしたのは手の甲に春志の頰の温もりを感じてからだった。けれども、それもまた春志には深い意味のない行為らしく、私の手を取ったまま話し続ける。

「明日なら一時に青山で打ち合わせがあるから、車で送ってあげるのに。」

「まずいのよ、明日は正夫が引っ越しでアパートを出たり入ったりしてるから。」

「あの人、隣からいなくなるの？　じゃあ、代わりに君が引っ越して来れば？」

「どうして？」

「君の声が聞ける。」

私は思わず微笑んだ。

「僕も君にピアノを弾いてあげられる。」

「いい考えだけど——」

言いかけた時、同じ敷地内の母屋の方で戸を閉じる音がして、せかせかした足音が近づいて来たかと思うと、ノックもなしに勢いよく部屋のドアが開いた。天井の灯がついた。現われたのは二十三四歳のボブ・ヘアーの女だった。

春志は私の手を頬から下ろしたが、握っているのを放そうとはしなかった。女の方は、数秒の間自分の眼に映った光景が信じられないという風に黒々とした眉を吊り上げていたが、私に視線を据えると上ずった声で尋ねた。

「あなたは誰なの？」

私は反射的にベッドの上で正座した。

「初めまして。真野一実です。」

「そんなことを訊いてるんじゃないわ。」

女は息を荒げたまま、春志に眼を向けた。

「どうしてこの子はここにいるの？」

「匿ってるんだよ。」春志は落ちついている。「大きな声を出さないで。この子を取って喰おうという鬼がいるんだ。」

女は後ろ手にドアを閉め、スカートの裾を翻しながらベッドの前にやって来た。

「取って喰おうとしているのはあんたじゃないの？」春志に向かって言い捨てると、私にも言う。「大丈夫？　何もされていない？」

つい今しがたとは打って変わった柔和な表情と声である。息も鎮まっている。しかし、つくりものの柔和さだということは厳しい眼の光でわかる。自尊心の強い人なのだろう。怒りで取り乱したさまを見せたくないのだ。

「チサトさんったら。何もしていないよ。」春志が言った。

「仲よく手を繋いでるだけなの?」

女の怒りを和らげようと、割って入る。

「伺ってましたよ、あなたがサトコさんですか?」

逆効果で、チサトさんだかサトコさんだかは私を睨みつけた。サトコさんと呼んだのが気に入らなかったのだろうか。私としては、初対面で愛称を呼ぶのも馴れ馴れしいかと考えただけなのだが。

「もう、チサトさんはすぐ怒るんだから。」

「別に怒っていないわよ。」

チサトさんだかサトコさんだかは甘ったるい声を出したが、怒りの表情が私には見える。

「そうだ。」春志はいいことを思いついたという風に手を打ち合わせた。「ちょうどよかった。チサトさん、パジェロを出してよ。彼女を送りがてら、ドライヴをしようよ。」

チサトさんは春志と私を見比べた。慌てて私は言った。

「いえ、私は電車で帰ります。」

「送って行ってもいいんだけれど。」サトコさんは厳かに呟く。「パジェロの調子、よくないのよ。」

「じゃあ明日青山に乗って行けないじゃない。」

「タクシーで行くのよ。」

「タクシーになんか乗りたくないなあ。平気でしょう、パジェロ？」

私は鞄を小脇にかかえて、本気で帰ろうとしているところを見せた。

「御心配なく。電車で帰りますから。ただ、サンダルか何かお貸しいただければ嬉しいのですが。」

チサトさんは腕を組んだ。

「サンダルねえ。あったかしら。」

春志が口を出す。

「母屋にいっぱいあるじゃないか。」

サトコさんの表情が険悪になる前に、私は叫ぶように言った。

「草履でもスリッパでもいいんです、履けさえすれば。」

「ちょっと待ってて。」

チサトさんは重々しい歩調で部屋を出て行った。私はハンカチを取り出して額を拭った。春志は立てた膝をかかえた。

「今日は日曜日だろう？」

「ええ。」

「本当はチサトさんの来る日じゃないのにな。」

「あの人はあなたの何なの？」

「従姉だよ。」

話しているうちに、サトコさんが戸口に戻って来た。立ち上がると、春志もついて来る。チサトさんは三和土に置いた履物を示した。

「これしかなかったの。捨てる寸前だったから返さなくていいわよ。」

真赤なビニールのスリッパだった。白くTOILETの文字が印刷されている。チサトさんは薄笑いを浮かべている。私は赤いスリッパに足を収めた。

「どうもすみません、チサトさん。」

「サトコよ」と女。

「チサトだろう？」と春志。私はこの少年が好きだ。

門までついて出ようとする春志を、女は押し止めた。

「私が案内するから、あなたは寝てなさい。」

不満げに唇を動かしかけた春志に、私も言う。

「本当にいいから。今日はどうもありがとう。」

つまらなそうな顔になった春志は返事をしなかった。私だって春志と二人きりになって心を込めてお礼が言いたいのだ。しかし、そのことで後で従姉が春志に当たるといけないから諦めるほかはなかった。従姉は春志の鼻先でドアを閉じた。

母屋の横の細い通路を歩きながら、女は私に囁いた。

「あの子はあんな顔をして、女に手が早いのよ。泊まって行けと言われなかった?」

「言われてません。」

嘘をついたのは、春志の立場を慮っただけではなく、陰で従弟の悪口を囁く女に反発を覚えたためである。

門に着くと女はきっぱりと言った。

「お礼には及ばないわ。さようなら。」

しかたなく私は一礼した。

「従弟の彼にくれぐれもよろしくお伝えください。」

すると、女は鼻で笑った。

「あれは私の夫よ。」


燃えないゴミの収集日は土曜日だったので、日曜の夜帰宅してから五日間、出入りのたびに三和土の隅に脱ぎ捨てた真赤なトイレ用スリッパが眼に入ることになった。嫌でもスリッパをくれた女の角張った顎に浮かんだ薄笑いを思い出したし、その女の夫ということばかりか従弟ということさえ信じられないほど親切だった春志の面影も、繰り返し瞼の裏に甦った。

五日間暇だったわけではなくて、四月を迎えたことでもあるし、二年近く休学していた大学への復帰準備として天袋に押し込んであった教科書を引っぱり出しもすれば、登校して新学年のガイダンスに出席もした。会社通いを始めたはずの正夫についても気にかからないではなかった。しかし、日がたつにつれ頭を占めるにようになったのは、眼の見えない少年の住む部屋で過ごした時間の記憶であった。

かりにあの晩、唐突に従姉の女が現われなかったならば、犬童春志という少年との出会いは人生に時折起こる愉快な出来事の一つとして記憶に淡く残るだけだったろう。この少年と抱き合ったらどんな感じがするだろうとふと考えはしたけれども、結局春志が性行為に関心を持っているのかいないのかははっきりしなかったし、すぐに忘れてしまったに違いない。

ところが、大昔の少女漫画の仇役のような意地悪をする従姉が出現し、嘘か本当か知らないが「あれは私の夫よ」などと性的関係を仄めかしたおかげで、私は春志の過去と現在の生活に強い興味を抱くことになった。従姉は手を握り合った私たちに嫉妬し、二度と私が春志を訪ねないように姑息な意地悪をしたのだろうが、完全に裏目に出たのである。

春志と従姉が夫婦であるはずはない。夫婦ならば一緒に寝起きするもので、曜日を決めて夫の部屋に通ったりはしないだろう。二人に性的関係があるとしても、従姉の方が積極的に春志を夫にしたがっているだけなのではないか。春志に自分の言うことを聞かせずにはおかない、といった従姉の強引な言動と、春志の無邪気で素直な性質とを照らし合わせてそう思う。

春志の手の感触を思い返す。あれはどう考えても、仲のいい子供同士が手を繋ぐのと変わらないスキンシップである。あんな風に人に触る少年に、はたして本当の性欲があるのだろうか。然るべき相手に対しては欲望を顕わすのかも知れないが、いったいどんな顕わしかたをするのだろう。こんなかたちで異性に興味を抱くのは初めてである。正夫との行為に感じなくなって、他の男が相手だったらと想像してみる機会が多くなった、という事情はあるにせよ、春志が私に特別な印象を与えたのは間違いない。

土曜の朝スリッパをゴミ置場に出すと、春志を訪ねる決心がついた。ともかくも親切へのお礼が言いたかった。従姉に見つかれば嫌な顔をされるだろうがかまいはしない。私は原宿へ出かけて手土産用のチーズ・クッキーを買った。遙子が生前教えてくれた店の品だ。私はこっそりと春志に手渡すつもりだったが、遙子ならわざと従姉にも会って嫌味たらしくお礼の品を渡すだろう、と考えると店先で笑えて来た。

翌日、春志の家へと出かけた。日曜日は本来従姉の来ない日だそうだし、特に昼間は一般的に言って遊び盛りの年頃の女は外出でもしているだろう、と予想したのである。正夫の住んでいたアパートの前を通りかかった際には、面白くない思いがぶり返した上、自分は何をやっているのだろうという疑問に歩みが止まりかけたけれども、振り払って目的地に向かった。

門柱には「江口」と「犬童」の二つの標札が掛かっていた。門扉は閉ざされているが、柵の間から手を差し込むと簡単に止金をはずせる。非礼と知りつつ無断で敷地内に入る。母屋は静かで留守の様子だ。春志の部屋の戸口に立ち、ノックする。胸が騒いだ。

返事はなかった。母屋と同様春志の部屋も静かである。留守なのだろうかと失望しかけた時、突然ピアノが打ち鳴らされた。始まった曲は「アフター・アワーズ」である。私は心臓と同じリズムで激しくドアを叩いた。演奏がやんだ。ほどなくドア・ノブが回転した。開いたドアから飛び出すように出て来た春志は、私に体をぶつけ両手で私の腕を掴んだ。

「何だ、会えたじゃないか。」

トレーニング・マシンでも使っていたのか、ランニング・シャツとトランクスだけの春志の体は汗で濡れていた。春志の手応えが嬉しくて、私はクッキーを提げていない方の手を彼の背中にまわし、ランニング・シャツの布地を握り締めた。

「こんにちは。」

「その声だ。」春志は頭を小さく振った。「また聞けた。」

春志は私の腕に腕を絡ませ部屋に引き入れると、ためらいのない歩調でベッドに向かった。

「お菓子を買って来たのよ。」

「嬉しいよ。」

だが、春志の関心はお菓子にはなかった。私に腕を絡ませたままベッドに倒れ込む。私は春志の上に転がった。鞄もチーズ・クッキーの入った手提げ袋も床に落ちた。面喰らわないでもない歓待ぶりだが、春志のペースに乗れば奇妙にリラックスできることは前回の訪問で呑み込んでいる。私は私と大差ない体格の春志の上に身を落ちつけた。

春志が言い出した。

「ずっと君のことを考えてた。どうすればまた会えるか、ずっと考えてた。」

「私もよ。変な別れかたになっちゃったから。」

「凄く虫のいいことを思ったよ。君が本当にあの向かいの部屋に引っ越して来てくれるんじゃないか、なんて。そんなことあるわけないってわかっていても。」

私は驚いた。

「そんなにまで考えてくれたの？」

「ああ、その声。どうしてそんなに気持ちのいい声が出せるんだ？」

春志は切実な声と同じ調子で、私の背中を上下に撫でた。動物か小さな子供に対してのような、親しみと慈しみが率直に顕われた撫でかたである。同性の友人をこんな風に撫でる女はたまにいるが、男では珍しい。やはり彼は、少なくとも私には性的な関心など抱いていないのだ。

多少は緊張していた体から力が抜けた。

「どうしてさっきノックしたのが私だとわかったの？」

「日曜日に訪ねて来る人はあまりいないもの。君はどうして来てくれたの？」

「お礼を——」

言いかけて、舌が止まった。お礼がしたかった、とあらかじめ用意しておいた答を口にするのが急に恥しくなったのである。彼の率直な質問に率直に答えないのはひどく失礼なことだ。恰好をつけるのはやめよう。思いきって、私は言った。

「この間の晩、とても楽しかったから。」

途端に春志は私を抱き締めた。小柄なわりには案外な力で、息が詰まりかけた。意外だったのはそれだけではない。一瞬の後、春志は片手で私のブラウスの裾をスカートから引っぱり出しにかかったのである。

「何をするの？」声が裏返った。

「仲よくなろうよ。」

平然と言うと、春志は引っぱり出したブラウスの裾から手を差し入れて来た。私ははね起きて春志の両腕を押さえ込んだ。先日は長袖のTシャツで隠されていたため気づかなかったが、押さえてみると春志の二の腕にはしっかり筋肉がついている。振り飛ばされるかと思ったが、春志は従順に動きを止めた。不思議そうな表情で私に問いかける。

「どうしたの？　仲よくなる気がないの？」

答えるには呼吸を整える必要があった。

「仲よくなろうって、どういう意味で言ってるの？」

「どういう意味って、みんながやるようにさ。」

「みんながみんな、仲のいい人の服の下に手を突っ込むわけじゃないでしょう？」

「そう？　でも、仲がよければよく触り合うでしょう？」

春志の顔つきが大真面目なので、私も大真面目に反論する。

「それはおかしな考えかたよ。触り合わなくたって仲よくなれるわよ。だって、男同士、女同士だったら仲がよくたって触り合わないじゃない。一部の変態の人たちを除いては。」

「そうかなあ。」

春志は立てていた肘から先をベッドに落とした。私も春志の二の腕を放したが、春志の体の上から腰をどかせるべきかどうか迷った。今まで平気で体を重ねていたのに、ちょっと手が予想外の動きをしたからと言って身を翻すのも妙に思えたのである。他の男、たとえば恋人ではない親しい男友達がいきなり性的な行為をしかけて来たら、もちろん決然と体を引き離すのだが、独得なスキンシップで私を寛がせてくれる春志が相手だと、それはどうもそぐわない対応の気がする。私は春志の脚に跨がった中途半端な恰好で、私の勘を狂わせる少年の顔を見下ろした。

春志は胸の上で腕を組み、考え深げに口を開いた。

「だけど――」

「だけど？」

「触って来る男ってよくいるよ。仕事で知り合う人の中に。珍しいことじゃないと思うけどな。」

私は思わず彼の顔の横に手をついた。

「触らせるの、あなたは？」

「人と仲よくなれるのは嬉しいよ。」

私は絶句したが、春志は淡々と話を続ける。

「でも正直言うと、男と触り合うのはあんまり愉しくない。ペニスにばかり触りたがるんだもの。やっぱり女の人の方がいいな。女の人は全身を触ってくれるから。声も気持ちいいし。」

「待って。」たまらず遮る。「あなた、まだ十九歳でしょ？」

「そうだよ。この間言ったじゃない。」

「あなたと仲のいい人は何人いるの？」

「何人かな。六七人かな。でも、ずっと仲よくしてるのはチサトさんだよ。」

「他の人たちは？」

「一緒の仕事が終わったら、会えなくなる。」

「でも、電話とかかかって来るでしょう？」

「あんまりかかって来ないよ。」

私は腰を上げ、春志から離れた所に座り直した。

「なぜそっちへ行くの？」

春志が呼んだが、溜息しか出ない。どうしようもなく気が滅入っていた。

春志の話は衝撃的だった。性欲など持ち合わせていないのではないかと思わせるところのある春志が実は性経験が豊かだったとか、彼が男とも性行為をするとかいった点はまあいい。衝撃的なのは、少なからぬ人々が持続的な愛情もなしにまだ少年の春志の体を弄んだらしいこと、春志の方は弄ばれたとは夢にも思わず仲よくなれたと喜んでいたらしいこと、その結果春志は人と仲よくすることとイコール性行為を行なうことと素朴に信じるようになったらしいことである。世の中には考えなしに少年を性行為に誘う連中がそんなに多いのだろうか。春志の無自覚ぶりがなおさら痛ましい。

「返事が聞こえないよ。どうかしたの？」

春志が手を伸ばす。その手を取るのはたやすいが、痛ましい話の後では安直に彼に触れる気にはなれなかった。春志のスキンシップに惑わされ、彼と抱き合ったらどんな感じがするかなどとふと想像したことさえ、今となってはいまいましい。一般の男性とは全く違った道筋を辿って性的成長を遂げた少年とどうやって抱き合えばいいのか、私には見当もつかない。

私に届かないので春志は上体を起こした。手が近づいて来る。体を傾けて避ける。春志の手は右に左にさまよう。

「声を聞かせてくれなきゃ、いるのかいないのかわからないじゃないか。」

眉根を寄せた春志は、苛立たしげに手を振り下ろした。私は短く呻いた。春志の手が振り下ろされたのは、ちょうど私の右足の親指の上だった。

「あ、ここにいた。」春志は嬉しそうに言った。「ごめん、痛かった？」

春志は私の右足の親指をそっと撫で、次いで掌で包み込むとあやすように左右に振った。叩かれた痛みの余韻の醒めぬうちの刺戟は、ほとんど腰のあたりまで快感を響かせた。私の親指は勃起し始めた。うろたえた私が足を引っ込めるよりも早く、春志の手は親指ペニスをがっちり捉えていた。

「これは何？　どうしてこんな物があるの？」

膨張しつつある親指ペニスは、頑丈なストッキングの爪先につかえ行き場を失ってよじれそうだった。私は震える声で春志に頼んだ。

「手を放して。」

「ねえ、答えてよ。」聞こえないという風に春志は問い続ける。「普通はない物でしょう？　これは何て言う物？」

「お願いだから早く放してよ。」

「放すよ。だけどこれはペニスに似てるよ。」

とうとう私は大きな声を出した。

「そうよ、ペニスよ。ストッキングの先につかえて苦しいの。」

春志の行動は素早かった。私の足先に顔を伏せ、二度三度とストッキングに歯を立てると、親指ペニスが頭を出せるだけの穴をあけた。そして、親指ペニスが頭を出すと有無を言わさず口中に収めた。

驚きと心地よさに、私は抗うことを忘れた。初めての他人の口の感触は感動的だった。おまけに春志は馴れていた。喉元近くまで含み込み、勘所を押さえて巧みに吸い、舐め、舌で突いたり打ったりこすったりする。快感は鋭くなったり穏やかになったり、次々に質が変わる。自分でするのと違って、次にどんな刺戟が来るのか読めない。いつの間にか私はいっさいを春志に委ね、もたらされる快楽に集中した。

春志は手も使ってしだいに刺戟を強めて行く。動きも豪快になる。快感がせり上がって来て私は喘いだ。絶頂が訪れた。私は大きな息をついた。

「驚いたなあ、女の人にペニスがあるなんて。」

今頃驚きを口にして、春志は起き直った。口元の唾液を指で拭う動作に、私はどきっとする。照れ臭い気持ちで眼を逸らす。私の様子が見えない春志が尋ねる。

「どう？　僕、下手じゃなかった？」

照れている時に答えることはできず、私はただ笑った。春志は本気で知りたいらしく、私の膝に手を載せ詰め寄って来る。

「教えてよ。愉しませてあげられた？」

私は春志の手を取って頬に当て、微笑を浮かべているのを教えた。

「人にやってもらったのは、これが初めてなの。」

「本当？」春志は甲高い声で訊き返した。「どうして？　例の彼はやってくれなかったの？」

「正夫は気持ち悪がって触ろうともしなかったわ。」

「気持ち悪いなんて。自分の持ってる物と同じだろう？」

春志の憤然とした口吻が胸を打った。正夫とつき合っていた頃に味わわされた寂しさや口惜しさが込み上げて来て、さらに言わずにはいられなくなった。

「あの人、切り落とそうとしたのよ。」

「何？　どうかしてるよ、それは。」

春志は唇を歪めると、手を私の脚に滑らせた。親指ペニスに触れようとしているとわかると、私は慌てて押し止めた。

「もう一回やってあげるのに。」

危うく私は泣きそうになった。新たに込み上げて来たのは、春志への感謝と慕わしさだった。込み上げる感情のままに、春志に抱きついた。戸惑う風な間があったが、春志は私の肩に優しく腕をまわした。

「僕たち、仲よくなれるかな？」

「仲よくなろう」ではなく「仲よくなれるかな？」と言ったことに、私ははっとした。春志は無闇に性行為をしたがっているわけではないのだ。仲よくなることとイコール性行為をすることと考えているとしても、先に立っているのは仲よくなりたいという気持ちなのだ。だからこそ、性的ではないスキンシップで人を寛がせることができるのだし、親切で優しいのだ。なぜこんな簡単な事柄がさっきは理解できなかったのだろう。

いくぶん風変わりとは言え、他人のペニスを嫌う正夫と比べてどちらがよりまともかといったことは誰にも判定できないのではあるまいか。変わり者でもかまわない。この素敵な少年と仲よくなりたい。最初からそう願っていたから今日私はここへ来たのではなかったか。

私は春志の唇に唇を押し当てた。春志は軽やかに舌を動かして応えた。唇を離すと、春志は拍子抜けするくらいあっさりと言った。

「お菓子を買って来てくれたんだって？　食べようよ。」

春志の口の感触と味は私の親指ペニスと口に沁み込み、私はその後何日間か思い出しては頬を熱くした。日曜日、持参のチーズ・クッキーを一緒に食べると、照れ臭さに耐えきれず電話番号だけ交換してそそくさと帰宅したのだが、夜が更けてから、親指ペニスができて以来初めて何事かを頭に思い描きながら一人愉しむということを行なうに至った。正夫が教えてくれた通り、捨てがたい味わいがあった。絶頂が迫ると意識が拡散して何も見えなくなるが、達した瞬間には思う対象が空白の頭に舞い戻って来て思わず名前を呼びたくなる、などというのも初めて得た知識だった。

　変わったのは夜のひとときの過ごしかたばかりではない。昼間道を歩く時、大学の授業が退屈な時、喫茶店で友人との会話が少し途切れた時、思い出すつもりもないのに思い出されるのは春志のことだった。直前に頭にあった事柄とは何の脈絡もなく、彼のいる場面がふっと浮かぶ。私がやると言うのを制して自分で台所に立ち、馴れた手つきで電気ジャーポットの沸騰スウィッチを押し、ティー・ポットとカップもちゃんと温めて紅茶を淹れる春志や、私の買って行ったチーズ・クッキーを嚙ると「面白い味だ」と呟いて唇についた破片を払い落とした春志が、幾度も現われた。春志のいる場面がたびたび浮かぶと、夢の中にいるように時間の感覚をなくしぼんやりしてしまう。

　要するに、私は春志と出会ったことで昂奮していた。子供の頃旅行に行ったり新しい遊びを憶えて寝つかれないほど昂奮した記憶はあるが、人間に昂奮した憶えはかつてない。正夫とつき合い始めた頃でさえ、床につくと安らかに眠れたものだ。そして、思い当たって愕然としたのだが、性的な面でも、たった一度の春志の親指ペニスへのフェラチオによって、正夫と分ち合った愉しみはすべて取るに足りないものとしか感じられなくなってしまったのである。

　春志の行為はまた、正夫の親指ペニスに対する冷淡な態度によって傷ついていた私の感情も見事に癒してくれた。あんなに悩んだのが嘘のようで、もう正夫とのつき合いを思い返すのも辛くない。正夫が親指ペニスを切り落とそうとしたのだって、四月からの会社勤めへの不安と憂鬱が胸に澱んでいたせいで一時的に錯乱しただけなのだろう、と冷静に理解することができる。あの暴挙への怒りも残っていない。

その正夫から電話がかかって来たのは金曜日の夜だった。呼び出し音を聞いて春志からだと思い込んだ私は、意気込んで受話器を取りひとこと「はい」と答えた。「僕だけど」という遠慮がちな声が正夫のものだとわかると、さすがに受話器を握る掌に汗が滲んだ。

「怒ってるだろうね。」正夫が言った。

「もう怒ってないわ。」

「怒ると言うより、嫌になっただろうね、僕のこと。」

何と答えていいかわからず、私は黙っていた。正夫は少しの間返事を待つ風だったが、沈黙が続くとかすれた声を出した。

「もう虫のいいことを言っても聞いてもらえないのはわかってるよ。」溜息をつく。「でも、本当に悪かったと思ってる。君に怪我を負わせようとするなんてね。恥しいよ。だけど、あの時は親指ペニスが君の体の一部だとは思えなかった。君とは別の物で、切ったって君が痛みを感じるとは考えていなかったんだ。」

「いいわよ、何事もなかったんだから。」私は心から言った。

「例によって、淡々とした優しさだね。」正夫は笑った。「俺も君みたいな性格に生まれたかったな。」

「皮肉を言わないで。」

公衆電話からしく、通り過ぎるオートバイの爆音が割り込む。静かになるのを待って、正夫が話を再開する。

「君と結婚できると思ってた。」

「そうだったわね。」

「本当に結婚したかったんだ。」

「私もよ。」

答えると、胸が痛んだ。正夫とうまく行っていた時期の和やかな気分が束の間甦る。しかし、思い出すことはできても、二度と同じ気分で正夫とつき合えないのは考えてみるまでもない。

手にした受話器が重かった。

「君の靴、返さなくっていいかな?」

正夫のアパートの玄関に置いて行った靴の話だ。

「僕が持っていてもいい?」

「いや、送り返してほしいわ。」

「ごめん、実は捨てちゃったんだ。」正夫はまた笑った。「引っ越しのゴミと一緒にポリ袋に入れて。見てると辛くなるからさ。」

「皮肉じゃないよ。」

「それならいい。」

会話が途切れた。

「もう切らなきゃいけないね。」正夫が言う。

「そうね。」

「電話できてよかった。」

再び感傷に襲われる。だが、振り払って口を開く。

「ありがとう。」

受話器を置いた後、すぐには頭を起こせなかった。律儀に別れの電話をくれた正夫への感謝の気持ちで、しばらく胸がいっぱいだった。感謝の気持ちが引いて行くのと同時に、眼に浮かぶ正夫の面影も薄まって行き、やがて闇に融けた。こうして正夫は遠い人となった。

4
CHAPTER
★

春志と二度目の接吻をした時、これが世間で言う「甘い口づけ」なのか、と感じた。一度目は挨拶とも言うべき短い接吻だったからよく感じ取れなかったけれども、本格的な長い接吻をしてみると春志の個性が確かに伝わって来た。吸うのでも舐めるのでもなく、腕や背中を手で愛撫するのと変わりなく、舌で舌を愛撫するのが春志のやりかたである。その愛撫も、慈しみと甘えの入り混じった普段のスキンシップと全く同じで、蝶の羽搏きのように軽やかで可憐だ。

正夫のやりかたは違っていた。正夫の舌使いはもっとダイナミックで、春志に比べれば荒々しかったと言っていい。口の中を掻きまわし、舌から何かを掻き取ろうとし、しまいには私を呑み尽くそうとせんばかりの勢いだった。正夫以前には、高校の時のボーイ・フレンドに無器用に唇を押しつけられた経験しかないから、当時は別のやりかたの接吻など想像もしなかった。春志と接吻しても甘い口づけだとは思ったものの、正夫のやりかたに馴れていたせいで、やや物足りなさを覚えたほどである。

ところが、春志と三度目の接吻をした時、彼の舌使いの軽やかさはこちらの積極的な応答を受け入れる余裕を充分に残した、きわめて繊細な気配りによるものだと気がついた。春志は私からの持ちかけに素早く反応し、合わせてくれる。そればかりか、私がやろうとして馴れていないためにうまくできない動きを、自ら完璧にやって返してくれる。接吻に上手下手があるとすれば、春志は上手なのである。そう思い知ると、私は春志との接吻に夢中になった。

主に日曜日、チサトのいないのを見計らって、私は春志の部屋に通うようになっていた。

春志に確認してみたところ、やはりチサトは彼の妻ではなかった。春志はチサトの母親の弟の息子で、伯母夫婦に引き取られたのは母親が彼を置いて家を出て父親の方も事故で死んだという事情によるらしい。十五歳までは盲学校の寮にいたが、卒業と同時に江口家に住むようになり、盲学校時代の音楽教師のつてでコマーシャルやファミリー・コンピューター・ゲームの音楽づくりの仕事を始めた。器用に気のきいたメロディを編み出す才能があったので、彼の稼ぎで中庭に離れを建てられる程度には仕事の依頼がふえて行った。江口家一同喜んだが中でもチサトは大喜びで、短大を出て勤めていた会社をやめ春志のマネージメントをすると言い出した。もっとも、マネージャーの仕事は経理と都内で打ち合わせをする際に車で春志を運ぶことくらいだと言う。

チサトが春志と結婚したがっているのは事実なのだそうだ。しかし、従姉弟同士ということもあって、江口夫婦が難色を示している。一時ヒステリックに春志と結婚すると言いたてたチサトを、父親がひっぱたいたこともある。最近はチサトもおとなしくなったし、結婚の話は宙に浮いている。チサトが春志の部屋で時間を過ごすのも黙認されている模様だ。

そんなことを春志が他人事のように話すので、私は訊かずにはいられなかった。

「あなたはチサトさんとの結婚についてどう考えてるの？」

「どっちでもいいよ。」

「結婚しても、しなくても？」

「結婚ってよくわからないんだ。結婚したら何か変わるの？」

「一生ともに過ごすと正式に決まるんじゃないの？」

「チサトさんもそう言う。一生僕の世話をしてくれるって。自分と結婚するのが僕にとっていちばんいいって。でも僕は、そうかなあって思うんだ。僕の世話なんて大していらないんだから。身のまわりのことはどうすればいいか、盲学校で一通り教わってるし。」

「じゃあ、チサトさんが他の人と結婚しても平気なの？」

「平気だよ。会えなくなるわけじゃないもの。」

性的な繋がりがあっても、春志のチサトへの思いは淡白で恋愛感情ではなさそうだった。つき合っている期間が長いだけで、春志にとってはチサトも性的交渉を求めて来た大勢のうちの一人に過ぎないようである。あるいは私も春志にとっては特別な存在ではないのかも知れない。だが、私は春志と知り合えたことに有頂天になっていたので、仲よくさえしてもらえればあとは多くを望まなかった。チサトの存在も大して気になるわけではなかった。

第一、チサトはユーモラスな女として私の眼に映っていた。靴のない私にトイレのスリッパを貸すというきわめつきの姑息な意地悪をするところも、春志と私が手を握り合っているのを見つけた時に嫉妬を隠そうとしながら隠しきれなかったところも、春志が自分の夫だなどと大嘘をつくところも、感情があまりにも剝き出しで行動と一致していて、テレビ・ドラマの登場人物みたいだ。

春志の話からもチサトのおかしみは伝わった。二度目の接吻の後、春志は両手を伸ばしながら言った。

「君はどんな顔をしているの？」

顔を差し出すと、春志はまず骨格を探り、額や頬や顎の広さを調べ、それから眼鼻口の輪郭をなぞった。検査を終えると、おもむろに口を開く。

「君は美人じゃないね？」

診察後の所見を述べる医師のような口調である。

「人からきれいだと言われる方じゃないけど、あなたはどうしてそう思うの？」

「骨があんまり張り出していないから。鼻とか顎とかしっかり出てるのを美人って言うんだろう？」

「基本はそうだけど、だからと言って、白人がみんなきれいなわけじゃないわよ。誰にそんな風に教わったの？」

「チサトさん。自分の顔に触らせて、言うんだ。ほら、私は鼻が高くてはっきりした顔立ちでしょう、眼鼻立ちがはっきりしているのは美人の証拠なのよって。」

チサトの顔を思い浮かべて私は噴き出した。確かにチサトは、鼻の付根が高く眼も細くなく白人風の顔立ちと言えなくもないが、眼尻は吊り上がっているし、頬骨は尖っているし、顎と鰓は角張っていて、全体に険しい印象である。せいぜい褒めて「二十年前のファッション・モデル風の顔」というのが私の感想だ。

「なぜ笑うの？」

「チサトさんが美人っていうのは、ちょっと違うんじゃない？」

「でも、仕事で会う人なんか、よく『きれいな方ですね』って言うよ。」

いつか正夫が、裏のピアノ弾きの「女」はけばい、遊ぶにはいい女だ、と洩らしたのを思い出した。

「そりゃ、そういうお世辞が白々しくって言えないというほどじゃないけど。」

チサトは美人ではない、とあまり言い張っては嫉妬していると誤解される、と承知してはいたが、私は笑いやむことができなかった。

「君はチサトさんを美人とは思わないんだね？」

「悪いけど。」

「何だ、美人と決まってるわけじゃないんだ。チサトさんは自慢してるけど。」

春志のことばに、私はますます笑った。

春志は私の笑い声に夢中だった。私が笑うととても嬉しそうな顔をした。私を笑わせようとして面白い話もしてくれた。

「小学校の時、盲学校の音楽発表会のピアノ部門に代表で出たんだ。どんな恰好をさせられたと思う？　腕が二本入るくらい袖が膨らんでいて、胸一面にフリルのついたポリエステルのシャツに、ビロードの膝頭までの半ズボンをサスペンダーで穿かされてさ。顎が隠れそうな蝶ネクタイまでさせられたんだぜ。着せてくれた先生たちは『あら、可愛い』なんて言ってたけど、演奏中蝶ネクタイが顎に当たってむず痒くってさ、しまいにはネクタイを歯で嚙んでピアノを弾いてたよ。弾き終わって舞台の袖に戻ったら、先生たちの態度が何か冷たいんだ。」

私の笑い声を聞いて、春志は満足げに呟いた。

「この話をするとみんな笑うんだ。」

私もまたよく笑った。普段はそれほど陽気な性格でもないつもりなのだが、春志といるとリラックスするせいか、些細なことがおかしくなるのである。

春志は何か尋ねられると、小さな子供のように大袈裟に首を振って答える癖がある。ある時、横たわっていた春志が私の問に答えて枕の上でばたばたと頭を動かしたのを見て、私は笑ってしまった。

「今、どうして笑ったの?」

「あなたの動作が大袈裟で、小さな子供みたいだから。」

「ああ、これはね、小学校に上がったばかりの頃、僕がいつもぼんやりしていて先生に何か訊かれてもろくに返事をしないものだから叱られてさ。『はい』なら『はい』、『いいえ』なら『いいえ』とはっきり首を振って答えなさい、って顎を摑まれて何度も首を振る練習をさせられたんだ。顎がはずれそうな強い力でやられたから、僕も言うことを聞かないわけに行かなかった。それ以来の癖だよ。」

私の笑いは引っ込んだ。

「厳しくしつけられたのね。」

「うん。僕は学校の先生って嫌いだな。怖いから。」

眼の見えない春志がジェスチュアによるコミュニケーションや基本的な生活の習慣を身につけるまでに経て来た苦労を考えて、私は笑ったのを後悔ししんみりとした気分になった。しかし、すぐに春志はきかん気な子供そのままの笑いを唇に浮かべてつけ加えた。

「僕も頭に来るから、一度顎を摑んでる先生の手めがけて唾を吐きかけてやったことがある。凄く怒られたけどね。」

讃嘆とも感傷ともつかない気持ちの昂ぶりを覚えて、私が春志に体をぶつけたくなるのは、こんな時である。春志の明るさに温めてもらい、私の笑いで彼を揺すぶりたくなる。春志は私が存分に笑えるように軽く私に腕をまわし、間近で笑い声を受け止めようと片方の耳を私の方に差し出す。唇を合わせて、笑い声を春志の口に送り込もうとすることもある。笑っている時には舌が引っ込んでしまって接吻ができないのを春志は残念がる。

接吻は必ずしも性行為に結びつくものではなかった。接吻の後ベッドに並んで横たわり手を繋いだり互いに髪や腕を撫で合っても、寛いだお喋りが始まる場合の方が多かった。春志は全く子供のようで、ベッドに横たわっているのに飽きると喉が渇いたと言い出したり、急に立ち上がってトレーニング・マシンの所に行きベンチ・プレスを始めたりする。私と触れ合っていない時にはクッションや毛布を手慰みにしている。そうした様子を見ると、彼は全く性欲など抱くことはなくて、私の接吻や愛撫もクッションや毛布を弄ぶのと同様の退屈しのぎに過ぎないのではないか、とも思う。

しかし、性欲の起こりかたが独得なだけで、春志に性行為への関心がないわけではない。接吻の合間に、春志は私の手を自分の股間に導いて言った。

「僕はなかなか勃《た》たないんだ。」

股間は彼のことば通りの状態であった。

「君と二度目に会って抱き締めた時だって、勃ってはいなかった。インポじゃないんだ。こすってもらえばすぐに勃つ。でも、こすってもらわなくてもひとりでに勃つのが普通なんだって?」

正夫は裸になった時にはいつも準備が整っていた。

「君のはどうなの?」

春志は親指ペニスに手を伸ばして来た。私のペニスも勃起していなかったが、春志に触れられればたちまち反応するのは眼に見えているので、私は爪先を脚の下に折り込んだ。

「私も触られなければ勃たない。」

春志は私の爪先を引っぱり出そうとする。

「確かめさせて。」

「だって、触られたら勃っちゃうじゃない。」

「あっ、そうか。」春志は笑う。「勃つなら勃ってもいいよ。」

抵抗したが、春志は強引に私の足頸を掴むと、親指ペニスを摩擦する。握りかたを強めたり弱めたり、指の当たる箇所をずらせてみたり、私が自分のペニスにも正夫のペニスにも試みた経験のない技巧を春志は駆使する。しかも鼻歌混じりにである。私は快楽の階段を駆け上る。

「こんなうぶなペニスは初めてだ。」

私を行かせる作業を終えると、春志はベッドにひっくり返る。今度は自分を愉しませてくれとは要求しない。相手を愉しませることは彼の性的昂奮を昂めないらしい。

「どうしてみんな、ひとりでに勃つんだろう？　僕がひとりでに勃つのは、朝起きた時くらいなのに。ねえ、どう思う？」

「わからないけど、ちょっと抱き合ったり撫で合ったりしたら、昂奮するんじゃない？」

「昂奮だって？　抱き合ったら落ちついちゃうんじゃないのか？」

「私もそう思うけど。」

「抱き合うたびに昂奮してたら落ちつく暇もなくて、くたびれちゃうじゃないか。」

「みんなは寛ごうと思って抱き合うんじゃないのよ、たぶん。」

「そうか、スポーツか何か始めるつもりで抱き合うのか。」

「ちょっと違うんじゃない？」

なぜ私が男に向かって男の性欲の解説をしなければならないのか、疑問である。いろいろと教えてほしいのは私の方なのだ。だが、春志は私を女と思ってもいなければ自分を男の一員とも思っていない風に、私に話を持ちかける。

春志自身の性行為の始めかたにも、最初のうち私は違和感を覚えた。彼は唐突に始める。二度目に会った日にいきなりブラウスの内側に手を差し入れて来たのと大差なく、接吻が一段落し愛撫を伴った会話が一段落した折に、たった今思いついたというように私の素肌に触れて来ようとする。こちらは寛いでいる最中に不意に気分の切り換えはできなくて、びっくりして体を引いてしまう。すると春志の方も、私が逃げたのにびっくりする。

「どうしたって言うの？　したくないの？」

「そうじゃないけど、いきなりなんだもの。」

あれほどゆったりした状態から急に性行為に移ることのできる春志が、私には理解できない。

「あなたの方こそ、いつの間にやる気を起こしたの？」

「いつの間にって――」

「勃ってもいないのに。」

春志のおとなしいペニスに手を当てる。気がついたように、春志は考え込む。私は重ねて言う。

「したくてたまらなくなったわけじゃないんでしょう？」

「したくてたまらなくなった――ことなんて、一度もないな。」

「どうして今、しようとしたの？」

「何だか気が向いたんだ。」

「いつもそうなの？　何となく気が向いたら始めるの？」

「いや、いつもは相手の方から始めるんだ。自分から始めたことはないんだ。どうして君は、自分から始めないの?」

「私だって、今までは自分から始めるまでもなく相手の方から始めたんだもの。」

「じゃあ、これでいいじゃないか。」

「でも違うわ。普通は相手がやる気になったのがわかって、それで私もその気になるんだもの」

「僕だってそうだけど。」

これまでとは勝手の違う相手と出喰わして戸惑っているのは、春志も同じらしい。とぼけた会話をしているのが馬鹿馬鹿しくなる。春志が言う。

「とにかくやろうよ。面倒じゃなければ。」

始めてみれば自然とやる気は起きるものであった。

裸になると、私たちは真先に抱き締め合う。抱き締めかたも実に春志らしく、半ばいとおしみ半ば縋りつくようで全く圧迫感がない。春志と性交渉を持つ前に最も恐れていたのは、正夫との行為に全く感じなくなっていた私が春志相手に感じるか、という点だったが、抱き締められた途端に安心感に満たされ抵抗なく横たわることができた。

春志は私の体に片手を絡ませたまま、接吻し頬ずりし愛撫する。決して性急にはならず、頭を私に載せて頸を休めたりもする。子供が手持ち無沙汰に手近にある物をいじるように、休みながら私の肌の上に指先を遊ばせることもある。彼にまるで気負いがないので、私も気楽に彼の体に触れる。身を任せるのでもなく相手を思いのままにするのでもない、静かな遊戯である。

私たちは長い間静かな遊戯を続ける。時には性行為をしているのを忘れてしまう。

　性器の方へ下りて行った手がふとした拍子に顔のそばに戻って来る、といったこともしばしばだ。たとえば、脱ぎ捨てたブラウスの端が私の腰の下敷きになっているのに気づくと、春志は体勢を変えて話を始める。

「腰に釦の跡がついてるよ。痛くないの？」

「痛くないわ。」

「釦をかけたりはずしたりするの、面倒じゃない？　僕は面倒だから、家にいる時は釦のついた服は着ないよ。」

　そう言えば、春志はいつもTシャツやスウェット・シャツを身につけている。

「外に出る時はチサトさんにシャツを着せられる。シャツを着た方が恰好いいからなんだって。」

「Tシャツにジャケットでもいいのにね。」

　春志は話題を変える。

「こんな時にお喋りをするの、嫌じゃない？」

「どうして？　話していたいわ。」

「女の人はたいてい話をしたがらないもの。ムードが壊れるって。僕は声を聞きたいのに、みんな面倒臭そうにいい加減な返事しかしないんだ。」

「男の人は？」

「荒い息をして『いいか？　いいか？』って訊く人ならいた。」

私は爆笑する。

「君とは話してもいいんだね？　よかった。」

春志は私の肩に顔を伏せる。

自分を特に変わったタイプの女だとは思わないが、春志が私の性格をありがたがってくれるのは嬉しい。初めて性行為に入ろうとした時、私の着ていたシャツの釦をはずし辛そうにしていた春志に、自分でやると言うと、彼は感激の面持ちになった。

「自分で脱いでくれると助かるよ。脱がせるのって一仕事だもの。」

私も喜んだ。正夫は私が服を自分で脱ぐと白けた表情になって、「男の愉しみを奪うな」と責めたものである。だが私は、子供ではあるまいし、いつもいつも人に服を脱がされたいとは思っていなかったのだ。

「チサトさんなんか、絶対自分で脱がないんだ。女は男に脱がせてほしいものなのよって言って。」

「そういう女の人もいるっていうだけじゃないかしら。」

「眼の見える男は女の服を脱がせたがるんだって？」

「そういう男の人が多いというだけじゃないかしら。」

他の男の趣味などどうでもよかった。私は春志の流儀を気に入っていた。

「君が相手だととても楽だ。」春志はそうも言った。「ああしろ、こうしろって注文しないから。」

「チサトさんはうるさく注文をつけるの？」

「うるさかった。特に最初の頃。女の歓ばせかたを知っておかないといけないって、乳首を嚙めとか唾をまぶせとか。」

「チサトさんはそういうのが好きなの？」

「そうなんだ。でも、他の女の人と仲よくなった時、チサトさんに教えられた通りにやったら嫌がられてさ、痛いって。だから、他の女の人が相手の時にはチサトさんに教えられた通りにはしないことにした。」

私は春志の顔を見つめた。

「あなたは頭がいいのね。」

「時々そう言われる。」

春志の流儀は気に入ったが、感じるかどうかという点になると、リラックスし過ぎるのが災いしてか性的昂奮はあまり昂まらない。愛撫されながら寝入ってしまったこともある。眼が覚めて、いけない、失礼な真似をした、と思って飛び起きると、春志も寝息をたてていた。そういう調子だから、どちらかが性行為への強い意志を保ち続け相手の性器に触れなければ、私たちはいつまでも性器で結ばれるところまで行き着けなかった。

春志のペニスを口に含むのは平気だった。春志が私の親指ペニスにしてくれたことを春志のペニスにお返しする。しかし、春志は長くフェラチオを愉しもうとはしないで、じきに私の頭を押し離し私の上に乗る。正夫と違ってフェラチオに思い入れがなく、口の中に射精したいとは望んでいないらしい。

春志のペニスは刺戟が途絶えるとじきに弱々しくなるので、私の方の準備が整ってから春志の性器を刺戟するか、二人同時に性器を刺戟し合うか、どちらかでなければタイミングよく結合できない。二人同時に刺戟し合うのがレギュラー・パターンになりつつあったが、春志はよくふざけて尋ねる。

「どっちを触ってほしい？　親指ペニスの方かな？」

結合に執着しないならどちらでもよかった。互いに互いのペニスをこすり合うのも愉しかったし、一人が両方のペニスをこするのも悪くなかった。両手をいちどきに動かすと体力を消耗するし、相手のペニスに集中すれば自分の快感が弱まり自分のペニスに注意を傾ければ相手のペニスがおろそかになりやすい、とうまく愉しむのはなかなか難しいが、同質の快楽を分かち合うことでいっそう春志に近づいた気分になれるのがいい。正夫もせめてこれくらいの戯れをともにしてくれていたら、と思う。

接吻の巧拙の差は私にはわかりにくいが、結合後の春志と正夫との技巧の差は明白だった。春志は熟練者で、比べてみれば正夫は駆け出しに過ぎなかった。私は心底驚嘆して、しばし眼を見開いたまま春志の動きに見惚れた。

「声を出して。」春志は囁く。「この時の君の声を身近で聞きたかったんだ。」

私が声を上げると春志の動きに力が込もる。私は吐く息に声を混じらせ続ける。春志は耳が快楽を感じているのを示すように頭を左右に振る。やがて、私が春志の動きに反応して声を上げているのか、春志が私の声に反応して動いているのか、判然としなくなる。絶頂に達し深い息を吐くと、私は春志の汗ばんだ腰を引き寄せる。

何度目かの結合の後、春志は首をかしげて呟いた。

「どうしてか、君とすると気持ちがいい。」

「他の人とよりも？」

「君の声を聞くと、耳だけじゃなくペニスまで気持ちよくなる。こんなこと、初めてだ。」

なおも考え込んでから、春志は真実味の溢れる声で言った。

「誰とやっても同じだと思っていたのに。」

それを聞いて大きな喜びが湧き上がって来たことに、私は驚いた。誰かに「あなたは特別だ」という意味のことばを告げられてこれほど嬉しく感じた憶えはないからである。春志が言ってくれたからこそ嬉しいのだ。春志は私にとっても初めての特別な存在なのだ。

そう悟った次の瞬間に私を襲った感情に、私はうろたえなければならなかった。私を襲ったのはさらなる喜びではない。喉を氷の塊が下って行くような恐怖だった。

正夫とつき合っていた頃遙子を始めとする女友達たちから受けた質問を、今自分で自分に投げかけてみる。私は正夫を好きだったのだろうか。三年半もの間、ずっと正夫とのつき合いに満足し、別れたいなどとは考えなかったし他の男を物色したこともなかった。しかし、今となってはそんなことも正夫を好きだった証拠にはならないと実感する。好きなつもりでいたけれども、本当には好きではなかった。あの世の遙子が聞いたら「ほら、ごらん」と嘲笑うだろうが、私は大勢の男の中から彼でなくてはならないと思って正夫を選んだのではない。たまたま近づいて来た比較的感じのいい青年を受け入れ、馴染んだだけなのだ。

前の彼は好きなつもりでいたけれど錯覚だった、今度の彼こそ本物の恋人だ――これでは、遙子に〈LOVERSHIP〉考案のヒントを与えたちゃっかりした女の子たちと変わらないのではないか。私はお金目当てで春志に乗り換えたわけではないし、正夫とのつき合いが終わったのも私が無下に終わらせたのではなく成り行きで破綻したのだが、正夫に対する気持ちのいい加減さを自覚しないでいたことを振り返ると赤面する。男を好きになるとはどういうことか知らなかったから、正夫への気持ちは遙子や他の親しい女友達への気持ちとさして変わりがなく、性行為をするかしないかというつき合いかたの違いがあるばかりだったのだ。

君はいつも淡々としているから俺のことをそれほど好きじゃないのかと思っていた、と正夫は言った。あの時、彼の科白が理解できなかったのが恥しい。充分好きなつもりでいて悪かった、と思う。二十二歳になって初めて男を好きになるなんて、私は人よりも随分遅れているのだ。遅れているために知らないことが多いから、遙子はさんざん私を「鈍い」と言ったのだろう。

悪かったのは正夫に対してだけだろうか。この点を考えると、赤面どころか壁に頭でもぶつけたくなる。大勢の男の中から正夫を選んだのではないように、私は大勢の人の中から友達を選ぶということもしたためしがなかった。同性の友達とは性行為はしなくてもいいから、よほど嫌な性格でなければ誰でもかまわなかったのだ。遙子ですら、彼女の方から近づいて来て友達になった。そして、彼女もまた私が彼女からすれば淡々としているので不満を覚えていたようだった。遙子に対しても悪かったのではないだろうか。

遙子は選ぶことをとてもたいせつにしていた。物事を押しつけられるのが嫌いで、自分のことはすべて自分で決めコントロールしたいと話していた。友達も生きかたも厳しく選んだ。選んだものには熱中したが、選ばなかったものは存在しないも同然で一瞥も与えなかった。そんな彼女だから、人からも選んでほしかったのだろうか。私とも互いに選び合った友達でありたいと望んでいたのだろうか。

私は遙子の決断力と行動力には感心したが、選別の冷徹さが怖かった。

「そんなに潔癖に取捨選択しないで、もっと余裕を残しておけばいいのに。」

「選ばないでいる余裕がないのよ。」

「その調子で選び続けて行ったら、最後には何もなくなっちゃうんじゃない?」

何気なくそう言った時、遙子は虚を衝かれたように私を見返した。やがてとても寂しそうな表情になったのも憶えている。結局彼女は死ぬことを選んだ。予言したつもりではなかったのに、本当に何もなくなってしまった。

遙子が自殺して、彼女がかけがえのない友達であったことを私は強く意識している。友達になるきっかけをつくったのは遙子の方だとしても、私だって無意識のうちに彼女を選んでいたのだ。私は私なりに彼女を大事にしていたのだが、それを伝えきれなかったのが口惜しい。いったいどうすればわかってもらえたのだろう。改めて苛立ちと悲しみが込み上げる。

正夫や遙子への罪責感だけが私を悩ませたのではない。選ぶことを学んでしまった自分の先行きが不安だった。自分が遙子のように自殺したくなるとは思わない。だが、何かを選べば何かを捨てなければならなくなる。春志を選んだ私は、春志以外の物事への関心が急速に衰えて行くのを感じている。そして、春志がもし私への興味をなくしたら、と想像すると、どうやって生きて行けばいいかどころの話ではなく、想像だけで眼の前が真暗になる。選ぶということは自分を追い詰めるということだ。なぜこんな恐ろしい行為を始めたのだろう。

しかし、春志と会っている間は恐怖も不安も吹き飛び、恍惚感が押し寄せて来る。春志が電話をよこして誘うと、いそいそと彼の部屋に出かけて行く。この頃は、日曜日だけではなくチサトのいない日には会うようになっているのだ。

その日も水曜日だったが、チサトは午後は買物、夜はエアロビクスとかで留守だそうで、私は出かけた。母屋に人の気配がした。春志の伯母が在宅中なのだろう。忍び足で春志の部屋にまわる。

春志はピアノを弾いていた。私が呼ぶと立って来る。どちらからともなく抱き合う。腕だけで抱くのでは足りなくて、私は片脚も春志に絡ませる。

「この脚、何？」

「脚でも抱いてるの。」

「君はおかしいな。」

　接吻をしながらその場に座り込む。

「今、伯母さんに見つかったような気がしたわ。」

「話はしなかったの？」

「しないわよ。眼が合ったら何と言えばいいの？」

「こんにちはって言えばいい。」

「こんにちはですむかしら？」

「すむさ。伯母さんはいい人だよ。」

「いい人でも、私たちのことがチサトさんに伝わっちゃうでしょ？」

「伝わらないと思うよ。伯母さんとチサトさん、仲悪いから。」

「仲が悪くたって親子でしょう？」

「親子ならどうだと言うのか、僕にはわからない。」

　春志は母親に捨てられ父親も亡くしているのだった。

「本当に仲が悪いんだ。ほとんど口をきかないんだぜ。」

「でも、いざという時は娘の味方につくわよ。私、追い出されるかも知れない。」

「誰が追い出すの？」

「チサトさん。」

「ああ。」春志は眉を曇らせた。「チサトさんには参るな。自分だって仲のいい男はいっぱいいいるのにさ。」

私は耳を疑った。

「他の男とつき合ってるって、あなたに話すの?」

「話しはしない。聞こえるんだ。仕事の流れで、僕とチサトさんと担当者の三人で飲みに行ったりするだろう? 帰りのタクシーの中で、唇の鳴る音とか服のこすれる音とか、聞こえるよ。」

「チサトさんはあなたに聞こえないと思ってるの?」

「どうかな。片手で僕の手を握ったまま、やってることもある。」

チサトがかなり好色なのは春志の以前の話から察していた。ところが今日はそれに加えて、多情で変態がかっているのがわかった。春志と結婚したがってはいても、一途に彼を思っているのではないようだ。

「あなたは黙ってるの?」

「聞いてる。チサトさんもなかなかいい声を出すんだ。」

春志の愉しげな微笑みに、力が抜ける。話だけを聞けばチサトもチサトなら春志も春志だと呆れるが、春志が笑っていると、この世に異常な事態など何もない、という気がして来るから不思議である。

春志は微笑んだ拍子に、面倒な問題は忘れたらしい。急に上機嫌な声になった。

「来月、盲学校の同級生が東京に来るんだ。」

私はまだチサトのことが心に引っかかっていた。いつまでもチサトに気兼ねしながら春志に会うのは嫌だ。春志とずっとつき合っていたいと思い始めてから、前は大して気に留めていなかったチサトの存在が大きくなって来た。これも悩みの種だった。だが、春志は無頓着に友人の話を続ける。

「お母さんと一緒にここを訪ねてくれるって。久しぶりに会うんだ。その時、君も来れば？　ちょうどその頃、チサトさんはバリ島に旅行に行くからいないんだ。」

「来てもいいの？」

「いいよ。そいつ健介っていうんだけど、面白い奴だよ。栃木でマッサージ師をやってる。来たらマッサージしてもらうんだ。」

また別の事柄が心の隅をちくりと刺した。

「その友達とは仲がよかったの？」

「もちろん。」

「いや、それはそうだろうけど、仲よくしてたの？　キスしたり――」

「ああ、そう言えばしてないな。仲はいいんだけど。」

われながらうっとうしい女になり下がった、と唇を嚙んだのだが、春志は簡単に答えると足どりも軽くピアノの前に行く。

「盲学校で嫌と言うほど弾かされたショパン。」

春志は「ノクターン」を弾き始めたが、しだいにリズムが変わり、彼の得意なブギ・ウギ・

アレンジのショパンになってしまう。

「僕はこのリズムがいちばん好きだな。」

しばらくピアノから離れそうもないので、私もそばへ行き、トレーニング・マシンのベンチに腰を下ろす。春志が弾きながら声をかける。

「話したっけ？　僕を和製スティーヴィー・ワンダーとしてデビューさせようという話があったんだよ。」

春志は曲を変え、「アップ・タイト」をうたい始めた。普段話す時の甘い声と歌声が随分違うのに私は驚いた。うたうと春志の声は力強くハスキーになる。スティーヴィー・ワンダーの声には似ていない。十代の頃のスモーキー・ロビンソンの地声に似通った声だ。眼を閉じると春志とは別の人のそばにいるような心地に陥る。新しい発見に胸がときめいた。

春志は数節でうたうのをやめた。

「でも、企画倒れになったんだ。誰かが今の時代にはふさわしくないって判断したらしくってさ。歌手になりそこねたって電話で健介に話したら、あいつ、よかったじゃないか、スティーヴィーは首を振りまわしながらうたうんだぞ、おまえが首なんか振りまわしたらますます馬鹿になってしまう、と言ったよ。」

演奏はブギ・ウギに戻る。春志は芯から楽しそうにリズムを刻み続ける。すっかりリラックスして、脚を組みハミングまでつけている。見憶えのある弾きかたである。グレン・グールド、いやグレン・グールドを好きだった遙子が、誰かの家でグールドの真似をしてピアノを弾いたのだ。もちろん演奏はうまくなかった。だが、ポーズは似合っていた。懐しさと、ここのところ感じている罪責感が、同時に迫った。


不意に春志が尋ねた。

「君の仲よしの友達はどんな人?」

胸中を見透かされたかと思わせるタイミングの間に、身がすくんだ。春志はブギ・ウギではなく、もっとおとなしい、たぶんラグタイムとか呼ばれる形式の曲に演奏を変えていた。

「死んじゃったわ。」

「死んだの? かわいそうだね。」

声を落とすと、春志は大きな身振りで黒鍵の一つを叩いた。音は長く尾を引いた。私は膝の上で組み合わせていた指に力を込めた。

「生きている人で仲がいいのは?」

誰の顔も浮かばないことに愕然とした。ついこの間までは友達ならたくさんいると思っていたのに、遙子をなくしてからは誰も彼も霞んでしまったのである。霞んでしまった友達から電話や手紙をもらっても心ははずまない。私がおかしくなっているのだろうか。それとも、あの友人たちは初めから単なる知り合いに過ぎなかったのだろうか。

「死んだのがいちばんの友達だったの。」

「じゃあ凄く寂しいね。」

次に春志はとんでもない発言をした。

「今は僕としかキスできないんだね。」

私は仰天した。

「何で女友達とキスしなきゃいけないのよ?」

「何だ、していないのか。」

「私は同性とは触り合わないって言ったでしょう?」

「そうだっけ。」

「あなたとは違うわよ。」

春志と触れ合った男たちのことが頭をよぎって、私の言いかたは普段と違っていたかも知れない。

「今の声、変な声だ。」

「あなたが私を誰とでもすぐ仲よくする女だと考えてるみたいだから。」

「誰とでも仲よくするのはいいことじゃないか。」

「小学校の先生みたいなこと言わないで。」

春志はピアノ・スツールを一回転させた。

「君も学校の先生は嫌い? 僕と同じだね。」

全く春志とは喧嘩にならない。

「そこのところは同じね。」

「そうか、さっき、僕とは違うって言ったよね。」春志はあくまで屈託がない。「同性とは触り合わないって決めてるの？」

「決めてるんじゃないわ。触り合いたいと思わないの。」

「じゃあ、男なら触り合いたくなるの？」

「男でもたいていは触り合う気がしないわ。」

「男だからと言ってキスしたくはならないんだろう？　だったら、女だからキスする気が起こらないってこともなさそうじゃないか。」

「その理屈はおかしいわよ。」

私の反論と春志の科白は重なった。

「ましてや、君は女ともセックスできる体だ。」

私の耳は聞きたくもないことをしっかり聞き取った。不快感を抑えて呟く。

「これは女向けの道具じゃないと思うわ。」

「僕のだって女向けとは決まっていないさ。」春志は微笑む。「誰にでも気持ちよくしてもらえれば嬉しくないかなあ？」

「誰が相手でも気持ちいいわけじゃないんだってば。」

ふと思い出した。私は遙子に「あなたは誰とでも仲よくできる」と非難がましく言われていたのだ。友達と性行為の相手と、話題は少々異なるが、今私は自分は誰とでも仲よくする女ではないと主張し、「誰とでも仲よくできる」春志を暗に責めている。まるで遙子になり変わったかのようではないか。

冷静にならなくては、と私は額に拳を当てた。私は男であれ女であれ春志以外の者に性的関心は抱けない。しかし、春志は現在もチサトとの性交渉を続けているだろうし、今後誰かに性行為に誘われればためらわず応じるだろう。相手が男でも女でも。私は春志を選んだのだが、春志は私を気に入りながらも選びきってはいない。それが寂しくて、私はチサトに嫉妬する上、春志が今後性行為をするかも知れないどこかの誰かにまで嫉妬している。紛れもなく嫉妬している。

目下春志と二人きりでいるにもかかわらず、よけいな感情を持たずにいられないのは苦しかった。遙子もこんな気持ちで私とつき合っていたのだろうか。そうだとすれば、私はどんなに遙子を傷つけていたのだろう。苦しさが二倍になった。

私はトレーニング・マシンのベンチから腰を上げた。

「帰るわ。」

春志は怪訝そうに耳を澄ました。

「どうして？　来たばかりじゃない？」

「一人で考えたいことがあるの。」

「ここじゃ考えられないの？　邪魔はしないよ。」

「だめよ。」

春志も立ち上がると、両手で私の顔を探った。春志の指が触れた頬にとろけそうな快感が生まれるのが悲しい。この悲しさから逃げたかった。

「これはだめだ。」春志は私の顔をまさぐりながら呟いた。「顔の筋肉が死んでる。帰った方がいいかも知れないな。」

「そうするわ。」

「元気がないね。」

春志は私の頭に腕をめぐらせ、頰に接吻した。春志の身についた情緒表現のこまやかさには、本当に困ってしまう。彼にとっては何気ない行為なのに違いないが、彼を好きな私は特別な気持ちを表わすものとつい期待したくなる。常日頃春志とこうして触れ合っているであろうチサトへの羨望も当然起こる。

気力を振り絞って春志の耳に接吻を返すと、戸口に向かった。春志の声が追いかけて来た。

「風邪には葛湯がいいよ。」


一人で考えたいと春志には言ったものの、一人で考えてみても大した発展があるわけではなかった。

私は春志が私を唯一の相手として選びきってくれてはいないことが物足りないのだが、どうすれば春志に選びきってもらえるのかわからない。彼ニアナタノコトヲ「コノ女ガオレニハ必要ダ」ト思ワセナサイ、といった類の女性雑誌の見出しが浮かぶが、心を込めて身のまわりの世話を焼いたりベッドで性的技巧を凝らしたりすれば、他の人たちから抜きん出た存在になれるのだろうか。

春志はつき合いの長いチサトに対してすらさしたる思い入れを持っていない。かつて性的接触のあった人々との交わりが途絶えても気にかけてはいない様子である。ずっとたいせつにし合って行ける特別な人間などはなから求めておらず、その場その場を愉しめれば満足のように見える。「誰にでも気持ちよくしてもらえれば嬉しい」と言う春志は、誰かを特別扱いしなくても自分を愉しませてくれる者はいくらでも現われる、と考えているのかも知れない。実際彼には魅力があるし、そう考えるのも無理はない生活をこれまで送って来たのだろう。そんな人間に、どうしたら私を選びきってもらえるだろうか。

いつの間にかすっかり欲張りになった自分も腹立たしかった。以前は誰かにとっての最もたいせつな存在になりたいなどと願いはしなかったし、嫉妬にも縁がなかった。遙子や正夫にさえ、好意を寄せられているのが漠然と感じられれば充分で、相手が現にしてくれる以上のことを求めなくても、いつも満ち足りていた。なぜだっただろうか。誰かを今春志に対してしているようには特別視したことがなかったからだ。自分自身も含めて、特別視するほど際立った個性を備えた人間が世の中にいるとは思っていなかったからだ。遙子にしても、私以外の友人たちは変わっていると評したけれども、私はことさらに変わった人間とは見ていなかった。だから、特に気も遣わず普通につき合った。

際立った個性を備えた人間が確かにこの世にいることが、今なら納得できる。春志も、そして遙子もそういう人間であった。遙子が生きている間に彼女の貴重さに気がつかなかったのはどうしてだろう。私が子供で、観察力が鈍かったせいだろうか。いや、観察力は今だって鋭いとは言えない。単に観察していなかったのではないか。遙子に限らない。私は生来好奇心が乏しくて、人にも物事にも積極的な関心を抱いたことがなかった。関心を抱ける対象を探そうとしたこともない。別に退屈もしなかったので、探す必要がなかったのだ。では、今人を観察できるようになったのは必要が生じたためだろうか。

間違いなく必要は生じた。正夫とうまく行かなくなって、生まれて初めて人づき合いで躓いた。なぜ彼とうまく行かないのか、どうしたらうまく行くのか悩んだあげく、他の男とならうまく行くだろうかと考え始めた。あの頃から私は、親指ペニスを持つ奇怪な女である私を受け入れてくれる者を、無意識のうちに探し始めていたのかも知れない。すると、すべての発端は親指ペニスができたことだろうか。

ほんの少し、親指ペニスが恨めしくなった。こんなものがなかった頃の方が人間関係もスムーズで幸せだった。しかし、私が満ち足りていて他人に関心がなかった分、私に強い関心を寄せてくれていた人たちは苦しんだのだから、私が変わるきっかけをもたらした親指ペニスに感謝した方がいいだろうか。

それにしても、親指ペニスのおかげで変わった私を受け入れてくれたのが、かつての私以上に特別扱いし合う相手を必要としない春志であるのは、皮肉なめぐり合わせである。春志に唯一の相手として選びきってもらうのは絶望的ということが、かつて似たようなタイプの人間だった私にはよくわかる。どうしようもない。

頭の中が煮詰まったところへ、春志からの電話が入った。開口一番、車の免許は持っているかと尋ねる。持っていると答えると、六月三日に例の盲学校時代の友人が来るので彼の愛車パジェロの運転手になってくれ、と言う。ジープ型の車は運転したことがないため若干不安だったが、承諾した。

当日の午後一時に春志の部屋のドアを開くと、シンセサイザーの音と怒鳴り合うような男二人の話し声が耳に飛び込んで来た。はしゃいでいる春志は珍しく私が入って行ったのに気づかない。春志たちの会話の切りのいいところで割り込もうと、少しの間様子を見る。

友人の健介は春志と対照的に大柄で、半袖シャツから覗く腕は太かった。髪を短く刈り、一見スポーツマン風である。サングラスをかけているので人相ははっきりしないが、歯が小粒で白くきれいに並んでいて、笑った口元が可愛らしい。

二人はシンセサイザーの前に並んで座り、交互にスティーヴィー・ワンダーの真似をしていた。一人がうたっている時にはもう一人がうたっている方の頭に手で触り、首の振りかたをチェックしては似ている、似ていない、と批評する。二人ともスティーヴィー・ワンダーのうたう姿を眼で見たはずはないのだが、誰かに指導してもらったのだろう。どちらも自分の首の振りかたが正しいと主張している。

私は春志の肩に手を置いた。

「やあ、一実ちゃん。」春志は私の手に手を重ねる。「今スティーヴィーの真似をしてたの、見てた？　ねえ、どっちの方が似てる？」

「どっちも似てない。」

「そう？　おい、健介、どっちも似てないってさ。」

「誰だ、その人は？」健介が言った。「紹介しろよ。」

「一実ちゃんだよ。」

よろしく、と言うと、健介は板についた動作で手を差し出した。大きな手と握手する。健介が春志に尋ねる。

「この人が一実さんか。女の友達がいるなんて生意気だな。」

「おまえも生意気になってみろ。」

「なりたいよ。」

遠慮のない遣り取りから二人の親しさが窺える。

「免許証持って来た？」春志が私に訊く。

「持って来たわ。どこへ行くの？」

「どこへ行こうか？」

「俺は海の見えるレストランに行きたいなあ。」健介が言う。

「おまえはいつから海が見えるようになったんだ？」

「眼を閉じればそこはいつも海。」

「溺れてしまえ。」

二人の会話に独得のリズムがあって、口を挟むのが難しい。だが、聞いているのは楽しい。

春志が健介の腕を叩く。

「こいつはこう見えても、クラスでいちばん勉強ができたんだ。」

「こう見えてもって、どう見えるんだよ？」

「デブに見えるに決まってるだろ。」

「わかりやすくっていいだろう。おまえなんかチビだから、眼の見える人でもうっかり見過ごして踏んづけちまうだろうよ。」

三人の笑いが鎮まるのとほぼ同時に、部屋のドアが開いた。私はぎくりとして居ずまいを正した。上がり口に姿を現わしたのは、五十歳くらいの地味な身なりの女性である。春志にもチサトにも似ていないが、春志の伯母と見当がついた。

「健介さん。」伯母らしき女性が呼んだ。「お母さんが何時頃戻って来るのかと訊いておられるけど。」

春志の伯母も私を認めてぎくりとした風であったが、すぐに何でもない表情をつくり私を見ないで健介と話す。私はひそかに息をつく。

「夕方には戻るよ。」春志が答える。

「遅くなるんだったら、うちに泊まっていいんですよ。」伯母が言う。

「どうもすみません。」健介が礼を述べる。

「その方に運転していただくの？」

突然伯母の視線がこちらに来る。立ち入るまいとする、かたちだけの視線である。紹介は求めていないようなので会釈だけする。伯母も思い出したように軽く頭を下げる。春志が言う。

「あまり遠くへは行かない。」

「母をよろしくお願いします。」健介も言う。

「気をつけてね。」

言い残して、伯母はドアの向こうへ消える。室内にしばらく地味な空気が残る。春志が私に囁く。

「ね、平気だったろ？」

「チサトさんと随分感じが違うのね。」

「だから、仲が悪いんだよ。さて、行こうか？　多摩川にでも。」

常に軽口をきく機会を待ちかまえているらしい健介が、間髪を入れずことばを発する。

「多摩川って若者の集まる所か？　春志、ださい恰好していないだろうな？」

「俺の服は全部恰好いいよ。見せてやる。」春志は私を突つく。「ロッカーからとびきりのシャツと帽子と、あと、引き出しからサングラスを取ってくれる？」

私がロッカーに歩み寄る間も、春志は喋っている。

「俺には専属のスタイリストがついてるんだからな。服はいっぱい持ってるぞ。」

スタイリストとはチサトを指すのだろう。チサトは眼の見えない春志に代わって彼の服を見立てているのか。チサトの洋服のセンスには興味がある。わくわくしながら幅の広いワードローブ・ロッカーを開いたが、中を覗いて私は呆然とした。ハンガーの数だけは多いが、服は三分の一くらいしか掛かっていないのである。三分の一の服の中には、春志の着るはずもない女物のドレスも混じっている。シャツは五着ほど、春志には似合いそうもない紫色やどぎついピンクのシャツがそのうちの二着だ。

平静を装って春志に訊く。

「どれがいいの？」

「いっぱいあって選べない？」

冗談を言っているのではなさそうだった。春志は何十着ものシャツが掛かっていると信じているらしい。

「シルクのがいいな。肌触りが好きだから。」

しかし、シルクのシャツはない。

「川へ行くならコットンの方が合ってるんじゃゃない？」

「そうか。適当に選んで。」

私は春志に似合わない二着を除いた三着の中から、深いブルーのバティック・プリントの物を選び、下に置かれた水色のチューリップ・ハットを取り上げた。あとはサングラスだ。引き出しを引いてみる。サングラスはぎっしりと詰まっている。全部高価なデザイナーズ・ブランド物である。春志の場合、光を遮断するためではなく眼を隠すためにサングラスを用いるのだから、レンズに色さえついていれば安い物でもいいのではないか。中には眼を隠す役目を果たさない淡い色のレンズの物もある。チサトは何を考えているのか。

とりあえず、選んだ物を春志に手渡す。春志は着替え始める。

「このシャツ、コットンじゃないよ。レーヨンだよ。」

「文句を言うな。」

言ったのは健介だ。私はさりげなく尋ねる。

「あなたは女物のサイズでも着られるわよね？」

「うん。だから、チサトさんはよく僕の服を借りて行くよ。今度の旅行にも持って行ったみたい。」

「案外おまえの服を買う時に、自分に似合うやつを選んでるんじゃないのか。」

健介が私の疑問を口に出してくれた。チサトは自分に似合う服を買って来て、自分のロッカーに収めているのではないか。春志はそうたびたび外出しないから、彼が外に用のある時だけ自分のロッカーから服を運んで来て着せるのではないか。サングラスも自分で使うことを考えて、わざわざ立派な物を揃えているのではないか。すべて春志の稼いだお金で。

春志はシャツの釦をかけ終えると言った。

「知らない。訊いたことないから。」

「おまえは暢気過ぎるから、気をつけないと変な奴にこっぴどく騙されるぞ。」

友人の警告を無関心に聞き流して、春志は帽子をま深にかぶった。健介の手を取り帽子のつばを摑ませると、腕ごと帽子を鼻まで引き下げて叫ぶ。

「何をする。前が見えないじゃないか。」

健介は苦笑した。

「おまえは本当にガキだよ。」

パジェロに乗り込んでも、春志はまだふざけていた。健介と一緒に後部座席につき、言う。

「どうだい？　車高があるから眺めがいいだろう？」

「それでパジェロを買ったのか？」

「チサトさんがパジェロがいちばんいいって言ったんだよ。楽器も積めるからって。」

「有能なマネージャーだな。」

健介のことばには皮肉な響きが含まれていただろうか。公正な判断はできない。私の頭がチサトへの疑惑でいっぱいだったからだ。もしかするとチサトは、春志の悪くはない稼ぎと彼女の男出入りへの無頓着さを当てにして、彼と結婚したがっているのかも知れない。嫉妬心が悪い推理を生むのだろうか。確証を得るためには春志にいろいろ訊いてみなければならないが、私如きが踏み込んでいいものかどうか。春志がチサトの衣料費くらい惜しまないというのであれば、問題はないとも言える。しかし、チサトは春志に無断で自分の服をふやしているようだし――。

吟味している暇はなくなった。車体が大きくハンドルの重いパジェロは、予想以上に運転し辛い。おまけに私はこのあたりの道路網に詳しくない。赤信号のたびに、地図を確認しなければならない。

「もっとスピード出さないの？」春志が言う。「風が頬に当たるのが好きなんだ。」

「まだ住宅街だろ。」と健介。

「チサトさんは凄く飛ばすよ。」

「チサト、チサトとうるさいな。」健介が春志をぶつ音がした。「おまえが結婚したいのはチサトじゃなくって、この人なんだろう?」

「え?」私は思わず大声を出した。

「何だ、話してないのか。」健介が呆れる。「ちゃんと気持ちを伝えなきゃだめだろう?」

「だって、結婚してくれるかどうかわからないじゃないか。」

「当たって砕けろだよ。恋は盲目、俺たちはもともと盲目。」

私の動揺は最高潮だった。眼が霞んだ、と思うとハンドルを切りそこね、私たちの乗っているパジェロは曲がり角のガードレールに鼻面を突き立てた。

5
CHAPTER ★

パジェロはガードレールに接触したが、スピードを出していなかったので春志にも健介にも怪我がなかったのは幸いだった。平謝りすると、健介は私を驚かせるようなことを口にした考えなしの自分が悪いと言いながら、何度も首をのめらせ鞭打ち症になった真似をしてからかった。帰路は何事もなく、健介とは再び握手をして別れた。問題はパジェロのバンパーに大きな掠り傷のついたことだった。


春志は車が傷つこうがへこもうが気にも留めない様子で、バンパーを撫でながら言った。

「君が運転した記念の傷だ。」

そう言ってもらえると気が楽になるが、心配しなければならないのは別の点だ。

「チサトさんに何て説明する？」

江口家で運転免許を持っているのはチサトだけである。チサトの留守の間に車に傷がついていたとなると、当然誰が運転したのかという話になる。

「健介の友達に運転してもらったとでも言うさ。」

「伯母さんにも話を合わせてくれるように頼めるかしら？」

「伯母さんはよけいなことは言わない人だよ。」

確かに、必要なことも遠慮して口に出さなそうな、神経の細い印象の女性だった。しかし、かりに伯母が話を合わせて車を出したのは健介の友達だと明言したとしても、チサトが信じるだろうか。私は鈍いけれども、たいていの女は勘が鋭い。私は春志の部屋を去る間際に使った二人分のカップは食器棚に収め、髪の毛など残さないようにベッドまわりを掃除するが、チサトが春志の部屋に女が通っていることを薄々嗅ぎつけていないとは限らないのである。

いずれはチサトに、私が春志とずっと一緒にいたいと望んでいることを伝えなければならないのだが、物事には時機というものがある。私のいない所で私たちのことをチサトに知られて、春志一人がなじられ煩わしい思いをするのでは申しわけがない。だが春志が心配はいらないと言い張るので、私もひとまず話を打ち切って帰宅した。

本当に私と結婚してくれる気があるのか、春志本人に確かめるのを忘れていたと家に着いてから思い出したが、残念がるほどのことではなかった。翌日も翌々日もチサトは旅行中だったから、私たちはたっぷり二人きりでいられたのだ。

翌日訪ねると、春志は陽気に告げた。

「朝食の時に伯母さんが、あなた昨日のあの方と結婚するのって訊いたよ。」

「どう答えたの?」

「結婚するならあの人としたいって。」

「あ、そうなの?」

直接的なことばを耳にしてみると何やらくすぐったく、私は気のきかない相槌に笑いを混じらせてしまった。もちろん嬉しかったのだが、胸を占めた嬉しさを扱いかね笑いに紛らわせるしかなかったのだ。

「なぜ笑うの？」

答えられず、私は笑いながらベッドの上で膝を堅く抱き締めた。春志が結婚してくれる、ずっと一緒にいられる、という思いを抱き締める気持ちだった。春志の手が額に触れた。

「熱っぽいよ。また風邪じゃない？」

「違うわよ。顔が赤くなっただけよ。」

「恥しいの？」

「恥しくて嬉しいの。」

「何が？——あ、そうか。」

春志は私に体を押しつけ、膝をかかえた私を両腕で囲った。

「君に会って、初めて人を可愛いと思った。犬と猫以外、可愛いと思ったことはなかったんだけど。誰かが僕を可愛いって言ってくれても、どういう意味なのかわかっていなかったけど、今ならわかる。」

春志の両腕に力が込もる。

「君にはいろいろなことをしてあげたくなる。喜んでほしいからと言うだけじゃなくて、何かしてあげること自体がとても嬉しいんだ。そばにいると気持ちがいいし。ずっと会っていたいけど、君は親戚じゃないから一緒に暮らせないし、君が他の人と結婚したら会えなくなってしまう。どうしたら離れないですむかと考えてて、そうだ、僕が君と結婚して親戚になればいいんだ、と思いついたんだ。」

　ああそうか、結婚するとは親戚同様の縁を結ぶということか、とあたりまえ過ぎて忘れていた公式を思い出させてもらって、私は妙に感心した。

「とってもいい思いつきだと思うわ。」

「君もそう思う？　よかった。」

　春志は私から腕を離して、ベッドに倒れるとくるりと横転してマットレスを拳で打った。私に思い入れの込もった接吻をするでもなく、そんな風な行動で感情を表わす春志はやはり独得な人である。独得で、実に好ましい。一生彼を見ていたい、と改めて感じた。

「君のアパートに行きたいな。」不意に春志が言い出した。「今から。だめ？」

　何と次々に楽しいことを思いついてくれるのだろう。

「もちろん大歓迎よ。パジェロで行くの？」

　尋ねたのは、パジェロにはけちがついたので運転したくなかったからである。春志は語調から私の意向を察したらしかった。

「そうだな。久しぶりに電車に乗ろうかな。エスコートしてくれるね？」

　春志と腕を組んで外を歩けると思うと心がはずんだ。彼とすることの一つ一つが新鮮な楽しさをもたらしてくれる。私は幸せだった。

　春志は勢いよくベッドから立ち上がった。

「僕、何を着て行こうか。」

春志のいでたちはいつもの通り、Tシャツに楽なパンツである。

「そのままでいいんじゃない？」

「そう？　みっともなくない？」春志はTシャツの腹部を不安げにさする。「チサトさんはTシャツなんかで街に出るものじゃないって言うんだけど。私の選んだ服を着ろって。」

前日覗いたワードローブ・ロッカーの中味が眼に浮かび、棚上げにしておいたチサトへの疑惑が頭をもたげた。だが、チサトを悪者と決めつけないさりげない尋ねかたをすぐには考え出せない。

「いいのよ、若いうちはTシャツが似合うんだから。」

「チサトさんと随分意見が違うなあ。」

春志は賢い少年だが、いくらかはチサトに馴化されているのはしかたがない。

「不安なら着替えれば？」

春志は頷く。

「昨日着そびれたシルクのシャツにしようかな。」

閃いて、私は言った。

「ロッカーをあけて最初に手に触れたのを着れば？」

「適当な決めかただなあ。」

呟きながらも春志はロッカーの方へ歩いて行く。たくさんあるはずの服が足りないことに彼は驚くだろうか。それともチサトが流用しているのは承知で、驚かないだろうか。春志の手がロッカーの扉にかかる。私は固唾を呑んで見守る。春志はロッカーの中を探った。ハンガーがぶつかり合い、一つが底に落ちる音がした。

「あれ？」

春志が声を上げた。途端に私の胸はひどく痛んだ。

「何でこんなに少ないんだ？」

「昨日からそれだけしか入ってなかったわよ。」

「どうしたんだろう？　春夏用のスーツだけで六七着はあるはずなのに。チサトさんが持って行ってるのかな？」

「あなた、知らないの？」

「チサトさんはいちいち断わらないんだもの。」

「いつもはもっと入ってるの？」

「そう思ってた。チサトさんはたくさん服を買って来るから。」

「今まで気づかなかったの？」私の声はだんだん暗くなる。

「だって、ロッカーから服を出して着せてくれるのはチサトさんなんだ。外に出る時は、いつもチサトさんと一緒だから。」

春志はシャツがひとまとまりに掛かっているあたりを掻きまわした。

「シルクのシャツがない。」

「きっとチサトさんが持ってるわよ。」

「着たい時に着られないなんて。」春志はロッカーの前に座り込んだ。「何のために買って来てもらってるんだかわからない。」

困惑している春志に追い討ちはかけたくないが、訊いてみなければならない。

「何のために買って来てもらってるの？」

「チサトさんが言うからさ、一人前の男はいい服を着ていないと人になめられるって。」

「それにしても、たくさん買い過ぎじゃない？　都心へ出る回数なんてそれほど多くはないんでしょう？　買った服を全部着られる？」

「よくわからないな。」

次の問はさすがに恐る恐る発する。

「買い過ぎなんじゃないの？　サングラスにしたって二三個あれば充分なのに、高級なのが十何個もあるし――」

「考えたことがなかった。」

春志は少しの間黙り込んで座っていたが、立ち上がると無造作に紫色のシャツを取り出した。

「あ、それは着ない方がいいと思うわ。男には難しい色だから。」

「ふうん。何でそんな色のシャツが入ってるんだろう？」

春志は困惑が昂じて投げやりになったようで、手にしたシャツを床に放り投げた。

「いいよ、着替えるのはやめた。このままで行く。」

私は床の上のシャツを拾い上げ、ロッカーに戻す。もう春志に言うべきことはない。チサトが春志の服を揃えるふりをして自分の服をふやしているのか、そうだとしたらそれは非難すべき行為か、判断するのは春志自身である。春志はぼんやりと佇んでいる。ショックを受けているのかも知れない。気の毒で、ことばをかけるのもためらわれる。

春志が顔を上げた。

「じゃあ、行こう。」

気持ちを切り換えたのか明るい声で言って、片腕を私の肩に巻きつける。私も気が軽くなる。戸口で靴を履くと、春志は傘立てから白い杖を抜き取り、剣士を気取って顔の前にかざした。

「これは魔法の杖だ。こいつを持って道を歩くと人がよけてくれる。」

道中は愉快だった。江口家の門を出ると、春志は私の腕に腕を絡ませエスコートを促す。男に腕に絡られるのはかまわないのだが、歩き始めると春志を引っぱって行く恰好になるのが下手人を連行する刑事を連想させて気分がよくない。私の方から腕を絡ませるかたちに直すと、二の腕でそっと春志を押して自然に誘導できて好都合だった。春志は白い杖の先で行く手の地面を探りながら、口笛を吹いて進む。私は商店街のウインドウに映った私たちの影を横眼で眺め、同じくらいの背丈の私たちがお似合いの若くて可愛らしいカップルに見えることにひそかに満足した。

提示すれば無料で電車に乗れる身障者パスを春志は持って来なかったので、乗車券を二枚買って改札口を抜けようとしたら、駅員は親切に春志の分の料金を払い戻してくれた。プラットフォームで春志は駅が臭いと言って私の腋に鼻を押しつけた。私は人眼を憚って春志の頭を押し遣ったが、春志は電車に乗ってからもふざけて私に体をすりつけ車中の人々の笑いを誘った。

私の部屋に着くと、春志はまず後の行動がしやすいように歩数を数えながら部屋中を歩きまわった。一緒に浴室に入りお互いの体を洗い合って、湯上がりにはベランダでビールを飲み、春志の部屋にいる時と同じように何ということもなしにベッドで戯れ、私のつくった料理を二人で食べた。春志は特に「おいしい」というお世辞は口にせず、「僕は音と匂いを頼りにおいしいミディアム・レアのステーキが焼けるんだ。今度食べさせてあげるよ」と言った。

日が暮れてからベッドに並んで横たわると、深い充足感に満たされた。まるで生まれる前からこうして春志と一緒にいたような気がして来る。これからもずっと一緒にいられる、と考えると安らぎの中に仄かな昂揚感も混じる。つい一週間ほど前までの屈託はもうなかった。指先を春志の手の甲にそっと載せる。春志が真面目な調子で話し始めたのはその時だ。

「伯父さんが、君と結婚するつもりならよく話しておかなくてはいけないことがある、と言うんだ。」

「何？」

「僕は自分で思っている以上に結婚相手に苦労をかけるってことを。」

「苦労なんて。私はあなたが好きだもの。」

「伯父さんの言うには、苦労知らずの若い娘はろくに考えもしないで一時の感情の勢いだけで結婚を決めるから、男は責任を自覚してプロポーズしなくちゃいけないんだって。」

灯をつけていない部屋で、春志の表情はよく見えない。

「そんな、私だって考えなしじゃないわよ。」

「僕だってそう思ってるさ。だけど伯父さんは、僕はおっとりし過ぎていて人に苦労をかけても気がつかないところがありそうだって言うんだ。手を貸してくれる人に感謝はしても、相手がどれだけの労力を払ってくれたのかという点には、僕の想像力は及ばないんだって。」

「どれだけの労力を払ったかなんて、知ってもらわなくたっていいわ。」

「そういう風に言うのは若くて苦労知らずだからなんだって。結婚は甘くないって。伯父さんの話だよ。」

　そこまで言われると沈黙せざるを得ない。春志の伯父は私たちの結婚に反対なのだろうか。気落ちしかけるが、いや春志との結婚が伯父の予想するほどたいへんなものならばこんなところでめげていてはいけないのだ、と思い直す。

「じゃあ、責任を自覚して私からあなたにプロポーズするわ。」

　春志は落ちつき払っていた。

「君からそういうことばが出るようだったら安心して結婚しろって。ただ、尻に敷かれるのを覚悟しろって。」

　私は頭を起こした。

「何？　伯父さんはあなたにプロポーズのさせかたを教えたの？」

「そうなのかな？」

静かに頭を枕に戻す。暗闇の安らぎが返って来る。

「伯父さんはいい人なのね。」

「うん。初めはわからなかったけど。」春志は満足そうに話す。「お父さんが死んで、盲学校の夏休みや春休みにあの家に帰るようになったばかりの頃は、伯父さんは僕に話しかけもしなかった。世話をしてくれるのはもっぱら伯母さんで、伯父さんは血の繋がりがないから僕に関心がないんだろうとずっと思ってた。チサトさんは僕を嫌うし――」

私は訊き返した。

「嫌ってたの？　チサトさんがあなたを？」

「そうだよ、子供の頃は。こんな子はうちにいらないって、いつも怒ってた。伯母さんが叱ると黙るんだけど、僕と二人きりになると叩いたり抓ったりするんだ。凄く怖かった。」

子供の頃の恐怖を思い出したのだろう、「凄く怖かった」ということばには実感が込もっていた。春志は体をすくませたようだった。春志の身になって情景を思い描くと私の体もすくむ。

「だから、僕が中学生になったらチサトさんが急に優しくなったのが、とても不思議だったな。」

気持ちの切り換えの早い春志は、今度は中学生当時の気分に戻ったらしく、心底不思議そうに呟いた。単純に不思議に感じただけのようで、口調にチサトへの恨みや不信は窺えない。春志は従順にチサトの変化を受け入れたのだろう。聞いている私の鼓動は乱れっ放しである。

「伯父さんは僕がチサトさんにいじめられてたのを知ってたんじゃないかな。」

春志は溜息のような笑いを闇に吐いた。

「小学校三年くらいの時かな。伯母さんは留守、チサトさんは外へ遊びに行ってて、家の中に伯父さんと僕だけのことがあったんだ。僕は伯母さんが早く帰って来ないかと思いながら、畳の上にひっくり返ってごろごろしてた。伯父さんも同じ部屋にいて、しばらくはじっと座ってた。それが、ふっと腰を上げて僕のそばに立ったんだ。体が伯父さんの足に当たったんで、僕もびっくりして動くのをやめた。そしたら伯父さんは、体をかがめて、本当におずおずといった感じで僕に腕をまわし、抱いたんだ。太い無骨な腕でね。」

春志は自分で自分の体を抱いた。

「嬉しかった。あれ以来、僕をあんな風に抱いてくれた人はいない。」

春志の感動は私にも感染したが、同時に寂しさも湧いた。私の貧弱な腕では伯父のようには春志を抱けない。どんなに心を込めて抱いても、同等の感動を春志に与えることができない。私が春志の求めるものをすべて与えられるわけではないのだ。春志とずっとつき合って行くことに困難があるとしたら、この点にほかならないだろう。春志には私以外の者も必要かも知れない。

私は春志の耳元に口を寄せた。

「また誰かに抱いてほしい？　伯父さんがしてくれたように。」

「いや。僕が抱いてあげたい。君を、伯父さんが僕を抱いたように。」

春志はゆっくりと私に覆い被さった。春志の腕はさして太くもないし、おずおずとした抱きかたでもなかったが、私はおそらくかつて春志が覚えた以上の感動に胸を震わせた。

「あなたがとても好きよ。」

「僕も。君が好きだ。」

好意を伝え合った後の接吻は、今までのどの接吻にも増して力強かった。自然に愛撫が始まった。温水で洗われるようないつもの穏やかな快感ではなく、体に電圧が加えられ芯から熱くなる感じが起こった。そして、触っても触られても頭に「好き」ということばの谺が響いた。愛撫が加速し力が込もるにつれ、体は急激に熱くなり、ますます敏感になって行く。私たちはいつになく性急だった。下腹部と下腹部をこすり合わせると、性器が吸いつくように組み合わさった。私は最上のオルガスムスを経験した。

指先にまで沁み通ったオルガスムスの余韻がようやく収まった頃、身動きした春志が小さな声をたてた。

「どうしたの？」

「元に戻らない。」

春志の片手は股間にあった。

「どうして？」

「どうしてだかわからない。」

春志は硬いままのペニスを私の腰に押し当てた。

「こいつ、君のことが好きだ好きだと喚いてる。」

「聞こえてたわよ。」

私は春志を抱き締めた。春志は私に脚を絡めかけた。彼の足先が私の足先を掠めた。再び春志は小さな声をたてた。

「君のも勃《た》ってる。」

「え？」

私は脚を折って爪先に手を遣った。近頃ではナイーヴさをなくしてわずかな刺戟には動じなくなった親指ペニスが、ほぼ完全に勃起していた。私は動揺した。

「どういうことなの？」

「君のペニスだよ。僕に訊かないで。」

「あなた、男だからわかるでしょう？」

「わからないよ。君は女だもの。」

私は背を起こして枕元の灯をともした。元気な小学生のように直立している親指ペニスが眼に映った。見てみれば、驚くよりも微笑ましい現象だった。

「どうやらこれも、あなたが大好きみたい。」

春志は私の右足頸を摑み、自分の腿の付根に運んだ。勃起したペニスが二つ並んだ。仲のいい小学生二人が立ち話でもしている図を思わせ、私は笑い出した。

「楽しいの？」

春志が楽しげに尋ねた。私は春志の手を握る。向かいの壁に二つのペニスが落とす影は、いつまでも眺めていたい愛らしさで、春志に見ることができないのは残念だった。
その晩春志は私の部屋に泊まった。

愛し愛されているという思いが性感を昂める。誰でも知っていることなのだろうか。しかし、私はこの間まで知らなかった。知ったからにはもう、好きでもない男との性行為はどんなものか戯れに考えようという気もなくなる。淫乱な人々はきっと心がインポテンツなのだ。性感も貧しいに違いない。それとも、愛情ではなく、私には想像のつかないようなテーマを頭に置いて性行為に燃えるのだろうか。私は昂奮に任せてそんなことにまで思いをめぐらせた。

二限目の授業が終わると、大学から春志の所へと向かう。三日ぶりに春志に会える。チサトはバリ島旅行から帰って来たはずだ。パジェロの傷に気づいて何か尋ねただろうか。春志が特に電話もかけて来ないところからすると、揉めごともなかったのだろう。

チサトへの羨望は消えていた。春志と結婚の約束をして安心できたからではない。先日聞いた、子供の頃のチサトが春志をいじめたという話のせいである。耳にした際には春志の立場に立って、ひどいことをと感じたけれども、冷静に考えれば、分別のつかない子供のチサトが従弟だか何だか突然家に侵入して来た別の子供を邪魔にするのはもっともだ。ましてやチサトは江口家の一人娘である。それまで一身に集めていた両親の関心を侵入者に奪われれば腹も立つだろう。寂しかったのかも知れない。あの話を聞くまではとんでもない女と思っていたが、彼女も傷つきやすい普通の人だとわかって親しみが湧いた。

春志と私のことも、こちらが誠実に切り出せばチサトは耳を貸してくれるだろう。ただし、時機を見計らわなければならない。また春志と相談しよう。焦らなくてもいい。そういう結論を出したためか、あるいは先日の素晴らしかった性行為を再現したい欲求に私たちが憑かれていたためか、春志の部屋に入ると会話は後まわしにされた。だから、春志が次のことばを口にした時には裸で飛び上がりそうになった。

「チサトさんに言ったよ、当分服はいらないって。」

「どうして?」私の声は上ずった。

「今の声、何?」

「タイミングが悪いわよ。チサトさん、何て答えた?」

「どうしたの、急にって、不服そうに。」

「それであなたは?」

「ロッカーから服が溢れ出しちゃうだろって言った。」

私は頭をかかえた。

「あなたでもそんな皮肉を言うのね。」

「チサトさんも同じことを言ったよ。そんな皮肉どこで憶えたのって。皮肉に聞こえる? いい口実だと思うけどなあ。」

春志は単純過ぎる。口の端を歪めたチサトの顔が見えるようだ。

「チサトさん、怒ってたでしょう?」

「しばらく黙ってて、勝手に服を借りてごめんなさいって謝って、出て行ったよ。まだ服は返してくれないけど。」

「それは怒ってるわよ。パジェロの傷には気がついたかしら？」

「予定通りの嘘をついた。何にも言わなかった。」

私は溜息をついた。

「ばれたわね。」

「ばれていないよ。」

「ばれたと思った方がいいわね。パジェロに傷がついてる、あなたはロッカーの服が足りないのに気づいてる、チサトの買物を止める、皮肉を言う。陰で女が糸を引いてると考えるわよ。」

「男かも知れないじゃないか。」

「いいのよ、男でも女でも。とにかく、自分の地位を脅かす者が現われた、と思うわよ。チサトさん、今日はどこへ行ったの？」

「パーティーだって。遅くなるって。」

怪しい。遅くなると言いながらチサトは早く帰って来る予感がする。すでに窓の下で聞き耳を立てているかも知れない。今日は長居をしない方がよさそうだ。

チサトの言動に全く不審を抱いていない春志は、ぶつぶつ喋り続けている。

「チサトさんは欲張りなんだよ。毎月マネージャー料を受け取ってるくせに、僕が伯父さんたちに支払う家賃や食費のお金を二万円ピンハネしてるの、知ってるんだ。」

そわそわしながらも、春志の科白は聞き取った。

「知ってて黙ってるの？」

「泥棒はいけないなんてこと、小学生でも知ってるだろ？　二十三歳の女の人に、泥棒しちゃいけないって言うのは辛いもの。」

私は春志の頭を両手で挟んだ。

「チサトさんは、経費帳の記帳も確定申告書の作成も任されてるんだったわよね？」

「そうだよ」

「一度チェックした方がいいんじゃない？」

「あ、そうか。」

疲労感が募り、早く帰った方がいいとは知りつつクッションに深々と頭を沈める。春志の金銭への淡白さにつけ込んで、どれだけチサトが私腹を肥やしているかわかったものではない。いったんは親しみが湧いたものの、チサトのふてぶてしさは並ではない。はたして私はいざという時に太刀打ちできるだろうか。春志と二人でかかっても敵わないのではないか。

やはり隣で黙考していた春志が、ぴくりと肘を動かした。

「足音だ。こっちへ来る。チサトさんだ。」

囁かれて耳を澄ますと、私にも足音が聞こえた。窓の外を人影が横切る。私は慌てて衣服を搔き集めた。

「ロッカーだ。早く隠れて。」

がらあきのロッカーが思わぬところで役に立つ。大急ぎで私はワードローブ・ロッカーに飛び込む。間一髪で玄関口のドアが開く。春志も服をまとう暇はなかっただろう。毛布でも被っただろうか。

「寝てるの？」

聞き憶えのあるチサトの声だ。機嫌よさそうに取り繕ってはいる。私は息を殺す。ロッカーの扉は内側からはきちんと閉まらないので、チサトの視線がこちらに来ないことを願う。春志の声が届く。

「眠いんだ。」

「具合悪いんじゃないの？　熱計る？」

水飴のように粘つくチサトの声である。

「いいよ。パーティーはどうしたの？」

「友達が行かないって言うんでやめちゃった。ねえ、毛布被ってて暑くないの？」

「うん。」

「やっぱり熱があるんじゃないの？」

何とねちねちした女だろう。もっとも、春志はねちねちと攻められているとは思いもよらないだろうが。観音開きの扉の間から外を窺う。チサトのお尻がちらりと見える。体にぴったりつく黒いミニ・スカートを穿いている。淫乱そうな服装だが、盛り上がり締まったお尻にはよく似合う。

「熱なんかないよ。何の用なの？」

「借りてた服を返しに来たのよ。ロッカーに戻しておくわね。」

チサトのお尻が揺れた。私はロッカーの奥にへばりついた。しかし、無駄なのだ。チサトはロッカーに向かって来る。

「その前にゴキブリ捕り器を持って来てくれない？」懸命な春志の声。「ロッカーの中でかさこそ音がするんだ。」

「後で持って来てあげる。」チサトの声は真ん前だ。「もし今ゴキブリを見つけたら、叩き殺しとくわ。」

扉が勢いよく開いた。万事休す。私はかかえた服で体を隠した情けない恰好で、チサトと向かい合った。陽灼けした肌に合わせて髪に細かいカールのパーマを当てたチサトは、歪んだ笑いを浮かべた。

「ゴキブリがいたわね。」

「その人は僕の婚約者だよ。」

トランクス一枚の春志がチサトの背後に駆け寄った。チサトは振り向きもしないで、私に話しかける。

「前に会ったわよね？」

「お久しぶりです。」

答えると、一瞬でチサトの笑いは掻き消えた。

「そうよ、この女よ、なめた口をきく――」私の体に眼を遣る。「ここで何をしてるの？　狭くて暗い所が好きなの？」

「いいえ、隠れてただけです。」

「隠れんぼ？　もう見つかっちゃったわね。」

鬼はチサトだった、と思うと、眼の前のチサトの形相はいかにも鬼にふさわしく見え、私はうっかり唇を弛ませてしまった。

「何がおかしいの？」

笑うと度胸が座り、チサトの鋭い声も怖くない。

「とにかく服を着させてくれませんか？　話は後で――」

「話？」

「そうだよ、話をしようよ。」春志がチサトの腕を引く。「僕、三人分のお茶を淹れるよ。」

チサトは春志に引っぱられてロッカーの正面から退いたが、眼は依然私を睨んでいる。ロッカーから出ると私は言った。

「すみませんが、ちょっとだけ向こうを向いててもらえませんか？」

チサトはふんと息の音をたてて笑い、侮蔑の機会を手放すのを惜しむように、もう一度私の体に眼を遣った。胴体の大部分はかかえた服で覆われていたから、私の薄い体とチサトの男好きのするグラマーな体を比べられる恐れはないだろうが、不様な恰好への侮蔑の視線には効果があり、私は眼を逸らした。そむけた顔を戻すと、チサトの見開いた眼は私の足元に釘づけになっていた。しまった、と思ったがすでに遅かった。

「何、これ？」チサトは甲高い声で叫んだ。「春志はこんな変態にたぶらかされたの？」

「変態って何だよ？」春志が乱暴に言い返す。

「この子、男なの？　女なの？」

「女に決まってるじゃないか。」

「いいえ、決まっていないわ。」

チサトは赤いレースのストッキングに包んだ足で私の右足の甲を踏みつけ、春志の手を荒々しく引いた。

「ちょっと触ってごらんなさいよ、この子がどんな道具を持ってるか。」

「何だ、親指ペニスのこと？　知ってるよ。」

チサトは春志の顔を見つめた。私はチサトの踵の下から足を引き抜き、大急ぎで服を身につけ始めた。チサトが春志に言う。

「あんた、こんな者とまでつき合えるの？」

「こんな者って——チサトさんの考えてることは、よくわからないな。」

「二人でどんないかがわしいことをやってるのよ？」

チサトの声音には怒りに代わって好奇心が滲み出しているようだった。春志もそう感じたらしく、余裕を持ってひとこと尋ねた。

「見たい？」

「馬鹿なこと言わないで。」

チサトは私を振り返った。服は着終わっていたので、私は落ちついてチサトの視線を受け止めた。親指ペニスに度肝を抜かれたせいか、チサトの眼には先刻ほどの敵意はなかった。チサトは一人ベッドの所に歩いて行くと、どすんと腰を下ろした。

「よりによって、ペニスのある女に春志を寝取られるとはね。」

聞きかた次第では敗北宣言ともとれるチサトの科白だった。春志も私も黙って次のことばを待った。

「何とか言ったらどうなの、あんたたち？」チサトはまた苛立った。「婚約したんですって？　さぞや愛し合ってるんでしょうね。」

私たちには答えようがない。チサト一人がいきりたつ。

「何なのよ、あんたたちは？　ままごとで婚約したんじゃないでしょうね？　結婚ってどういうことだかわかってるの？　セックスがうまく行くから結婚しようっていうもんじゃないのよ。」

いつの間にかチサトは、敗北者から一転して高みからものを言っている。性格の強さの顕われだろうか。いずれにせよ、立ったままの私たちは親か教師に説教される子供さながらである。

春志がぼそっと呟く。

「わかってるよ、そんなことは。」

「わかってるの？　じゃあ、たとえば結婚したらどこに住むの？」

「ここに住むさ。」

「ここは狭くて二人分の居場所はないわよ。」

「じゃあマンションを借りる。」

「物件を探して契約できる?」

「私ができますよ。」口を挟む。

「そう? あなた女子大生でしょ? 確定申告書、書いたことある? 必要経費の落としかた、わかる?」

「わかりますよ。」いい加減チサトのもの言いは鼻についていた。「会社をやったことがありますから。」

「一実ちゃんは〈LOVERSHIP〉っていう会社の取締役の一人だったんだよ。」

チサトの表情は大きく変わった。

「〈LOVERSHIP〉って、あの恋愛供給会社? 本当?」

「ええ、友人が発起人でしたから。」

チサトは初めて、対等な人間に対する眼で私を見た。何か尋ねたそうに唇を動かすが、ためらっているのか質問を整理できないのか、声は発さない。好奇心に満ちた顔つきにはさっきまでの自尊心のかけらもない。ここでもう一押ししよう、と考え、私はつけ足した。

「だから帳簿のごまかしかたとか横領のしかたとか、一通り知っていますよ。」

チサトの頬が真赤になった。弱味を握られていると悟ったのだろう。春志と私を交互に見遣って歯を喰いしばる。しかし、甦った自尊心が俯くのを許さないのだろう、喰いしばった歯の間から低く震える声を押し出す。

「あなたは見かけよりも大人なのね。あなたになら安心して春志を任せられるわ。」

立ち上がったチサトは、私の前に来て右手を差し出した。

「春志にいい人が見つかって嬉しいわ。彼をよろしくね。」

今度は純粋に春志を思い遣る従姉になっている。たび重なる豹変ぶりに讃嘆の念すら起きる。差し出された手を握る。チサトの肉厚の掌はじっとりと湿っている。

次にチサトは春志の肩を抱く。

「おめでとう、春志。結婚しても、時々パジェロを貸してね。」

チサトは優雅に腰を振りながら戸口に向かう。靴を履く際に見せた横顔はまだ紅潮している。ドアを閉める直前にはこちらに向かってひらりと片手を振る。口元は微笑んでいる。私は笑い返すことができなかった。

二人だけになると、私は春志に寄り添った。

「疲れたわ。」

春志は私に片腕をまわした。

「でも、万事解決したよ。」

「あれでもう大丈夫かしら？」

「大丈夫さ。」

私たちは寄り添ったまま床に座り込んだ。

春志と私の婚約を認めて以来、チサトは妙に私に親しげになった。春志の部屋に行くと、にこにこ笑いながらお菓子を運んで来る。十分ほど談笑して行ったり、母屋のバス・ルームを使ってもいいとか泊まって行けとか勧めたりもする。春志が私の部屋に来る時にはパジェロで送って来て、翌日またパジェロで連れ帰る。もっともチサトはチサトで家には帰らず、パジェロを私のアパートのそばに置いて一晩中都内のどこかで遊んでいるらしい。

チサトの馴れ馴れしさは少々薄気味悪かった。一般にチサトのようなタイプは男好きの女嫌いであって、好色そうな装いをした同類の女としか徒党を組まないものだ。私のように普通の外見の女には本来湊も引っかけないはずなのである。春志を迎えに来た際寝そびれたと言って私のベッドで仮眠して行くこともあるから、私の部屋を休憩所として利用すれば好都合と考えているのかとも思う。

あるいは、〈LOVERSHIP〉にかかわっていた私の経歴に関心があるのかも知れない。どのくらい儲かったのか、どんな男が会員登録していたのか、彩沢遙子とはどんな人だったのか等と、しきりに訊きたがった。実は自分も〈LOVERSHIP〉に登録したかったのだが、春志に悪いので思い止まったのだ、などといけしゃあしゃあと言う。春志のいる所で他の男といちゃついたりしていたくせに、平然とそうした嘘がつけるところはやはり強心臓である。

チサトの馴れ馴れしさが薄気味悪いと話すと、春志は「でも害はないんだからいいじゃないか」と言った。それもそうだし、春志と結婚すればチサトとも親戚になるのだから仲よくするに越したことはない。私はチサトの急接近を受け入れることにした。

だからある晩、盛り場から電話をよこしたチサトが今から飲みに出て来ないかと誘った時も、大学のレポートの締切が近かったのだけれども、チサトの熱心さに負けて六本木などに出かける破目になったのである。

「たまには春志抜きで話しましょうよ。それに、あなたに新しい恋人を紹介したいの。」

チサトに教えられたバーに入って行く。平凡な印象のバーの中は、木曜日の午後九時とあってスーツ姿のサラリーマンが目立つ。チサトはカウンターでジン・フィズを飲んでいる。細かいカールをつけていた髪をストレートに戻し、静かにいい女を気取っている。

「彼がまだ来ないのよ。」チサトは私を認めると言った。「九時の約束なのに。」

「サラリーマンなんですか？」

「そう。四月に入社したばかりの商社マン。」

「じゃあ年下？」

「いや向こうは大学を一浪したから、同い年なの。でも、同い年だからって侮れないのよ。この私が軽くあしらえなくって、押しまくられるんだから。あんな男、初めてだわ。」

チサトは新しい恋人にかなり入れ込んでいるらしく、眼は遠くを見つめ口は抑えきれず微笑みをかたちづくっている。チサトが押しまくられるほどの男とはいったいどんな男か、私も興味がないではない。

「あなたも彼に会えば、もう私が春志に未練がないことを信じるわよ。彼もあなたの話を聞くと、会いたいって言ってたわ。」

「私のどんな話をしたんですか？」

「あなたには面白い話がいっぱいあるじゃない。」

チサトはあまり品のいいとは言えない笑いを唇に上らせた。私に向かって笑いかけたのではなく一人ほくそえむといった雰囲気の笑いである。チサトが私の何を面白がっているのか知らないが、勝手に面白がられ、面白がらせることを期待されては困る。芽生えた不快感を注文したドライ・シェリーで押し流す。

「あなたみたいな人と不思議な縁でめぐり会えて嬉しいわ。友達にも自慢できるし。」

何を自慢すると言うのだろう。男とつき合ううちについた癖なのか、チサトが必要以上に私の方へ体を傾け囁きかけるように話すのに馴染めず、気を紛らわせるために再びドライ・シェリーを口に運ぶ。

頭の上で「やあ」という声がした。チサトは声の主を振り仰ぐと、華やいだ声を出した。

「やっと来てくれたわね。」

「ごめん、残業が長引いたんだ。」

「一実ちゃん、私の恋人の到着よ。」

ネイヴィー・ブルーのスーツの青年がチサトの向こう隣に腰を下ろした。上着の内ポケットから名刺を取り出して差し出そうとする青年の顔を見て、私は息を呑んだ。チサトの新しい恋人は、正夫の親友であった岩合晴彦なのである。晴彦も私の顔を見ると眉を上げた。

「おやおや、君だったのか。」

「あら、あなたたち知り合いなの？」チサトが眼を丸くする。

「何年も前から知ってるよ。深くは知り合っていないけど。ねえ？」

晴彦は相変わらず図太い話しかたをする。酔っ払って正夫の部屋に押しかけて来た三月の晩以来の対面だが、服装はサラリーマン然としていても中味は以前と同じのようだ。受け取った名刺には一流商事会社の名が記されている。

「正夫とは別れたんだって？」

「知ってるの？」

「正夫から聞いた。」

私は身を乗り出した。

「正夫と会ってるの？」

「会ってるよ。俺たち、切っても切れない仲だから。」

あんなひどい諍いをしても交友が復活するものだろうか。唖然としている私に教え諭すように晴彦は言って聞かせる。

「君の考えている通りさ。俺たちは精神的にホモなんだ。トラブルのたびにいっそう絆が強くなる。離れられやしない。正夫の方は精神的ホモだとは思っちゃいないだろうけどね。だけど、俺を必要としているのは正夫の方なんだぜ。」

「何よ、会うなりホモがどうしたこうしたって。」チサトが割って入る。「あなたと一実ちゃんと正夫とかいう人は、三角関係だったの？」

「違うよ。」晴彦はウェイターに片手を挙げる。「ドライ・マーティニ。」

「そう？　ペニスで結ばれた三角関係じゃなかったの？」

チサトのことばに、晴彦は首を捩じ曲げて私を覗き込んだ。

「すると、足の親指がペニスの女の子って君なのか？」

顔が熱くなった。チサトは私の親指ペニスのことを誰彼かまわず喋ってまわっているのだろうか。チサトが面白がっているのは親指ペニスなのだろうか。晴彦は唇をすぼめる。

「正夫は何にも言っていなかったけどな。」

言いふらさなかった正夫には感謝しなければならない。私は残りのドライ・シェリーを飲み干した。晴彦は私のためにカルア・ミルクを追加注文してから尋ねる。

「もしかして、正夫と別れたのは親指がペニスになったせい？」

「私には何とも言えないわ。」

正夫が秘密を守ってくれたのだから、私も正夫との経緯は他言無用にしなければならない。だが、晴彦は聞かなくてもわかると言いたげな顔で頷いて見せる。

「わかるよ。あいつが君のペニスを嫌がったんだろう？」

私は晴彦を見つめる。

「正夫はそういう奴なんだ。俺以上の男根主義者だから、他人のペニスを敵視するんだな。」

「あなたはそうじゃないの?」

「俺だったら君のペニスにキスできるね。」

「よしなさいよ。」

チサトが晴彦の腕を打つが、晴彦は無視を決め込む。

「俺は性的な面ではあまりこだわりがないんだ。全方位外交さ。節操がないとも言えるけど。面白そうだと思ったらどこにでもペニスを突っ込むね。」

アルコールがまわったのか真赤な顔をしたチサトが甲高い声で叫ぶ。

「晴彦、ホモの経験があるの?」

晴彦はチサトの口を接吻で塞いだ。チサトは即座に瞼を閉じて応じる。眼の遣り場に窮して、私はカルア・ミルクに救いを求めた。晴彦は自分を「全方位外交」と言ったが、同じく全方位外交の春志と比べて、どろどろした重苦しい印象を受けるのはなぜだろう、と考え、春志には「面白そうだと思ったらどこにでもペニスを突っ込む」という発想がないからだ、と気づく。春志は「誰とでも仲よくできれば嬉しい」という発想なのだ。

チサトから唇を離すと、晴彦は私に向かってウインクする。チサトは晴彦にもたれかかる。

「俺はやれることなら何でもやるからね。性経験が多彩だから、フリー・セックスなんて概念がはやった頃に青春を過ごしたおじさんたちには一目置かれるよ。性の解放なんて叫びながら女をいじめて来たあのおじさんたちも、ホモには抵抗があったみたいだから、俺が経験を話すと劣等感と憧れの入り混じった顔つきになるんだ。」

「で、あなた、ホモをやったの？」チサトが眠そうな声で訊く。

「高校の時、可愛い同級生にお願いされてね。そいつを痔にしてやった。」

猛烈な反発を覚えたのは、そう言いながら晴彦が残忍な薄笑いを浮かべたからである。私は尋ねた。

「岩合君は男が好きなの？　嫌いなの？」

「好きだよ。」

「憎んでるように見えるわ。」

晴彦は私の視線を受け眼を細めた。

「俺は男も女も好きだ、ただ、心の根っ子に、男に対するのでもなく女に対するのでもない、強烈な憎しみがひそんでいるのは認めるよ。」

「自分自身は？　好き？」

晴彦は眉一つ動かさず即答した。

「大して好きじゃないね。」

この人の心は冷えきっている。とても同席には耐えられない。私は自分の分の勘定をカウンターに置いた。チサトは寝入ったのか、晴彦にぐったりともたれたままだ。黙って二人の背後を通って店を出ようとすると、晴彦が腕で行く手を塞いだ。私の耳の近くで囁く。

「君のペニスは並の男の物より立派なんだって？　チサトは興味津々だぜ。」

晴彦は最後にひとことからかいたかったのだろう。私も薄笑いで応えて店を後にする。

梅雨の明けきらない季節、街は湿気と人いきれで蒸れていた。しかしそれよりも、晴彦の不健康な笑いの残像の方が不快だった。無性に春志に会いたくなった。だが今日は帰宅して大学のレポートに取り組むべきだろう。私は地下鉄の駅に急いだ。

私が自宅に着いて入浴をすませた頃、追いかけるようにやって来て玄関のチャイムを鳴らしたのがチサトである。「私よ、入れて」というチサトの声を聞いて、晴彦も一緒なのではないかと思いつい身がまえたが、チサト一人だった。チサトは部屋の中に転がり込んで来た。息はアルコール臭く、眼は充血している。晴彦が正夫の部屋に押しかけて来た時の様子とそっくりだ。

チサトは私に縋りついた。

「どうして黙って帰っちゃったの？　晴彦が怒らせたの？　喧嘩して来たわよ、あんたが何か失礼なことを言ったんでしょうって。」

「喧嘩なんかしなくてもよかったのに。」

私は礼儀上チサトにコーヒーを勧めた。

「あなたと晴彦が知り合いだなんて知らなかったわ。」チサトはコーヒーにほとんど手をつけない。「あなたは晴彦が嫌いかも知れないけど、私は彼が好きなのよ。彼、下半身はどうしようもなくだらしないけれど、本当は人を信じたくてたまらないの。生きかたが私と似てるわ。」

チサトの晴彦評は晴彦に引っかかった女なら誰でも言いそうな内容であったが、チサトと晴彦の生きかたに共通点があるというのは私の眼から見ても事実だった。チサトは晴彦について語ったつもりで自分について語ったのだろう。陳腐なことかも知れないが、そんなチサトが少しばかり痛々しく映った。そのために、今晩泊めてほしいというチサトの頼みを戸惑いながらも聞き入れてしまった。

チサトには蒲団を用意し、私は平常通りベッドで寝る。チサトはシャワーを浴びてもなお酔いが醒めない様子で、床の中でひとりごとを言い続けている。

「私は淫乱で陰険で嘘つきで美人でとっても孤独——晴彦がそう言うの。」

しばらくはチサトのひとりごとが耳についたが、じきに私は眠りに落ちた。

夢の中で、私は遙子とシャンペンを酌み交わしていた。時は春の昼下がり、所は蓮華畑で、気分はこの上なく和やかである。高速フィルムを見るように急速に陽が傾き、蓮華の色が美しい薄暮の色と融け合っても、楽しい気分は消えない。遙子は現実には見せたことのない幸福そうな笑顔でグラスを掲げ、私はいつまでもこうしていたい、とぼんやり考えている。が、不意に春志に会いに行かなくてはと思いつく。

夢はいったん途切れる。次の場面では春志とベッドで抱き合っている。その場面もぼやけ、誰かと快楽を分かち合っている感覚だけが残る。快楽の中心は親指ペニスだ。誰かが親指ペニスを口に含んでいる。春志ほど技巧は凝らさないが、とても気持ちがいい。やがて親指ペニスは口よりももっと狭く、もっと熱く潤った何かに吸い込まれる。息苦しいほどの快楽が起こるが、これは何だろう。

夢ではない。現実の快感だ。快感に引きずられたかのように瞼が開く。下半身の方へ眼が行く。

声も出なかった。視界に飛び込んで来たのは、あられもない姿で私の親指ペニスを陰部に収めているチサトだった。

CHAPTER 6 ★

明けがたの薄い光が、チサトの真白な下腹部と小麦色に灼けた逞しい腿を、厳かに浮かび上がらせている。右足の側面に体熱の籠もったチサトの腿の肉を感じる。親指ペニスを温もりと湿り気でくるんでいるのは、チサトの女性器にほかならなかった。そうとわかった瞬間、夢うつつに覚えていた心地よさは激しい嫌悪感に一変した。

今まさにチサトは腰を上下に揺さぶろうと、腿の筋肉に力を込めていた。私は声にならない声を上げて、チサトに捉われた右足先を引き抜こうとした。ところが仰むけに寝ているので、踵がマットレスに突き当たって膝が曲がらない。側転して右足先を振ると、親指ペニスが柔らかい壁を抉ったような手応えがあり、チサトは奇妙な声を洩らして体をぐらつかせた。思いきり脚を縮めると親指ペニスはするりと抜けた。

私ははね起きた。

「何をしていたんですか？」

チサトはふてぶてしい眼つきで私を見返すと、落ちつき払って座り直し、パジャマの上衣の裾を整えて下腹部を隠した。動揺の収まらない私は、続けてチサトに投げかけることばを思いつかない。押しつけがましい温もりから解放された右の爪先に肌寒さを感じ、何気なく手で覆うとぬるぬるした粘液が掌に絡んだ。身震いして、反射的に手をシーツにこすりつける。親指ペニスはすっかり萎えていた。

「そんなに怯えなくてもいいじゃない。」チサトが口を開いた。「お互い愉しもうとしただけなのに怖がられたんじゃ、まるで私が化けものみたいじゃない。」

「お互い愉しむですって？」舌がうまく回らない。「私は眠ってたのに——」

「眠っている時はリラックスしているから、事に入るにはいいのよ。眼が冴えている時にいざ始めようとすると、経験の浅い男は緊張のせいでうまく行かない場合があるから。」

「誰が男なんです？」

「まあ、あなたは本物の男ではないけれど。」

「女ですよ、私は。」

チサトは笑い出した。

「あなたの足には男の印があるじゃないの。」

チサトに詰め寄って抗議したいのだが体が前に出ない。信じがたい振舞いに及んで平然としているチサトが薄気味悪いばかりでなく、チサト全体が生温かく蒸れてねばねばし触ると糸を引きそうな、生理的に不快な存在に思えてならなかったからである。これほどチサトを嫌だと思ったのは初めてだった。震え声で話しかけるのが精一杯だった。

「これは男性器にそっくりだけど、男性器じゃないですよ。よく見ればわかるでしょう？」

「少々の違いは問題にならないわよ。それがペニスじゃないとしたら、いったい何なの？」

　チサトは私を呑んでかかろうとしている。あきらかに自分に非があって立場が弱くても、態度の大きさと勢いと巧妙な論点のはぐらかしで、逆に相手を責めるのがチサト流の切り抜けかただ。その手に乗ってはならない。こちらも論法を工夫する。

「あなたはペニスに似ていれば何でもペニスの代用にするんですか？」

　チサトはまた笑い出した。

「話を変な方向に持って行かないでよ。それが男性器じゃないとしても、快楽の器官には違いないんでしょう？　愉しむべきじゃない。」

　頭を掻き毟りたくなった。極力冷静にことばを探す。

「女同士で愉しむなんて、抵抗はないんですか？」

「もちろんレズなんてまっぴらよ。でも、あなたは両性具有でしょう？」

　予想外なことだったが、私はチサトの科白に非常な不愉快を覚えた。「もちろんレズなんてまっぴらよ」の部分にである。レスビアンの趣味がないのは私も同じだが、体のただ一箇所を除いては完全に女である私にのしかかって来ておいて、「まっぴらよ」はない。

「じゃあ、私の右足の親指だけ使おうと言うんですか？　残りの女の部分には眼をつむって？」

「あたりまえじゃない。」

「私の大部分を無視して、右足の親指というパーツだけを？」

「そりゃそうよ。」

「よくそんなに器用に、パーツだけ切り離せますね。」

苛立つ私をチサトは不思議そうに眺める。

「何言ってるの？　あなただって、右足の親指以外の部分で女とかかわるのは嫌でしょう？」

たまらず私は声を高める。

「私は、右足の親指だけでも女とはかかわりたくないんです。」

チサトは眼と口を丸く開いた。どこかで見たような表情だ。以前正夫の部屋で暇潰しにめくったエロ雑誌の、広告頁に載っていたダッチワイフの顔ではないか。悪意ある連想が働くのもチサトのせいだ。私の右足の親指とだけかかわりたいなんて、私の残りの体も私の人格も私の意向も顧みない一方的な言い草である。聞いただけで、体を無断で切断されたような気分になる。私の右足の親指はバイブレーターではないのだ。

チサトはすぐに驚きから立ち直った。

「あなたは、それの本来の使いかたをまだ知らないのね。」

余裕たっぷりの微笑を湛え、私を斜《はす》に見る。これは俗に言う流し眼だろうか。背筋が寒くなる。チサトはしたり顔で言い募る。

「童貞だから、ペニスの欲望を抑圧しているのね。」

「チサトさん、正気に返ってください。私は女ですよ。」

今にもにじり寄らんばかりのチサトに、必死で言った。チサトは耳を貸さなかった。

「あなたは、女だった頃の意識に今も囚われているだけなのよ。ペニスができたからには新しい意識を持たなきゃ。いい？　ペニスは収まるべきところに収まるようにできているのよ。手や口で慰めるだけじゃだめ。ふさわしいかたちで欲望を解放させてやらなきゃ、ペニスがかわいそうよ。」

そろそろとチサトが手を伸ばして来た。童貞の若い男はこういう具合に淫乱な女に誘惑されると、抗えなくなってしまうのかも知れない。だが、私は男ではない。チサトの甘ったるい声もボリューム感のある体つきも、疎ましく暑苦しいだけである。チサトの手を払いのけ、跳びすさった。

「頑なね。」チサトは手を引っ込めた。「それほどまでに拒まれると、凄く嫌われているように思えて悲しくなるわ。」

演技なのだろうが、チサトは本当に悲しげな表情になる。

「私はあなたを素敵だと思うのよ。嫌われるなんて辛い。」

高みから挑発した次には同情を惹き、すかさず相手を持ち上げては懇願の姿勢をとる。世の中の性に積極的な女たちはこうやって男を落とすのか、と感心はするが、見え透いた演技にいたたまれず片手を振る。

「わかってくださいよ。これは男性器じゃないから、女性器に収める理由はないんですよ。」

チサトは眼元を引き締めた。

「いいわ、男性器だの女性器だのと、名称にこだわるのはよしましょう。要は、あなたのなり余りたる部分と私のなり足らざる部分を合わせれば、愉しみを分かち合えるってことよ。」

話が堂々めぐりしている。チサトの強引な誘導をきっぱりとはねつけられないのは、やはり私が馬鹿だからだろうか。

「だから、私はパーツだけで愉しむことができないんですってば。」

「もしかすると、愛がなければ嫌ってこと？」

「簡単に言えばそうです。」

チサトは見下すような冷笑を浮かべた。

「近代人の病ね。愛がなければセックスができないなんて、そんな不自然なことがある？　愛とセックスを結びつけて欲望を抑えつけるなんて、それこそ不健全じゃない？」

「抑えつけてなんかいませんよ。あなたに欲望を感じないんです。」

チサトをはねつけられなかったのは、このひとことを礼儀を慮って封じていたためだ、と気がついた私は、眼の前の冷笑に水を浴びせる気持ちで切札を出したのだが、チサトの笑いは消えるどころかいっそう広がった。

「そんなことばが嘘だということは、さっき証明済みよ。」

今度は私が噴き出す番だった。

「だってあれは、ただの神経の反射ですよ。刺戟に機械的に反応しただけですよ。」

「刺戟したのは私よ。」

「眠っていたから何に刺戟されたのかわからなかったんです。」

刺戟を加えているのがチサトとわかった途端に、快感は嫌悪感に変わり親指ペニスは萎え始めたのだ。できたての頃と違って最近ではそうナイーヴではなくなった親指ペニスは、最初からチサトのしわざだとわかっていれば、簡単に勃起などしなかったはずだ。チサト相手だとどんな技巧を施されても嫌悪が先に立って快楽は受け止められない。しかし、そこまで口にするのはさすがに憚られる。

「あの時私は、春志の夢を見ていたんですから。」

　チサトの眼尻が吊り上がった。

「私だとわかっていれば反応しないと言いたいの？　よくそんなひどいことが言えるわね。そんなに私は醜いの？」

「いや、美しいか醜いかといったことは関係なくって——」

　チサトは宥めようとした私を遮る。

「これほど情けない思いをさせられたのは初めてよ。どうしてあなたは人を差別するの？」

「差別じゃなくって、人を見分けてるだけですよ。」

「見分けてどうするの？　同じ人間なのに。」

　行き当たりばったりに絡むチサトにうんざりして、私は黙った。チサトも不機嫌に黙り込む。しだいに明るさを増して行く部屋の中で、戸外の小鳥の囀りばかりが耳につく。チサトは私の親指ペニスの使い心地を知りたくて私に接近したのだろうか、とぼんやり考える。

　チサトが顎を上げた。びくっとした私の耳にチサトの迷いのない声が押し入る。

「じゃあ、ためしてみない？　私があなたのそれを勃起させられるかどうか。」

疲れが込み上げた。なぜそれほどまでに執着するのだろう。意地なのだろうか。うんざりする余り、こんな風にしつこく絡まれるくらいなら、眼を閉じて春志との行為を想像しながら親指ペニスをチサトに預けた方がましだ、とさえ思えて来た。しかし、気を取り直す。

「チサトさんには岩合君がいるじゃないですか。岩合君とするのがいちばん愉しいでしょう？」

「晴彦も私も一夫一婦制の信奉者じゃないのよ。」

その棒読み口調に、愛と性行為は別だという理論に基づいてか、無闇に欲望を駆り立てる習慣のあるチサトこそ不自然で不健全なのではないか、と思い当たり、急に馬鹿馬鹿しく面倒臭くなった。私は言った。

「わかりました。それは結構ですが、私を巻き込まないでください。」

チサトが身を乗り出した、と思ったら、私は電光石火の平手打ちを喰っていた。呆然とする私に、チサトは喚き散らした。

「何よ、お高く止まって清潔ぶって。あなたがそれほどの者なの？ ただけちで臆病で子供で、その上差別者で、近代人の病に冒された、男だか女だかわからない畸型児じゃないの。」

「誤解ですよ。」

チサトが再び手を振り上げたので、私は首をすくめ両手で顔を庇った。額のあたりにチサトの手が当たった。

「そのとぼけた調子が頭に来るのよ。冷静を装って、人を馬鹿にして。」

それも誤解だと言いたかったが、チサトが癇癪を起こした子供のように続けざまに頭を打つので口をあけられず、なぜ私が殴られなければならないのだろう、と考えながら耐えているほかはなかった。攻撃がやんだ気配があって、眼を覆った指の間から恐る恐る覗くと、チサトは私が貸したパジャマを脱ぎ捨てて自分の服をまとい始めていた。

身繕いを終えハンド・バッグを手にすると、チサトは時計に眼を遣った。六時半である。私の方を見ようともせず玄関に向かう。私も怖いので声がかけられない。怖い人が出て行ってくれるのをじっと待つ。

行きかけたチサトが足を止め、こちらを振り返った。

「ねえ、言っておくけど――」瞳が輝いている。「御清潔ぶったって、あなたのペニスはしっかり私の中に入っていたのよ。あなたはもう、私と関係を持ったのよ。あなたは私に汚されたのよ。」

満足げな高笑いを置土産に、意気揚々とチサトは立ち去った。彼女の捨科白には効果があった。玄関の扉の閉じられた音を耳にすると、私は即座に浴室に飛び込みシャワーの栓を捻って右足先を洗い浄めずにはいられなかったのである。

チサトの性器の感触はまるで親指ペニスに貼りついたかのように、一週間を過ぎても時折生々しく甦って来て私を悩ませた。おかげで大学に提出したレポートの出来がさんざんだった、ということもあり、私の腹立ちはしばらくの間昂まり続けた。

春志はチサトの振舞いをさして奇矯とも受け止めないようだった。あの日午前九時になるのを待って春志に電話をかけたのだが、春志の反応は実に乏しかった。

「この間からチサトさんが君のペニスについてあれこれ訊いて来たのは、君とそんなことをしたかったからなんだな。勃《た》った時の長さとか太さとか、随分訊かれたよ。」

「あなた、教えたの？」

そう言えば、六本木のバーで晴彦が「君のペニスは並の男の物より立派なんだって？」と問いかけて来たが、考えてみればチサトは春志から聞き出して晴彦に告げたに違いないのである。

「教えたよ。」

春志は悪びれず答える。まあ悪いのはチサトであって教えただけの春志には罪はないのだが、春志が私の蒙った災難に同情を示さないのが物足りなかった。のんびりした声が続く。

「チサトさんが君のこと、そんなに好きだとは知らなかったよ。」

「好きなんかじゃないわよ。親指ペニスにだけ興味があったのよ。親指ペニス以外の部分には指一本触れる気はないって言ったもの。」

「そうかなあ。一部にでも興味が湧くってことは、相手を好きだということじゃないのかなあ。」

春志の物の見かたの明るさには、一瞬眼から鱗が落ち呼吸が楽になる思いがするが、やはり釈然としない。

「都合のいいところだけ好かれたって嬉しくないわ。」

「そうか、いっぱい好かれたいんだ。少しだけ好かれるより、いっぱい好かれた方が嬉しいものね。」

「チサトさんにいっぱい好かれたいとも思わないけど。」

「そんなにチサトさんが嫌いなの？」

無邪気に訊かれると、自分が冷酷に人を嫌う気難し屋のように思えて気弱になる。

「話をするのはいいんだけど――性行為をするのが嫌なのよ。」

「どうして？」

「気持ち悪いもの。」

「僕はチサトさんのこと、気持ち悪くはなかったな。」

春志とチサトが幾度となく体を重ね合ったことを、私は忘れていた。ねっとりとまとわりついたチサトの性器の感触に対して私の覚えた嫌悪感は、春志にはわからないだろう。

「だって、チサトさんと私は同性よ。」

「ああ、君は同性とは触り合わないんだったね。」

春志には同性愛の経験もあるので、同性への生理的嫌悪を強調しても無駄なのだ。チサトとの一件を、彼が大した災難とは感じないのも無理はないかも知れない。同情するどころか、春志は思いがけない感想を呟いた。

「気持ち悪いから触らないでくれなんて人から言われたら、凄く辛いだろうなあ。」

これはかなりこたえて、私は絶句した。しかし、触られて覚えた私の嫌悪感はどう始末せよと言うのだろう、と疑問が突き上げる。

「あなたは私がチサトさんの誘いに応じてあげたらよかったと思うの？」

「そうじゃないけど、チサトさんは断わられてびっくりしたと思うよ。」

春志は私の気持ちよりもチサトの気持ちの方がよくわかるのである。チサトとのつき合いが長いからというだけでなく、春志の過去の性生活は私の性生活よりもむしろチサトの性生活に近いからだ。何とか理解してほしくて、私は声を絞る。

「私だってチサトさんにひっぱたかれてびっくりしたわ。」

春志は唸った。

「チサトさんは怒りっぽいからなあ。」

私は口をきく気力がなくなった。気配を察したのか、春志はしばらく思いをめぐらせている様子だったが、不意に閃いたという風に勢い込んで言った。

「そうだ、君は眼を覚まさなきゃよかったんだよ。チサトさんが触っている間、ずっと僕としている夢を見ていれば、君もチサトさんも満足したんだ。」

春志に同調を求めたのが間違いだった、と悟った私は訴えかけるのを寂しく諦めた。だが、電話を切った後、春志に話す前よりもいっそう困惑が深まっているのに気がついた。春志がチサトへの共感を表わしたので自分が世の中の少数派のように感じられたせいもある。この心の乱れはどうしても誰か同調してくれそうな人に聞いてもらわなければ鎮まらない。そう考えて、私は親指ペニスのことを知っている小説家のMに電話をかけた。

私が名乗るとMは陽気な声を上げた。

「真野一実さん？　その後どうしてるの？　親指Pは健在？」

Mの相変わらずの好奇心に苦笑した後、私は一連の出来事をかいつまんで話した。

「短い間にいろいろあったのね。」

嘆息するMに、ここぞとばかりに言う。

「女性器まで経験しましたよ。」

「女性器経験？　宗旨変えしたの？」

がっくりしたはずみに受話器に顎をぶつけた。望んで得た経験ではないことを伝えると、Mは態度を正した。

「つまり、強姦されたわけですね。」

「強姦？」

「正式には準強姦だったかしら。人の抗拒不能に乗じ姦淫をした者は準強姦の罪となす、と法律で定められてるはずよ。」

「女が男を、いえ、女性器が男性器を襲うのも強姦なんですか？」

「日本じゃ判例がないけれど、アメリカでは少年によからぬことをした女性に強姦罪の判決が下った例があるわ。」

「じゃあ、私は準強姦の被害者なんですね？」

チサトへの怒りは理不尽なものではない、と保証され溜飲が下がるが、準強姦と指摘されてみるといくら何でもことばが強過ぎるような気もしないでもない。戸惑っていると、Mが尋ねた。

「告訴する？」

「いいえ。」答えてから、戸惑いを口に出す。「強姦というほど悲惨な目に遭った気はしないんですが。それは不愉快だったけど、このことで今後の人生が変わるほどでは――」

「そりゃ女が男に強姦された場合とは違うでしょう。」

Mの声がくぐもっているのを聞き咎める。

「Mさん、笑ってるんですか？」

「ごめんなさい。」Mは抑えきれないように笑い出した。「女が男に強姦されたのだったら絶対に笑ったりしないんだけど、女が女の上にのしかかったかと思うと――いや、あなたを笑ってるんじゃないのよ。」

Mの笑い声を聞きながら、チサトが私の足に跨がっていた光景を思い返すと、おぞましい光景がにわかに滑稽味を帯びる。チサトは私を嘲笑って引き上げたけれども、恥しい姿を曝したのは私ではなくチサトの方ではなかったのか。気づくと、私も笑いたくなった。

「私も女を強姦しようとする女がいるとは思いませんでしたよ。」

「あなたのことは心から気の毒だと思うけど。」Mは笑いを抑える。「相手は女なんだから、ひっぱたいて部屋から追い出せばよかったのに。」

「チサトさんの方が強いですよ。」

「強いって言ったって女でしょう？　大して力の差はないわよ。」

言われてみればそうなのだが、あの場では驚きと気味悪さで逃げ腰になってしまったので、攻撃に転じることは思いつきもしなかった。だが、それも相手が自分と大して力の差のない同性だから、力ずくで犯される事態にはまずならないとわかっており、心のどこかに余裕があったためとも考えられる。確かに相手が男である場合とは随分違う。正夫とつき合い始めた頃、二人きりになると彼がいつ性交渉を求めて来るかと緊張しびくびくしたのと比べれば、チサトの威圧感など物の数ではない。

「痛かった？」Mが訊く。

「いえ、痛くはなかったです。」

「女性器を犯されたら痛いでしょうね。そう考えると、女性器による男性器の強姦は迫力に欠けますね。」

「でも、不愉快には違いないですよ、バイブレーター扱いされるのは。」

「もちろんそうでしょう。男でも女でも、眠っている間に無断で性行為に及ばれれば、たとえ相手が恋人であっても、弄ばれたと感じて頭に来るものだし。」

「チサトさんは自分の方が傷つけられたみたいに怒りましたよ。」

「あなたを思い通りにできなくて口惜しかったんじゃないの？　チサトさんとやらのような女のヴァギナは、裏返されたペニスなのよ。彼女が親指ペニスを持ったら間違いなく強姦者になるでしょうね。」

おぞましい仮定だった。チサトのことはもう思い出したくなかった。

「今度のことで、私には同性愛の素質が全くないのを再確認しましたよ。」

私のことばを聞くと、Mは少し考えてから尋ねた。

「じゃあ、前に私がした質問の答はノーね？」

もしも遙子が生きていて、私の親指ペニスを彼女に対して使ってくれるように頼んだらどうするか、という質問である。考えられないと答えたはずだ、と言おうとしてふと止まる。遙子が相手なら、チサト相手の場合ほど嫌悪感は起こらないのではないか。遙子のことは人間的にも大好きだったし、チサトのような暑苦しい容姿ではなく見ていて気持ちがよかった。チサトはと言えば、たとえ私が男であったとしても好まない、肌の合わないタイプの女である。

チサトに嫌悪感を覚えたのは同性だからではなく、チサト個人が私の嗜好に適わないからではなかっただろうか。考えてみれば、異性の中にだって決して性行為を持ちたくないタイプの者が大勢いるのだ。同性の中にだってさほど生理的嫌悪感を覚えないタイプの者がいてもおかしくはない。新発見だった。もっとも、では遙子と性的関係が結べるかと言えば、そういうものでもない。依然として考えられないことだった。

いずれMに春志を紹介する約束をして、電話を終えた。

Mとの会話のおかげで気分は随分よくなった。チサトの性器の感触の記憶が薄れる頃には、事件は腹立たしいけれども滑稽な出来事と思えるようになったし、チサトへの恐怖感も消えた。今度チサトと顔を合わせる機会があったら、決して怯えたりせず堂々としていよう、と考える余裕も生まれた。

　春志に対しては別に腹を立てはしなかったのだが、彼の方が私の動揺を理解できなかったのを気にしたらしく、その後の電話での会話の折に、ここのところチサトが家に帰って来ないが自分としても今はチサトがいない方が気楽だ、というようなことを言ったりした。春志なりに私の気持ちに寄り添おうとしてくれるのが嬉しかった。

　大学の前期試験が終わると、私は久々に春志の部屋を訪ねた。伯母夫婦は伊豆の温泉に出かけて留守で、チサトも昼前にボストン・バッグを提げてどこかへ出かけたという。春志は「二日間自分で御飯をつくるんだ」とはりきっていた。母屋の台所に行って見ると、手の届きやすい所に点字を打ったシールを貼りつけた調味料の瓶や食器類が並べられていた。春志の家事能力は伯母夫婦にも認められているのである。

　夜、春志は自慢のミディアム・レア・ステーキを焼いてくれた。ちゃんとミディアム・レアに焼けているのは大したものだった。私たちは母屋のダイニング・ルームのテーブルで向かい合って食事をした。油煙で汚れた壁、流行遅れの花柄のビニール・テーブル・クロス、古めかしい木の椅子、よその家庭の歴史の沁み込んだダイニング・ルームで四箇月前につき合い始めたばかりの恋人と食事をするのは、不思議な感じだった。

　私たちは結婚したらどんな家に住みたいかということを話し合った。春志はふかふかのカーペットを敷き詰めた部屋が一つほしいと言った。その部屋には家具は何も置かず、毛布を壁際に丸めておく。春志は裸でふかふかのカーペットの上を心行くまで転げまわりたいのだそうだ。

私と二人でも転げまわって遊び、疲れて眠くなったら壁際の毛布を広げてくるまって寝るのだと言う。私はあかずの間が一つほしかった。特に意味はない。謎めいた部屋が一つあれば面白そうだからである。

ダイニング・ルームの隣は居間だった。黄土色のソファーに低いテーブル、二十二インチのテレビと大きな花瓶の目立つ小さな居間である。壁の高い所に、バレリーナのコスチュームをつけて片脚を高く上げている少女の写真とフリルのついたシャツを着てピアノのそばに立っている少年の写真が、額縁に収められて二つ並んでいる。チサトと春志の子供時代の写真である。

ダイニング・ルームから居間に移って、私たちはお喋りを続けた。

チサトが晴彦を連れて帰って来たのは十時をまわった頃である。玄関の扉の開く音がした時、私はすわ賊の侵入かと思ったが、江口家の娘の帰宅だった。チサトは居間に私の姿を見つけても驚きはせず、背後に晴彦を従えて黙って私を見下ろした。チサトに会っても怯えるまいとは決めていたものの、やはり何と挨拶していいのかわからず、私も黙ったままチサトを見上げた。

「あなたたちを襲いに来たのよ。」

無表情に言ったチサトの肩を、晴彦が後ろから叩く。

「よせよ。一実さんに謝るんだろ。」

チサトは表情を和らげる。晴彦は春志の前に進み出て、腰をかがめると春志の手を握った。

「君が春志君だね？」

春志は晴彦に手を握らせたまま戸惑ったように頷いた。チサトと晴彦は向かいのソファーに腰をかける。晴彦は自分の家にいるかのように、ソファーの背の上辺に両腕を載せ脚を組む。

「君たちがお揃いでいると思ってね。一実さんに謝るって言うチサトにつき合って来たんだ。」

チサトが何も言わないので、晴彦は私に向かって続ける。

「チサトが迷惑をかけて悪かったね。」

私は困惑を隠せなかった。

「岩合君が謝らなくても――」

「君が誘いに応じるわけがないってことを、こいつに納得させられなかったんだよ。」

晴彦の顔を見直す。

「チサトさんは私にちょっかいを出す前に、岩合君に相談したの？」

「ああ。君とセックスができるだろうかと訊かれたよ。だめだろうって答えたんだけどね。」

「止めなかったの？　浮気なんか考えるなって。」

「僕は一夫一婦制の信奉者じゃないからね。」

チサトと全く同じ口上である。チサトは棒読み口調で述べたが晴彦は板についた口調であることからすると、チサトは晴彦の口真似をしたらしい。

「一夫一婦制にはそれなりの合理性があるとは思うけどさ。俺が世界でいちばんいい男っていう自信が持てるなら女に堂々と他の男とは寝るなって言えるけれど、俺よりいい男が世の中にはごまんといるとわかってたらさ、浮気はするな、俺で我慢しろとは言えないよ。」

女を口説き落とすのが得意な晴彦にしては、意外に謙虚な理由づけである。ことばを切って唇の端に弱い微笑を浮かべる晴彦は、そうありたいと願うほどには自分はいい男ではないという事実を一抹の悲しみとともに受け入れた、充分に聡明な青年に見える。ふと、彼を図太い男とばかり思っていたのは私の誤解だったろうか、との反省が頭をよぎる。だが、一方で口先ではへり下って外見と内面の違いを印象づけるのが彼流の女の気の惹きかたなのかも知れない、という気もする。

「それに、セックスに過剰な意味づけをする気もしないんだ。ただ気持ちのいいことっていうだけでいいじゃないか。愛がなければセックスができないなんて、近代人の病だね。」

またもチサトと全く同じ科白である。チサトは心なしかうっとりと晴彦を見つめている。どうやらチサトに性愛の理論を吹き込んだのは晴彦のようだ。チサトが晴彦にぞっこんなのは知っているが、恋人のことばまで丸呑みにするというのは可愛らしいと言うより気恥しい。

私は疑問を口にする。

「でも、相手を好きであればあるほどセックスも気持ちよくない？」

「それはそうだけれども、好きじゃなくても気持ちがいい。」晴彦が答える。

「そこそこに気持ちいいだろうけど、大した感動もないのに好きでもない相手とわざわざベッドをともにしようという気になれる？」

晴彦は面白そうに微笑むと、組んだ脚をほどいて背を起こす。

「君は惚れ抜いていない相手とは絶対にやらない？」

「ええ。」

「たとえば、君の方では好きじゃなくても向こうは君がとても好き、という間柄の知り合いがいるとしよう。彼が凄く孤独で苦しい状況にあって、君が一時縋らせてやれば救われる、といった場合でも君はベッドをともにしないかい？」

おかしな質問である。「縋る」とは性行為を通して縋るということなのだろうか。なぜ縋る手段が性行為に限られるのか。なぜ性行為を持てば孤独で苦しい状況から救われると決まっているのか。どういう理屈に支えられた質問なのか測りかねていると、晴彦は私が迷っていると解釈したのか、自信たっぷりに押して来る。

「僕はそういう時に相手を突き放すほど無慈悲にはなれないね。」

そばでチサトが共感を込めて頷く。二人の精神的双生児めいた連帯にも、先まわりして「無慈悲」などという強いことばを出して議論を有利に進めようとする晴彦のやりかたにも好意を抱けず、私も思いきった立場をとることにする。

「私はしないわ。」

「この子はそういう女なのよ、けちで冷淡な——」

チサトの声が高らかに響いた。晴彦が片手で制する。

「どうしてしないんだい？」

「セックスで人を救えるなら苦労はないと思うから。」

「セックス如きで救われるほど人生は甘くないってわけか。でも、甘っちょろいにしても、そいつがセックスで救われる人間だとしたら？」

「救われないわよ。かりに縋らせてあげたって、相手は後で惨めな気分に陥るだけじゃないかしら。」

晴彦は黙る。チサトは怒りに満ちた眼を私に向け、晴彦に語りかける。

「こんな女とまともな話はできないわよ。不感症でインポテンツだもの。」

「やめろよ。おまえは謝るって言っただろう？」

「謝る気なんかなくなったわ。」

「だめだよ。意見の相違があるのはいいことだぜ。」

ずっと黙っていた春志が、私を肘で突いて囁く。

「話が難しくてわからないよ。チサトさんたちは何で揉めてるの？」

「揉めてるんじゃないのよ。」

チサトを鎮めると、晴彦は私に言った。

「君の考えはよくわかった。羨ましいくらい爽やかだよ。僕なんかはいつもセックスのことが強迫観念みたいに頭を離れないからな。現代人はほとんど僕と同じだと思うけれど。」

チサトが苛立たしげに口を挟む。

「あなたはどんな女にでもお世辞を言うのね。」

「うるさい奴だな。」

晴彦が不快を表情に表わした。チサトも仏頂面だ。気まずい沈黙が流れる。春志が欠伸をした。晴彦は腕時計に眼を遣ると、私に軽く頷いた。

「今日は君に謝りに来ただけだから。ゆうべはチサトも悪かったと言ってたし――」

「あなた一人がいい子になる気？」

鋭く言ったチサトを、晴彦は心底呆れた風に見た。

「全くおまえがいい奴になるのはセックスの直後だけだな。」

「あなたがセックスの時しか私に誠実じゃないからよ。」

晴彦は皮肉な笑顔になる。

「セックスの時以外でも下僕でいるのはごめんだね。」

チサトが憤然と立ち上がった。私は春志の腕を掴む。

「じゃあ、セックスだけのつき合いにする？」

「そりゃありがたいね。」

チサトが右手を振り上げた。チサトは男も殴るのだろうか、と思ったが、晴彦はさっと立ってチサトと向かい合った。晴彦とチサトの身長差は十二センチほどである。見下ろされたチサトはさすがに気合負けして、中途で動きを止めた。晴彦が言った。

「俺が殴らせてやると思うか？」

陰湿な威嚇だった。鼠に対する猫の嘲弄だった。チサトは晴彦の厚い胸を眼の前にして、屈辱に顔を歪めた。

「帰って。」

言い捨てて身を翻したチサトの腕を、晴彦が掴む。チサトは逃げようともがくが、晴彦はしっかりとチサトを捕えている。二人の揉み合いでテーブルが揺れた。春志も息を詰めて私の手を握った。チサトが叫び声を上げかけたが、顔を晴彦の胸に押しつけられた。チサトは啜り泣きを始めた。晴彦はチサトの背中を撫でた。

「馬鹿だな。殴らせてやったのに。」

胸の悪くなるような声音だった。晴彦は腕力と体格の差でチサトを威圧しきったことに満足し、優しいことばを恵む余裕まで誇示している。チサトにとっては二重の屈辱だろう。見ていた私まで屈辱的な気分になった。喧嘩をしかけたのはチサトだが、私はチサトに同情し、私がチサトから受けた準強姦など侮辱のうちに入らないから怒るのはやめよう、とまで考えた。

ところが、チサトの反応は違っていた。晴彦の胸でしばらくは反抗の身悶えをしていたが、やがて啜り泣きは甘い鼻声に変わり、拳を解いた手は晴彦の背中にまわった。先刻の激しい対立の気配は名残りもなく、チサトは恋する男に寄りかかって甘えていた。

私は唖然として恋人たちの姿に見入った。

プール・サイドに続くコンクリートに立つと、春志は水の匂いを含んで吹き渡る風を大きく吸い込んで表情を和ませた。

「随分広々とした感じだね。ここは公園の中？」

「庭園よ。プールの前一面が庭なの。」

丘の上にあるホテルのプールは、春には桜の色に彩られる日本庭園に面していた。

生まれてから一度も泳いだことがないと言う春志をプールに連れて来たかった。海や公営プールは混雑する上、広過ぎるし深過ぎる。泳ぐよりも行水と日光浴に向いた小さく浅いプールで、人があまりいないという条件を満たすのは、ホテルのプールである。都内のこのホテルに、私たちは昨日から泊まっていた。

プールに入るためには、私は親指ペニスにバンデージ・テープを巻きつけて隠さねばならなかったが、春志の方も手間がかかった。水着姿でホテル内をうろつくわけには行かないので、更衣室で着替えなければならないのだが、男と女の更衣室は別だから私はついていることができない。そこで、あらかじめ服の下に水泳パンツをつけ更衣室内では服を脱げばいいだけにしておき、先にホテルの人に更衣室の入口と出口の位置関係を尋ねて春志に教えた。ロッカーなども面倒なので使わないことにし、脱いだ服はタオル等と一緒にバッグに詰めてプール・サイドに持って行くのである。

水色に塗られた雲形のプールの中には誰も入っていなかった。数人の外国人客はサン・チェアーに体を伸ばし、眼を閉じて肌を灼くのに専念している。私たちの話す声は耳に入っているのだろうが身動き一つしない。邪魔にならない場所に手回り品を入れたバッグを置き、春志をプールに誘う。さっき消毒用の水槽に浸って水の冷たさに縮み上がった春志は、腰までプールに沈めると訴えた。

「やっぱり冷たいよ。」

「すぐに馴れるわよ。」

真夏の直射日光に照りつけられて、春志の額は早くも汗が滲んでいる。色白で小柄な彼だが、トレーニング・マシンを使っての鍛練の成果でつくべき所には筋肉がついており、貧相ではない。私と高さの変わらない肩を抱いて、プールの縁に沿って歩く。初めは歩き辛そうだった春志だが、じきに水中での感覚に興味を覚えて積極的に歩き出す。やがて、足を蹴上げたり腕で水を掻きまわしたりし始めた。

「水って重いんだ。お風呂じゃわからないね。」

春志が笑みをこぼした。逆光のせいもあって眩しい。春志は両手で水をすくい上げる。きらめく水滴が飛び散って私の眼に入り、春志の眩しい笑顔が一瞬ぼやける。瞼を閉じたまま春志の体にもたれる。春志は私を抱き、背中を反らせて持ち上げる。

「あれ？　軽いぞ。そうか、水の方が人間より重いからだな。」

春志は私をかかえたまま、覚つかない足取りで一回転する。庭園の緑とホテルの外壁の白が視界をめぐる。空の青も眼の端に混じる。下ろしてもらい、春志の頭に水をかける。頭はすでに日射しで温まっている。私は勧める。

「水に浮かんでみれば？」

「どうやればいいの？」

春志を仰むけにさせ頸と腰を支える。

「水に体を預けるの。楽にしてて。力んじゃだめよ。」

「僕、力んだことなんかないよ。」

ことば通り、そっと手を放しても春志は沈まない。

「脚を上下に動かしてみて。」

すると、春志は両脚を一緒に動かし危うく沈みそうになる。慌てて手を差し延べ、言い直す。

「片脚ずつ水を搔くのよ。」

今度はうまく行き、春志は水面をゆっくりと進む。拍手を贈る。

「それで泳げたことになるのよ。」

「何だ、簡単じゃないか。」

動きを止めた春志は再びゆったりと水に浮かぶ。水中で陽の光を浴びて鈍く輝く春志の肌がなまめかしい。

「眠ったら溺れるわよ。」

「眠ったりなんかしないよ。」

答えた途端、よけいな力が加わったのか春志の体が沈む。私は水に潜って春志を押し上げる。いったんプールから上がり、バス・タオルにくるまってサン・チェアーに腰かける。東京の湿った風もプール上がりの肌には心地よい。生温かい雫が前髪から顔に滴る。「涼しいのと暖かいのをいっぺんに感じる」と春志が呟く。見れば、腹の上で両手を組み夢見るように微笑んでいる。

私たちと入れ替わりに水に入った白人の男が、クロールで勢いよくプールを縦断した。しかし水音が立ったのは束の間で、男は一泳ぎでプールから上がり更衣室の方へ歩み去った。波紋が消えた水面は陽光を浮かべるばかりだ。他の外国人客は相変わらず眠り人形になっているし、目前に広がる庭園の小道にも人影はない。まるで風景画の中に休んでいるようだった。

春志はヘッドフォン・ステレオのスウィッチを入れた。私は岩合晴彦のことを考え始めた。

チサトと晴彦のカップルが私の眼にはどんなに奇異に映っても、恋愛のかたちは人それぞれだからけちをつけるつもりはない。だが、あんな風にことさら激しく我をぶつけ合い、愛情以外の感情まで惹き出し合って緊張を昂めて愉しむなどという真似は、私は一生したくない。そこまでしなければ彼等は愉しめないのだろうか。果てしない欲望である。

晴彦には確かにある種の野卑な魅力がある。何ものに対してか定かではない憎しみを心の底で燃やし続ける人間も、遠眼には豊かな感情の持主に見えて悪くない。だが、友人の恋人に手を出してみたり、親友に絶交を言い渡されて自尊心を捨てて媚びたり、恋人と支配権を争って力で制したりという場面を眼のあたりにすると、彼は人と普通につき合えないのだと感じざるを得ない。

私は晴彦と親交を持ちたくはないし、晴彦の方でも私になど関心はないだろうと思うのだが、どういうわけか彼は忘れた頃に私の前に現われる。つい二三日前も、前触れもなく電話をかけてよこしたのである。

「この間は見苦しいところを見せちゃってごめん。何だか君にはいつも変なところばかり見られてるな。」

見られていると言うよりわざと見せつけているのではないか、と思えもするので、私は返事にならない曖昧な声しか出せなかった。晴彦は私に歓迎されていないのを確かめるように間を置いた後、思いがけない用件を切り出した。

「君は〈フラワー・ショー〉って聞いたことあるかい？」

「花の展示会？」

「やっぱり知らないよな。」

晴彦の用件が把めず、私は少し焦れた。

「いったい何の話なの？」

「〈フラワー・ショー〉という見世物一座があるんだよ。全国各地を巡業してるんだけど、その存在を知っているのはごく限られた人々だ。メディアに採り上げられたことは一度もない。もちろん情報誌なんかにも決して載らない。」

「それで興行が成り立つの？」

「成り立つのさ。興行を買うのは、大きな声じゃ言えないんだけど、政財界の金持ち連中だからね。僕等一般人は観ることができないんだ。」

地下の世界の話らしいが、私と何の関係があるのだろう。

「一座は特別なメンバーから成り立っている。僕も詳しくは知らないけれど、彼等に共通しているのは性にまつわる器官に普通の人と大きく違った特徴がある点らしい。そういう人々が何を見世物にしているか、わかるだろう？」

警戒心が起こるが、黙って聞く。

「巡業に加わるといい収入になるそうだよ。普通の性生活を営めない人々にとっては、一つの救いになるんじゃないかな。」

「岩合君はなぜ知ってるの？」

「僕の友達が観たんだよ。ほら、高校の時僕が痔にしてやった同級生さ。そいつはその後完全なホモセクシュアルになって、今はさる大手芸能プロダクションの社長の愛人なんだ。社長と一緒にどこかの料亭で観たんだって。この間会った時に聞いたんだ。」

「ふうん。」

気の抜けた相槌を打つしかなかった。

「それでだ。一座は今東京にいるそうだ。で、君に興味を持っているらしい。」

「私に？　どうして？」

驚く私を晴彦は笑う。

「どうしてって、君には一座に加わる資格があるじゃないか。」

「なぜその人たちが私のことを知ってるの？」

「ああ、悪いけど僕が元同級生に喋ってしまったんだ。そいつが愛人の社長に話して、社長が親しい政治家に話して、政治家が〈フラワー・ショー〉の代表に話したんだって。一座は君と連絡を取りたがっていてね。僕に仲介を頼んで来た。」

「お門違いだと思うけど。」

私は現在の生活に満足していて、見世物一座に加わる必要はない。

「でも、悪い話じゃないじゃないか。見せるだけで、売春はしなくてもいいんだぜ。同じ悩みを持つ仲間もできるし。」

「私は親指ペニスのことで悩んでなんかいないわよ。」

「君には春志君という恋人もいるしね。だけど将来のことを思えば、春志君のためにも一つ考えてみる価値があるんじゃないかな。」

「どういうこと？」

「春志君が作曲家として売れなくなったら、君が食べさせてあげなきゃいけないだろう？」

「売れなくなる——」

「楽観ばかりもできないよ。彼はCMやファミコンの音楽をつくってるんだろう？　そういった視覚的要素と密接に結びついた音楽は、眼の見えない春志君には限界があるんじゃないか。」

説得力があった。春志自身がいつか、同様の危惧を口にしていた。

「別に勧めているわけじゃないよ。君が一座に参加しても、僕が仲介料をもらえるんでもない。一応彼等の連絡先を伝えておくから、気が向いたら話だけでも聞いてみれば？　お盆過ぎまでは東京にいるらしいよ。」

無意識のうちに私は晴彦の教える電話番号をメモしていた。

晴彦に乗せられて〈フラワー・ショー〉なる一座の番号をメモしてしまったのが悔まれる。こうして平和なプール・サイドで真夏の午後を楽しんでいても、メモを眺め返すうちに暗記してしまった電話番号が閉じた瞼の裏に舞い降りて来る。二三日のうちに〈フラワー・ショー〉

への関心が心に根づいたのを認めないわけにいかない。

人と違った体の特徴を見せてまわるのはどんな人々なのだろう。先日は晴彦からの電話ということで身がまえたため、〈フラワー・ショー〉一座の人々にまでいかがわしい印象を抱いたのだけれども、後で考えれば、似た境遇の人々ならば一度くらい会ってみるのもいいかも知れない。

巡業に参加する気はない。私は早いところ大学を卒業したいし、第一春志と離れて暮らしたくない。将来春志が作曲家として売れなくなったって、私ががんばって働けばいいのである。贅沢な暮らしなど望まない。今日のようにホテルのプールで遊んだりできなくてもいい。春志もそう言う。昨夜ホテル内のフランス・レストランで、巧みにナイフとフォークを使って料理を口に運ぶ春志に、さりげなく「こういうことをしょっちゅうしたい?」と尋ねると、「どっちでもいい。こういうことがいちばん楽しいわけじゃない」という答だった。

春志にはまだ〈フラワー・ショー〉のことを話していない。今日の夕方、Mがホテルに訪ねて来る約束になっているので、Mに相談するのと同時に春志にも聞いてもらうつもりである。春志はさっきから、ヘッドフォン・ステレオの音楽に合わせて想像上のギターを掻き鳴らしている。私は足元のバッグから腕時計を取り出し時刻を見る。Mが来るまでにはまだ間がある。春志の腕を取り、もう一度水遊びに誘った。

Mは四時にホテルにやって来た。私たちの泊まっている部屋に一歩入ると、感嘆の声を上げた。

「これはスウィート・ルーム？　私の部屋の三倍の広さじゃない。」

Mは取っつきのリヴィング・ルームから奥のベッド・ルームを駆け抜け浴室を覗くと、再びベッド・ルームを突っ切って駆け戻って来た。貧血症の外見に似合わずなかなか元気がある。なおもあたりを見まわしていたMは、リヴィング・ルームのソファーに座っている春志に眼を止めた。私はMに春志を紹介した。春志は立ち上がって握手を求める。

「Mさんの声、変わってるね。」

「牛の声みたいでしょう？」

「うたう時は案外メゾ・ソプラノなんじゃない？」

「御明察。」

「ゴメイサツって何？」

春志は晴彦と会った折とは打って変わって、すぐに親しげに話し始めている。どうやら相手が女の方が楽に話せるようである。二人が喋っている間に、ルーム・サービスにコーヒーを三つ頼む。私が春志の隣に腰を下ろした時には、二人はすっかり打ち解けて盛んに喋り合っている。

「初対面の人の中には、僕が眼が見えないことを忘れて、うっかり名刺を差し出す人がいるんだ。僕が受け取らないんではっと気づいて名刺を引っ込めかけるんだけど、それがわかると僕は手を出して名刺をもらって、こうやってサングラスを持ち上げて熱心に読むふりをするんだ。」

「そういうこと、スティーヴィー・ワンダーもやるわね。以前、東京音楽祭でプレゼンテーターをやった時、手に持った入賞者への賞品をサングラスを持ち上げてためつすがめつして、満場の笑いを誘ったの。」

「スティーヴィーは笑ってもらえたの？　僕、時々笑ってもらえないことがあるよ。どう反応していいかわからないのか、息を呑む人がいるんだ。」

Mは私の顔を見ると言った。

「真野さん、顔が変わったわね。」

「どんな風に？」

「少し大人びた、と言うか、普通の人の顔つきに近づいたみたい。」

「前は普通じゃなかったんですか？」

「もっと浮世離れした感じだった。気のふれた王様と女王様の間に生まれて、大臣や召使たちに大事に世話をされ、奇跡的に無垢に育ったお姫様みたいに見えた。」

あまりいいイメージはなかったのかと思うが、Mはやや残念そうな口ぶりだから、かつての私を褒めているつもりなのかも知れない。

「それよりも、Mさん、〈フラワー・ショー〉って知っていますか？」

「往年の、関西の女性漫才トリオでしょう？」

そんなものは私は知らない。説明すると、Mは記憶を探る表情になった。

「聞いたことがあるような気がする。二十三四歳の頃だったか、自称CIAのエージェントという男に、面白いショーがあるから観に行かないかと誘われたの。あれ、〈フラワー・ショー〉だったんじゃないかしら。」

ＣＩＡなどという名を聞いて、私は腰を引く。

「ＣＩＡなんて本当ですか？」

「本当か嘘か、本人が仄めかすだけだからわからないけれど。当時は酒場のダニみたいな文化人気取りの連中で、そんな怪しげなことを仄めかす手合いがたまにいたのね。で、そのＣＩＡだかＰＴＡだかの男が、それは一般の人は滅多に観られない『不毛の性の実演ショー』で、観れば小説家としてやって行く上でプラスになるって言うの。プラスになると言われても私は算数が苦手だし、その男が傲慢で好意を抱けなかったから、断わって観に行かなかったんだけど。」

「じゃあ、〈フラワー・ショー〉は実在すると考えていいんですね？」

「そうでしょうね。」

ルーム・サービスがやって来た。コーヒーがテーブルに並べられ、係の者がサインを受け取って出て行くまで、私たちは会話を中断した。

「あなた、スカウトされてるの？」Ｍが尋ねる。

「ええ。どう思われます？」

「面白いんじゃない？　会うだけ会ってみれば？」

Ｍはこともなげに言うが、私はＣＩＡだの政財界人だのが絡む世界が怖い。

「あなたと同じように、足の親指がペニスの人もいるかも知れないわよ。」

「でも、私の物は明日にだって消えてなくなるかも知れないし。」

「逆にふえたら？　左足の親指もペニスにならないとは限らない。手の親指もペニスに変わるかも知れない。手足の二十本の指全部がペニスになる可能性もある。」

「ちょっと待ってください。」

薄寒くなってことばを挟む。Mはかまわず続ける。

「指だけじゃなく、体のあちこちからペニスが生えて来たら？　情報交換の必要があるんじゃない？」

あまりの不吉さに口の中が乾いた。コーヒーを一口啜る。春志が私の腰に手をまわす。不吉さを払うつもりで力を込めて言う。

「そんなことになったら自殺しますよ。」

「〈フラワー・ショー〉の一員となる手もあるわ。」

「救われるでしょうか？」

「少なくとも、馬鹿にならないお金が入る。」

「お金が慰めになりますか？」

「自殺するよりは、お金を使って楽しんで生きて行った方がいい、という考えかたもあるわ。」

「メンバーはみんなそう考えているんでしょうか。」

「だから、会ってみればわかるじゃない。」

私の気持ちは会ってみることの方へ傾きつつあった。足の親指がペニスになった人はいなくても、私と同様ある日突然体の一部が変化した人はいるかも知れない。その人がどうやって変化を受け入れたのか、体の変化をきっかけに生活はどう変わったのか、話し合ってみたい。だが、もう一つ不安が残っている。

「危険はないでしょうか？」

「〈フラワー・ショー〉が暴力団かマフィアみたいな組織に管理されていて、会った所で拉致されて強制的に巡業に参加させられる、というようなこと？」

Mはしばし考え込む。

「会う場所をこちらで指定する。なるべく人が大勢いる所を選ぶ。立会人をつける。待ち合わせ先に行ったら近くに不審な者がいないか見まわし、おかしな雰囲気だったらさっさと逃げる。別れた直後は尾行されていないか注意する。人気のない場所に立ち寄らないで、明るいうちに帰宅する。心配なら、それくらいの心がまえで当たれば？」

私は特別な表情も示さず黙って耳を傾けている春志に問いかける。

「春志はどう思う？」

「〈フラワー・ショー〉のこと？　会ってみようよ。」

自分も一緒に会いに行くものと決め込んでいるのに、微笑を誘われる。

「会ってみた方がいいと僕も思うよ。」

春志がどこまで深く考えて言っているのかはわからない。しかし、これで心が決まった。今夜にでも晴彦に教えられた所に連絡してみよう。私は安心して、腰にまわされた春志の手に自分の手を重ねた。

7
CHAPTER
★

〈フラワー・ショー〉のメンバーが二人、春志と私の前にいる。二十代後半の男女で、男の方は面長で眼が細く地味に整った平均的日本人の風貌、やや伸び過ぎた前髪を右から左へあっさりと流したところと、オリーヴ色のブルゾンに褪せたクリーム色のシャツという軽装が学生風に見えるのが、個性と言えば個性である。女の方は男より三四歳若いだろうか、芸能人にもなれそうな華やかさのある可愛らしい顔立ちだが、浮わついた印象はなくむしろ硬質の雰囲気を漂わせている。喋るのは主に、須和繁樹と名乗った青年の方だ。

「僕等の一座に声をかけられて警戒もせず会おうとする人はあまりいないと思いますよ。僕だって最初〈フラワー・ショー〉に加入を勧められた時には、どんなおどろおどろしい世界が待ち受けているのかと、いくらか怖かったですからね。日々の生活やつき合っていた女たちにうんざりしていなかったなら、この世界に飛び込んでみる気は起きなかったでしょう。」

銀座のだだっ広い喫茶店はデパートの袋をかかえた女や背広姿のビジネスマンで混み合っていて、食器の鳴る音や絶え間ない人の声のざわめきが空間を満たしていたが、どういう音響設計の妙によるものか、テーブル越しの繁樹の穏やかなバリトン・ヴォイスはざわめきに邪魔されることなくはっきりと耳に入って来る。こんな賑やかな店を会見の席に指定したり春志につき添ってもらったりした理由は見え透いているのだが、〈フラワー・ショー〉の二人はいっこうに気を悪くした様子はない。

「〈フラワー・ショー〉の歴史を説けば戦前に遡る、と言われています。何でもさる頽廃した侯爵が金と暇に飽かせて全国から異形の者を狩り集め、屋敷に住まわせて、貴族や財閥の仲間たちの集うパーティーで性的な演芸をやらせていた。戦後になって侯爵家が傾き侯爵自身も死んでしまって、集められた異形の者たちも散り散りになるところだったのを、パーティーの常連だった者の何人かが、これを解散させるのは惜しい、と言い出して、異形の者たちが死んだ侯爵の人脈を利用して全国を見世物巡業して生計を立てて行く道筋をつくってやった。これが〈フラワー・ショー〉の原形だそうなんです。」

繁樹の隣で黙って聞いていた、桜井亜衣子と名乗った若い女がくすりと笑いを洩らす。繁樹も真面目な表情を崩して笑い顔になった。

「一座の中で代々語り継がれているだけの話ですからね。僕等だって眉唾だと思ってるよ、な？」

繁樹のことばに亜衣子は笑いながら頷く。

「侯爵とやらに集められた異形の人々の子孫はもちろん、彼等と会ったことがあると言う者さえ、私たちの中には一人もいないし――」

「観に来てるあの親爺たちが侯爵様の眷属だったりしたら、蟇と蝶の区別もつかなくなるよ。」

くだけたことばを遣り取りし笑顔で見交わし合う繁樹と亜衣子は、ごく普通の明るい若者にしか見えない。少し緊張が解け、この二人は性にまつわる器官のどこがどういう風に人と異なっているのだろう、という好奇心も働く。しかし、まだそれを尋ねる時ではない。

亜衣子が唇の端に微笑を残したまま、説明を加える。

「政財界人が興行主になる場合もあるけれど、地方に行くと、客筋はぐっと庶民的なんですよ。地方企業の幹部連中ばかりじゃなく、地上げ屋とか土地成金にも呼ばれますしね。町長選挙の立候補者に呼ばれたこともあったわね。」

「ああ、票集めのための宴会のアトラクションだったんだ。」

「あれは、土蔵の中でやらされたのよね。」

「そう、行灯の灯のもとでね。ひどかったなあ。」繁樹は私に眼を向けて言う。「愉快じゃないこともありますよ。」

隣で亜衣子が頷く。

「興行を買おうとする人が〈フラワー・ショー〉に直接話を持ち込んで来ることはほとんどなくて、たいていは何人かいる仲介役の一人から、いついつこういう所に行ってくれって指示されるんです。興行主がどんな人かどんな組織か事前に知らされない場合も多くって、行ってみたらやくざの四代目襲名披露の席だった、ということもありました。」

「特にトラブルも起こらなかったけれど、怖くて調子が出なかったな。」

充分に場数を踏んだビジネスマンのように落ちついた態度の繁樹に尋ねる。

「〈フラワー・ショー〉は独立した集団なんですか？　それとも何かの下部組織なんですか？」

「独立した集団です。」繁樹は言下に答える。「さっき話に出た仲介役の人たちは、まあ何らかの組織の一員だったり特定の世界に顔のきく人だったりするんだろうけど、彼等と僕等には事務的なつき合いしかない。彼等がどんな組織に属していてどんな任務についているのか、詳しくは知らないし知る必要もありませんよ。僕等は単なるアトラクション屋なんですから。」

「興行主同士にも特別な繋がりはない？」

「組織的な繋がりはね。〈フラワー・ショー〉の中は案外あっけらかんとした世界で、サスペンスとは無縁ですよ。期待はずれでがっかりする人もいるくらい。」

亜衣子が口を挟む。

「あるとしたら、助平で物見高い連中の情報交換ネットワークかしら。マス・メディアを通じての宣伝をいっさい打たない私たちの興行に買い手がつくのは、そういうネットワークがあるからなんだし。」

「確かにね。」繁樹も言う。「僕も初めはマス・メディアに乗らないで〈フラワー・ショー〉がやって行けるのかどうか疑問だったけど、草の根ネットワークで充分なんだな。口コミの威力って馬鹿にできませんよ。」

「それと、助平連中のセックスに寄せる情熱の威力も。」亜衣子はシニカルな表情になる。「あの人たちが自分の下半身を刺戟してくれる対象を求め続けるエネルギーって、いったいどこから出て来るのかと思いますよ。」

話しているうちに嫌なことでも思い出したのか、途中から亜衣子の口調は厳しくなった。

問を出す。

「まあいいじゃないか、お客さんのことは。」

亜衣子を軽くたしなめて私に向き直った繁樹は、次の質問を待つかまえを見せる。可愛らしい顔立ちに似合わないシニカルな表情をなかなか消そうとしない亜衣子が気になるが、次の質問を出す。

「一座に加入する資格のある人を、どうやって見つけるんですか？」

「それもネットワークが情報を提供してくれるんです。今回あなたに関する情報が僕等のもとに伝わって来たように。彼女の場合は——」隣の亜衣子を指で示す。「体を診てもらいに行った病院の医師に〈フラワー・ショー〉を紹介されたんです。」

亜衣子は急に明るい顔になり、笑い混じりに話す。

「ひどい話だと思いませんか？　こちらは悪いところを治してもらおうとして病院に行ったのに、この症状はたぶん治らないから治そうとするより利用することを考えた方がいい、なんて言われて〈フラワー・ショー〉入りを勧められたんですよ。」

「医者の紹介って多いんです。体に変わったところのある者は一度は診察を受けますからね。僕は病院には行かなかったけれど。」

「じゃあ、どういうルートで紹介を？」私は問いかける。

「ある裏ビデオ制作会社の社長の紹介です。僕は〈フラワー・ショー〉に入る前は、裏ビデオの男優だったんです。」

繁樹はビジネスマンの表情で簡潔に答えた。私は眼の前の好青年と無修整のポルノ・ビデオの男優のイメージが結びつかず、思わず繁樹の顔に眺め入った。繁樹は照れ臭そうに笑った。

「昔はやくざなことをやっていましたよ。今も大して変わらないかも知れないけれど。」

驚きの醒めない私は、念を押す気持ちで尋ねた。

「一般のアダルト・ビデオの男優のやるような演技をなさってたんですか？」

繁樹は私の問を別のニュアンスに捉えたらしい。少しの間私の眼を見つめると、思い決めた様子で口を開いた。

「いいでしょう。僕はあなたの足の親指がペニスだというのを知っているんだから、自分のことも話します。僕はペニスに余分な突起があるんです。ペニスの上側って言うのかな、自分で見下ろしてすぐ眼につく側の、いわゆる雁首よりやや付根寄りの箇所に、小枝のような突起が。こういう具合に。」

繁樹は右手の親指と左手の小指を交差させる。亜衣子が噴き出した。繁樹は肘で亜衣子を小突くと話を続ける。

「中学生の頃から、どうも僕のは形が変だ、と感じてはいたんです。まだ包皮に覆われていた時代だから確信はなかったんですけど、皮の上から触ってみても妙な手応えがあるし。でも、痛くも何ともなかったんで、しばらくは誰にも相談しないで放っておいたんです。そうしたら、ペニスの成長と一緒に突起もだんだんはっきりした形になって行って——。俺のペニスは絶対に普通の形じゃない、と確信したのは、高校生になって完全に勃起した自分のペニスをまじまじと眺めていた時のことです。眼の前が真暗になりましたね。」

繁樹は少年の日を懐しむように眼を細めた。

「今でこそ笑って話せますけど、当時は悩みましたよ。何しろ女性器のしくみにも女性のメンタリティにも無知でしたからね。こんな気味の悪い物を持った男の相手をしてくれる女なんてどこにもいないだろう、かりに僕のペニス以外の部分を気に入ってくれる人がいたとしても、いざこのペニスを眼にしたら悲鳴を上げてベッドから逃げ出すだろう、逃げ出さなかったとしても、こんな物はとても普通のヴァギナに収めることはできないに違いない、無理矢理挿入したら女性器は壊れてしまうだろう、きっと俺は一生セックスができないんだ、と思い煩う灰色の十代でした。」

「そのくせマスターベーションはやってたんでしょう？」亜衣子が補足を促す。

「そうなんだ。機能は正常なんだから性交も可能だと考えればいいものを、その頃はヴァギナに伸縮性があるなんて想像もつかなかったから、女とつき合ってみようともしないでマスターベーションばかりやっていたんです。だけどやっぱり女とつき合いたくて、余分な部分の切除手術を受けようと決心しました。で、手術代を稼ぐためにアルバイトを探していた時に、大学の先輩に裏ビデオ関係のアルバイトに誘われたんです。」

繁樹の話は続く。最初はポルノ・ビデオの出演者になることなど思いもよらず、裏方の仕事についていた。それがある日、出演するはずだった男優が急病で撮影現場に来られなくなり、突然代役出演を要請された。断わったのだが、主演女優にもあなたがいいと名指しされ、しかたなく自分のペニスの秘密を打ち明けセックスはできないと説明した。すると、その場にいたスタッフ全員が異様に好奇心を燃やし、強引に繁樹のペニスを検査した。

「大笑いされましたよ。これくらいの突起ならセックスは可能だ、それどころか突起がヴァギナの感じる部分に当たって女は歓ぶ、名器と言っていいくらいだ、羨ましいぜ馬鹿野郎、という具合に。おかげで僕は、初めての性体験を他人の見ている所でやり、しかも一部始終を商業ビデオに撮影されることになったんです。事をやり遂げて涙ぐんでいるところまで撮られましたよ。そのビデオは畸型ペニスを持った男の初体験のドキュメンタリーとして発売され、裏ビデオ業界では大ヒットしたんです。」

一躍裏ビデオの人気男優となった繁樹は、何十本ものビデオ作品に主演・客演するようになる。そうなると、手術代が貯ってもわざわざ売物のペニスを整形しようという気もなくなる。その上、「名器」である彼のペニスに欲望を抱く女たちが群がって来て性の相手にも不自由しないとなれば、わざわざ「名器」を「凡器」にするのは愚かでしかない。女に飢えていた十代の反動もあった。繁樹は安易な快楽に溺れ乱れた生活を送り始めた。

「ところが二年もたつと、自分でも予想外だったんですけど、そんな生活は本来僕の性に合わないことが朧げながらわかって来たんです。女たちは打算とプリミティヴな性欲だけで僕に近づいて来るのであって、一人の人間として僕を見ているわけじゃない。それならそれでこっちも割り切って女たちを性欲処理の道具として利用しよう、と考えることのできる男も少なくないんだろうけれど、僕はそういうタイプの男じゃなく、だんだん空しいゲームに嫌気が差して来ました。とは言っても、優柔不断な性格のせいで即生活を変えることもできなくて、積めるだけ愚行を積み重ねましたけどね。」

女たちとの傷つけ合わないではすまないゲームのせいで顔つきまですさみかけた頃、業界関係者のパーティーで顔見知りの裏ビデオ制作会社社長に声をかけられ、〈フラワー・ショー〉に参加してはどうか、と勧められた。結局それが頽廃した生活から足を洗うきっかけになった。四年前のことだと言う。

「〈フラワー・ショー〉に加入してもう四年になりますが、悶々として過ごした十代と比べても裏ビデオの男優時代と比べても、ずっと精神は安定していますね。」

「メンバー全員が〈フラワー・ショー〉に入って心の安らぎを得たとは言いませんけどね。」

註釈を怠らないのは亜衣子である。少なくともこの二人は正直そうで信用できる、と思う。

「僕等としてはあなたに加入していただきたいんですけど。」

繁樹が姿勢を正して言った。亜衣子も私に視線を当てる。

「もちろん人には向き不向きがありますから、性的なパフォーマンスなんか自分にはできないとお思いでしたら、断わってくださってもかまいませんが。」

「何をすればいいんですか？」

私は尋ねた。唐突な訊きかたのせいで咄嗟に質問の意図を理解できなかったのか、繁樹と亜衣子は困惑した模様だった。

「つまり、私には婚約者がいますし——」ちらりと春志を振り返る。「彼が不愉快になるような行為をするわけには行かないんですが。」

「ああ、そういうことなら」繁樹はものわかりよさそうに応じる。「あなたの場合、足の先に特徴があるんですから足先だけを見せればいいんです。別に誰かと絡まなくたって、マスターベーションして見せるだけでいい。射精はしますか？」

「しません。」

人の話は冷静に聞けるが、自分の身が話題に上ると頬が熱くなる。

「それは惜しいなあ。ドラマティックな射精の瞬間があった方が観る側にとっては印象深いのに。」繁樹はあくまで沈着である。「服だって着たままでいいですよ。」

意外だったので訊き返す。

「裸にならなくてもいいんですか？」

「結構です、お嫌でしたら。あなたはルーキーですからね。久々に見つかった加入資格者なんだ。入っていただけるなら必要最小限のことだけしてもらえればいい。」

繁樹のことばで、私は〈フラワー・ショー〉のメンバーとの会見を承諾したそもそもの動機の一つを思い出した。

「すると、私と同じように足の親指がペニスになった人はメンバーの中にはいないんですか？」

「いません。」

「似た症状の人も？」

「いないですね。探しているんですか？」

私は、もし〈フラワー・ショー〉のメンバーの中に私と同様の異変に見舞われた人がいたなら、異変の原因について思い当たることや今後さらに異変が起こるかどうかといった実利的な事柄だけでなく、異変が起きた後どのように過ごして来たか、心にどんな変化が起こったか、というような事柄もじっくり語り合いたいと考えていたのを、率直に話した。すると、亜衣子が理知的に瞳をきらめかせて言った。

「あなたと同じ特殊な事情を負った友達がほしいんですね？」

「そうです。」

反射的に頷いた。私自身は「友達」という明快なことばを思い浮かべていたわけではなかったが、言われてみれば確かに、理解し合える友達がほしかったのだった。

「それなら私たちでいいじゃないですか。異常の形態は少しあなたと違うけれど、特殊な事情を負っている点では同じなんだから、きっと友達になれますよ。ねえ、繁樹？」

亜衣子に同意を求められた繁樹は、極上の笑顔で応えた。この二人とは友達になれるだろう、という予感は私の方にもあった。これが〈フラワー・ショー〉ではなく一般のサークル活動か何かへの勧誘であれば、一も二もなく応じるだろう。しかし私は、自分が〈フラワー・ショー〉のよいパフォーマーになれるとは思えなかった。

「私はマスターベーションすら人前ではできません。」

「馴れの問題ですよ。」

言ったのは亜衣子である。亜衣子がショーの場でどんなことをして見せているのか知らないが、一見ごく普通の若い女である亜衣子の口からそう聞かされると、説得力がないでもない。揺れ動く私の気持ちを見透かしたように、二人は説得に乗り出す。

「今大学の方は休みなんでしょう？　何なら休みの間だけでも僕等と行動をともにしませんか？　マイクロ・バスで移動するから交通費もいらないし、宿代くらいならこちらで持ちますよ。」

「そうしてくださいよ。やっぱりどんな様子なのか実際に眼で見て判断するのがいいでしょうし。」

「その上で断わってくださってもちっともかまわないんだから。」

「でも――」

口ごもったところへ、春志が割って入った。

「僕も一緒に行っていいの？」

非常識なことを言い出した春志に私は唖然としたが、繁樹はあっさりと答えた。

「いいですよ、恋人の同伴なら。」

慌てたのは私である。

「あなた、仕事はどうするの？」

「ポータブル・シンセサイザーを持って行って旅先でやる。うちには留守番電話もあるんだから、仕事の連絡にも困らないよ。」

「君は音楽家なの？」繁樹が身を乗り出した。「じゃあ、ショーに生演奏でバック・ミュージックをつけてくれないかな？　これまではカセット・テープを使ってたんだ。座付音楽家になってくれればギャラも出せる。」

「いいよ、やる。」

軽率に答えた春志の腕を引っぱる。

「私、まだ行くとも行かないとも答えていないのよ。」

春志は引っぱられた腕を私の体に絡ませた。

「行こうよ。面白そうじゃない。僕、旅行ってしてみたかったし。」

繁樹と亜衣子は晴れやかな笑顔を見合わせた。そうなると、私ももう辞退する理由を探し出せなかった。内心は私は彼等の出した条件でなら同行してもいいと考えていたのである。引っかかるのは、あまりにも私にとって好都合な条件なので〈フラワー・ショー〉側に申しわけがない、という点だけだった。

亜衣子が心なしか浮き浮きとした調子で繁樹に話しかけた。

「まずは彼のお手並みを拝聴したいと思わない？」

大きく頷いた繁樹は、春志と私に向かって言った。

「うちに来ませんか？　弾く者はいないんだけど、部屋の飾りでデジタル・ピアノを置いてあるんです。」

「行く。」

またも春志が私より先に答えた。繁樹は伝票をつまんで立ち上がった。亜衣子が繁樹に続き、私は春志にせかされて席を立った。あっけに取られるようなペースで事態は進んで行く。親指ペニスは私をいったいどこへ連れて行こうとしているのだろうか。

ネオンのけばけばしい盛り場からほど遠からぬ道端にパジェロを停めた。見まわせば路上駐車をしている車は他にもある。比較的幅の広い道であるし、二時間くらいの駐車でレッカー移動されることもないだろう。車内灯をつけ、繁樹に郵送してもらった地図を取り上げる。今夜〈フラワー・ショー〉の出演する料亭は徒歩五分ほどの所にある。地図を頭に叩き込んで、春志に声をかける。

車を降りてバック・ハッチをあけ、荷物を取り出す。春志のシンセサイザーと付属のスタンドと椅子だ。今日が春志の〈フラワー・ショー〉デビューの日なのである。春志は盲学校時代の習慣で窮屈な恰好をしなければ聴衆の前で演奏ができないと言って、タキシードにボウ・タイを結んでいる。タキシード自体は少年らしく爽やかに着こなしているのだが、サングラスをかけシンセサイザーとスタンドを肩にかつぐと、どうしてもキャバレーのバンドマン風に見えてしまうのはしかたがないだろう。

一週間前、繁樹と亜衣子にブギ・ウギからジャズ、クラシックまで弾きこなすピアノの腕前を披露して、素晴らしい、バック・ミュージックを弾いてもらうだけではもったいない、君のソロ・プレイをショーの導入部にしたい、と絶讃され気をよくした春志は、翌日から本格的にシンセサイザーの練習を始めた。春志の言うには、シンセサイザーがピアノそっくりの音を出せるとは言っても、やはり生ピアノとは音質もタッチも音の出かたも微妙に違うので、シンセサイザーに適した楽曲をシンセサイザーに適した奏法で演奏しなければならないのだそうである。

端で聞いている私には、春志が練習しているのか手すさびで弾いているのかわからないところもあった。同じ曲をアレンジを変えて繰り返し弾いたり、鍵盤の数が六十一鍵しかないシンセサイザーでは弾けないピアノ用の曲を一部つくり変えたりしている時はともかく、思いつくままに断片的なメロディを鳴らしたり、急に弾くのをやめて点字シールを貼ったカセット・テープの棚からテープを取り出し再生してみたり、ラップのスタイルで弾き語りを始めたりするのは、練習なのか研究なのか遊びなのか。来たるべき〈フラワー・ショー〉デビューの日に春志がどういう曲を弾くつもりなのかも、見当がつかなかった。

ただ、春志が芯からの音楽好きだということは思い知った。存分に演奏した後の春志は、この世の精神的快楽と身体的快楽をフルコースで味わった風な、陶酔醒めやらぬ表情でベッドに体を投げ出す。頬は紅潮し唇は半分開いて微笑をかたちづくっている。ぐったりと伸びた手脚はマットレスに沈んだきり動かず、私がタオルで汗を拭き取ってやってもタオルの感触に気づいているのかいないのか定かではない。春志にとって音楽の快楽は性の快楽を上まわるものなのではあるまいか。シンセサイザーの練習に打ち込んだ一週間、春志は性行為を忘れたかのように、体をすり寄せても来なかった。

私は右手でシンセサイザーの椅子をかかえ左手で春志の腕を取り、酒臭い息を吐く通行人に物珍しげに覗き込まれたりしながら、これまでは通りかかったこともない由緒ありげな門構えの店の並ぶ赤坂の通りを歩いていた。ネオン街からはずれると、夜道は意外に静かで暗い。目当ての料亭を通り過ぎないように、左右の建物の屋号を確かめつつゆっくりと進むうちに、一本先の街灯の下で手を振っている亜衣子に気がついた。

「迷っちゃいけないと思って迎えに出てたの。」

亜衣子は先日会った折には下ろしていた髪を、項が見えるようにきれいに結い上げていた。化粧も夜の灯の下で映える色味で仕上げており、一瞬息を呑むほど美しかった。シンセサイザーの椅子を持つと言ってくれるが、光沢のあるドレスを着ている亜衣子に持たせるわけにも行かないので、強いて先に立って歩いてもらう。

目指す店の屋号を掲げた門があったが、亜衣子は通り過ぎて目立たない所にある通用門をくぐる。なるほど、私たちは正面玄関から入って行ける身分ではない。障子戸越しの薄明りの下、建物と板塀の間のじめじめした道を少し歩いて裏口にまわる。玉砂利の三和土に水を打った一応は小ざっぱりとした戸口から、天ぷらの匂いの漂う廊下を通って襖をあけると、いくつかの頭の間に繁樹の顔が見えた。

「ようこそ。」

繁樹は立って来て、春志と私のかかえていた荷物を取り壁際に寄せた。

「来ないかも知れないと思っていたんだ。」人なつっこく笑ってから春志に囁く。「興行主に今日は新趣向だと言っておいた。春志君、よろしく頼むよ。」

すでに繁樹と馴染んだ春志は、にっこり笑って応える。

「タキシードじゃないか。素敵だよ。」

言いながら、繁樹は荷物をかついだせいで着崩れた春志の肩口と襟元を直す。彼が春志に親切にしてくれるのが嬉しい。

部屋には繁樹と亜衣子以外に、五人の男女が座っていた。私と同じ年頃の若い男女一組が並んで壁にもたれているのを除くと、皆適当に散らばって寛いでいる。のっけから一人一人をじろじろ観察するのは遠慮するが、六畳の部屋の各所で強い個性が発散されているのが眼には見えなくとも感じられる。ともに旅する仲間たちが集まっているにしては、親密な様子のないドライな雰囲気で、やや気おくれする。

繁樹は一人快活に、春志と私を一同に紹介する。

「こちらが以前から話題に上っていた真野一実さん。隣はその婚約者で、夏の間、座付ピアニストを務めてくれる犬童春志君。僕等の方は総勢七名で——」

「八名だろ。」

声を割り込ませたのは、並んで座っている若い男女の男の方だ。

「失礼。八名だ。」

繁樹は訂正したが、部屋の中には初対面の五人と繁樹と亜衣子の計七名しかいない。一人遅刻者がいるのだろうか。繁樹は話を進める。

「僕等の方の紹介をしたいんだけれど、こちらの春志君は眼が見えないんで声で僕等を判別することになる。だから、順番に一人ずつ自分の名前をはっきりと言ってください。そうだな、年の順にでも。」

乾いた空気に扇を一振りしたような笑いが紛れ込む。誰が笑ったのかはわからない。全員が和やかに笑ったのでないことは確かである。咳払いが聞こえた。座卓に肘を載せた女が顔を上げる。髪の毛は茶色いが、脂気の抜けた肌の印象からして五十歳前後と思われる。素気ない声で名前だけ告げる。

「木野田幸江。」

間があって、嗄れた声が名乗りを上げる。

「綾瀬政美です。」

声の主は、少々時代遅れの大きなウェーヴ・パーマのかかった長い髪を真紅のブレザーの肩に豊かに垂らし、ブレザーと同色の口紅をつけている。性別不明、と言いたいところだが、骨格や顔のつくりの大まかさから男と一眼で察せられる。それでもチサトと同じ程度には「美人」と言えないでもない。しかし、スカートを穿いているでもないし、彼自身は自分を女に見せたがっているのかどうか。

「田辺庸平です。」

三番目に名乗ったのは室内で最も目立つ男だった。もっとも、どこで会っても彼の容姿は一度見かけたら頭に刻み込まれるだろう。怪異な容貌である。プラスティックのように硬そうで黒光りする巻毛にくるまれた頭は骨張った体に似合わず大きい。顔の肉づきも豊頬を通り越して左右に瘤をぶら下げているように見える。垂れ下がる頬の肉に引きずられて分厚い唇の両端も下降気味である。眼はぎょろりとして大きいが、たるんだ上瞼が黒眼の上三分の一ほどに被さっている。申しわけないが、ナポリタン・マスティフという種類の犬を思い出した。

残った二人、壁際で寄り添っている若い男女は、どちらが先に自己紹介をするかで揉めているらしく、ひそひそ声を交わしながら突つき合っている。男がじれったげに女の膝を拳で打った。女がこちらを向いた。

「水尾映子です。」

かすかにでも笑みを浮かべたのは彼女だけだった。次いで、映子の陰から男の方が顔を出す。少々腹の出た青年で、一音一音が粘っこく繋がるような独得の喋りかたで言う。

「僕は児玉保。弟の名前は慎。」

八名いるはずのメンバーの姿の見えない一人は、彼の弟らしい。保はつけ足した。

「慎の方も間もなくお眼にかかることになりますよ。」

保のことばが終わるのを待って、繁樹が一同に呼びかける。

「あと十分で会場に向かいますので、準備をよろしく。」

それから繁樹は春志の肩に手をかけた。

「確認するよ。オープニングの君のソロは十分前後。雰囲気を盛り上げてくれ。ソロの終わった合図は五カウントの演奏中断。そうしたら僕等は交替で出て行くから、後はバッキングを頼む。いいね？　任せたよ。」

「わかった。」

繁樹は私の肩にも手をかける。

「君はゆっくりと見物していて。」

繁樹が離れると、春志は急に私の耳元に唇を寄せる。

「僕、上がって来ちゃったよ。」

「春志でも上がるの?」

「本格的に人前で弾くのは久しぶりだもの。」

「上がった時にはどうすればいいの?」

「どうしようもない。我慢するだけ。」

春志は上着の内ポケットからハンカチを取り出し、両掌を拭った。手頸を取ると、脈が速くなっている。

「二時間後には終わって楽になってるわよ。」

「そう、それを考えて気を休めるしかない。」

亜衣子がジュースの瓶とコップを二つ持ってやって来た。

「上がってるの?　上がるほどの客じゃないわよ。」

ジュースの入ったコップを手渡すと、春志は一気に半分ほど飲み干す。

「客の顔を見てる方が面白いかも知れないわよ。」

亜衣子は私にも一声かけると繁樹の隣に行った。ぼそぼそ話す声が何箇所かから起こる。

〈フラワー・ショー〉は営利集団であってメンバーたちが運命をともにしているという意識はないのかも知れない。気楽でいいような気もするが、寂しい感じもある。やがて、繁樹が腕時計を覗いて立ち上がった。他のメンバーも腰を浮かせる。

「春志君は僕のすぐ後から来て。」

繁樹はシンセサイザーの椅子とスタンドをかかえて廊下に出た。私はシンセサイザーを肩にかけた春志と一緒について行く。道のりは長かった。建物は随分入り組んだ構造につくり上げられているようだった。四度目に角を曲がった時、私は経路を憶える努力を放棄した。しばらくすると突然廊下が途切れ、私たちは水音の豊かに響く中庭の前に出た。

前方に築山の斜面が浮かび上がっている。照らしているのは、中庭にひっそりと佇む別棟、と言うより料亭から独立した一軒の屋敷と見える優雅な建物の灯である。おそらく築山がこの屋敷を一般の料亭利用者の眼から隠しているのだろう。廊下の途切れた所から始まる踏石が屋敷の裏口らしきあたりに続いている。ここでも私たちは裏口から入るのである。屋敷の利用者はまともに廊下を通って別の入口から入るのに違いない。

踏石を踏んで屋敷の裏玄関の前に来ると、まず繁樹だけが到着を告げに中に入って行く。待っている間に足頸のあたりが痒くなって来た。蚊に喰われたのだ、と気づくと痒みはいちだんと強くなり、たまらず腰をかがめて痒い部分にストッキングの上から爪を立てた。

「どうしたの？」春志が尋ねる。

「蚊よ。春志は刺されていない？」

「僕は何ともないよ。」

私は腕も含めて三四箇所やられたようだった。もぞもぞしていると、鼻先に痒み止めの塗り薬が差し出された。見上げると、さっき児玉保と並んで座っていた水尾映子だった。映子は塗り薬を差し出したままひとこと尋ねた。

「使える？」

塗布面を直接皮膚にこすりつけるタイプの塗り薬を他人と共用するのは平気か、という意味の質問だろう。私は公衆トイレの便座にじかに腰かけるのは嫌だし、口紅やリップ・クリームの貸し借りにも抵抗がある。一方で、友人の食べかけのハンバーガー等を一口嚙ったりするのはわりあいに気にならない。塗り薬についてはこれまで考えたことがなかったが、せっかくの好意であるから、あえて考えてみようとしないで借りることにした。

私は塗り薬を受け取ると、映子は懶げな調子で呟いた。

「蚊って、女の方を好んで刺すのよね。」

それは私も常々感じていた事柄だった。

「そう、男と一緒に公園なんか歩くと、絶対女の方が刺される。」

すると、亜衣子も肘を掻きながら寄って来た。

「そうなのよ。こちらが痒さに身悶えしているのに、男の方は涼しい顔をしていたりすると、自分が男の虫除けになったような気がして来るわ。」

なぜか話が盛り上がって行く兆である。

「どうしてかしら？　血を吸う蚊は雌なんだから、男の方に寄って行けばいいのに。」

「女性ホルモンの匂いが蚊を呼ぶっていう説があるわ。」

「だけど」亜衣子が笑いながら話す。「女の友達と一緒だと私は刺されないのよ。必ず友達の方が蚊に選ばれるの。だから私には女らしさが足りないのかと思うんだけれど、男と一緒の時には私が喰われるから、一応は私も女なんだってわかるのよ。」

すっかり楽しくなって蚊の話題に興じていると、横から児玉保が口を出した。

「そうか。男か女かわからない奴がいたら、蚊の出る所に連れて行けばいいんだな。」

春志を除く全員の眼が、長い髪を垂らした綾瀬政美に集まった。政美は大袈裟に眉を上げ口を開いて、一歩歩み出した。

「本当なの？　女の方が蚊に喰われやすいなんて？」

女ことばである。彼は服装倒錯者なのだろうか。

「それを知らないってこと自体、女じゃない証拠なのよ。」

亜衣子が答えると、政美は口惜しそうな顔をしたが、態勢を立て直すとテレビ等で見かけるいわゆるオカマと全く同じ話法でまくしたて出した。

「いいのよ。あたしは自分が女だということを蚊になんか教えてもらわなくたって、男に教えてもらうから。」

「蚊の選別の方が正確かも知れないわよ。」今度は映子が言う。

「だって蚊の針じゃ刺されても感じないんだもの。」

政美は大胆に論点を飛躍させた。こういう論点のはぐらかしはチサトの得意とするところだった。私は政美の風貌からもチサトを思い出したのだが、頭の中味もチサトと政美は似ているようである。しかし、政美は人を笑わせることができる。政美の科白に皆が笑い、議論は打ち切りになったのだ。起こったのは呆れたような笑い声ではあったが。

私は映子に痒み止めの薬を返した。メンバーと少し打ち解けて一安心したところへ、繁樹が戻って来て玄関扉の内から手招きした。

玄関を上がって正面の襖をあけると、四畳半の部屋だった。部屋の一辺は三枚の襖で、内一枚が半分ほど開いている。少しだけ覗けるその部屋は豆電球しか点されていないらしく、薄暗い。

「ここは控え室で、隣がショーを見せる部屋だ。」繁樹が小声で説明する。「君はショーの部屋の隅で見てるといいよ。」

促されて隣の部屋に頭を差し入れてみると、横長のわりに広い部屋で、左の方に掛蒲団なしの白い蒲団が延べられている。照明は豆電球ではなく、春志の部屋にもある調光スウィッチ付きの球型のライトだった。部屋の正面の一辺はすべて襖で、襖の向こうは今夜の見物客の待つ広間と思われる。ショーを始める直前に蒲団の前の左半分の襖三枚をあけ放つのだろう。蒲団の手前に、見物客たちと正面切って向かい合う恰好で、シンセサイザーのスタンドと椅子が置かれている。

「楽器をセットしてくれるかい？」

春志を手伝って、ビニール・ケースから取り出したシンセサイザーをスタンドに載せ、ＡＣアダプターを繋ぐ。春志はスウィッチをいじってピアノの音にセットし、繁樹に尋ねる。

「部屋の広さは？」

「十畳ってところだ。」

「わかった。」

春志はボリュームのつまみを回す。音を出して音量を確かめてみようとはしない。いったん立ち上がり、歩数を数えながら部屋の右端に戻る。それから深呼吸をして言った。

「いいよ。いつでもやれる。」

「じゃあ、襖をあけよう。」

繁樹は襖をあけに行った。春志は私の手を強く握る。襖が取りはずされ、人影が仄白く浮かぶ真暗な奥の部屋の中が見えた。私は春志の肩にそっと手を触れた。春志はひときわ力を込めて私の手を握り、背筋をまっすぐに伸ばしてシンセサイザーに向かって歩き出した。部屋の右手に残った私は息を詰めて見守る。

春志はシンセサイザーの脇に立つと、暗がりの客に向かって一礼した。プロのピアニストさながらである、客は戸惑いを隠せずざわめき立つが、春志はかまわず椅子に腰を下ろす。

「なかなかの度胸だね。」

そばに立っていた繁樹が囁きかける。〈フラワー・ショー〉の他の面々も後ろに来て、春志の演奏を待ち受けていた。

春志が持ち上げた手を鍵盤に振り下ろした。予想以上に大きな音が出て、私は思わず身を縮めた。しかし、客のざわめきはぴたりとやんだ。私も驚いた拍子に雑念を吹き飛ばされ、音に惹き込まれた。春志が弾き始めたのはラフマニノフのプレリュードである。シンセサイザーのピアノ音は生ピアノの音に比べるといかにも安っぽくニュアンスに乏しいが、春志の技術の確かさは聴き過ごしようがない。クラシック音楽に感銘を受けた経験のない私でも、春志の演奏だと曲の面白さが何となくわかるのである。

約十分で春志は演奏を終えた。客たちからも私の背後の〈フラワー・ショー〉の面々からも溜息が洩れた。春志はすっくと立ち上がり、再び一礼した。客の間にためらいがちの拍手が起こった。私は春志に駆け寄って抱き締め快演を讃えたかった。

ところが、繁樹の表情は讃嘆一色ではなかった。弱った風情で言う。

「格調が高過ぎてセックスの気分じゃなくなっちゃったよ。」

私は笑ってしまった。確かに今のような演奏に聴き入っては、性的な気分は盛り上がるどころか霧散してしまう。私も春志がいったい何のために演奏を頼まれたのだったか、ソロ・プレイに耳を傾けている間に忘れ去るところだった。春志は事前の約束通り五秒間演奏を中絶したが、ショーの出演者がなかなか出て行かないので不審そうに首をかしげている。

「でもまあ、やるか。」

呟くと繁樹は後ろを振り返り、亜衣子と頷き交わした。春志は待ちきれなくなったのか、演奏を再開した。今度は左手でリズム、右手でメロディを刻むシンプルな演奏である。ボリュームも低く絞ってある。官能的なシンコペーションをつけた奏法で、ショーのバック・ミュージックにもふさわしい。繁樹の唇に微笑が浮かんだ。

繁樹はいきなりシャツの釦をはずし始めた。ズボンも靴下も閉じられた襖の陰で脱ぎ捨て、ブリーフ一枚になって「舞台」に歩み出す。客の息遣いが変わった。春志が出て行った時とは違う種類の息遣いである。繁樹は蒲団のそばのライトのスウィッチを捻り、光量を上げる。客のいる部屋にも光は届き、仕立てのよさそうなスーツを身につけた初老の男と三十歳前後の女の姿が照らし出された。夫婦以外のありがちな関係の二人なのだろう。他の客は襖に隠れて見えない。

繁樹はこちらに顔を向けて胡座をかいた。片手を差し延べる。私の脇をすり抜け、亜衣子がドレスをまとったまま進み出す。男が衣服を脱ぐさまは絵にならないが、女が脱がされる図は色っぽいというわけだろうか。亜衣子は繁樹の前で歩みを止め、膝をつく。こちら側からは見えないが、亜衣子のドレスの釦がはずされている模様である。〈フラワー・ショー〉の面々は仲間のパフォーマンスなど見飽きているのだろう、一人二人と控えの間に戻って行く。春志は淡々と鍵盤を鳴らしている。

繁樹の両手が亜衣子の体の陰から現われ、亜衣子の左右の腕を優しく撫で上げる。その手が肩に届いたかと思うと、ドレスの肩口を摑んでさっと引き下ろした。亜衣子の白い背中が露わになった。白い背中に繁樹の腕がまわる。繁樹は亜衣子を静かに抱き寄せる。数秒間抱いてから、繁樹も膝をつき亜衣子と唇を合わせる。

照明の効果もあるのだろう、二人の肌は美しい陰影を帯び、まるで映画を見るようだった。繁樹は裏ビデオの男優だったと言うが、ポルノ・ビデオ風の卑俗でいやらしい演技ではなく、感情の込もった作法で亜衣子に接している。二人が恋人同士であることがありありと滲み出している。

初めて会った日に、繁樹に「うちに来ませんか？」と誘われて訪ねてみると、そこは繁樹と亜衣子が二人で暮らすマンションだった。「結婚しているんですか？」と尋ねると、繁樹は「籍は入ってないんだけど――」と照れ臭そうに答えた。眼下に借景の公園の広がる一ＬＤＫで、リヴィング・スペースにはロー・タイプのソファーとテーブル、それにデジタル・ピアノだけが置かれた簡素な住まいだった。そんな住まいの中で見る彼等は、落ちついて満足しているようでもあったし寂しそうでもあった。

亜衣子のドレスがふわりと畳に落ちる。続いて下着も舞う。亜衣子は自分の手で結い上げていた髪をほどく。見続けてもいいものかと迷いも湧いたが、眼が放せない。亜衣子は胸は豊かだが胴や腰はほっそりとしている。ほっそりとした体を折って、繁樹の股間に顔を寄せる。こうして眺めている限り、亜衣子の体にはどこと言って変わった箇所は認められない。一ＬＤＫのマンションでワインを飲みながら聞いた繁樹の科白が甦る。

「僕は女たちと快楽三昧の日々を過ごすうちに、すっかり女の精神性が嫌いになってしまった。つき合っていた女たちがたまたま好色で打算的なひどい連中だったせいなんだけど、女とは抱けても愛せないものだと決め込んでた。だけど〈フラワー・ショー〉に入って会った亜衣子は、それまで僕のつき合っていた女たちとは正反対の女だった。普通の男は亜衣子のような体質の女を嫌がるかも知れない。でも、僕には彼女のような女がぴったりだと思う。」

亜衣子が上体を起こした。客の間にどよめきが起こった。小枝状の余分な突起があると言うペニスが勃起してブリーフの窓から姿を覗かせたのだろう。繁樹は立ち上がり、特異な性器を誇示するようにかすかにポーズをつけて静止する。亜衣子の頭に遮られて私には見えないが、客のどよめきが大きくなる。繁樹は素早い動きでブリーフを取り払い、客の方に体の正面を向ける。亜衣子は繁樹の背後にまわった。

贅肉のない繁樹の彫像のような立ち姿を私は見た。たぶん勃起したペニスが反り返って小枝状の突起が客に見えなくなるのを防ぐために、左手でペニスの付根を握っている。繁樹のこと ば通り、小指ほどの太さで三センチほどの長さの突起がペニスを飾っている。亜衣子が背後から手を伸ばし、ペニスの愛撫を始める。突起は柔軟で、押さえつければペニス本体に密着するが手を放せば元通り二十度の角度にそそり立つ。いささか乱暴な扱いも混じるのは、突起が力を加えればぽろりと落ちる人工の付属品ではないことを証す目的に違いない。

ペニスのデモンストレーションの後、二人は蒲団に横たわって一般的な男女の営みを始めた。男が女の全身を唇や手で愛撫する行為には珍しさがないので、私は一息入れて疲れた眼をこすり、後は慢然と眺めることにした。繁樹の動きは相変わらず優しいが、このあたりでは見せるための要素を考えてか、不自然にめりはりがあってわかりやすいオーヴァー・アクションが伴う。人の眼を愉しませる必要のない私的な性行為ならもっとおとなしいだろう。やはり恋人同士で行なわれても〈フラワー・ショー〉でのパフォーマンスは本物の性行為ではあり得ないのだ、と思う。

ふと、亜衣子の腿に赤い発疹のような物があるのに眼が止まる。表で待っている間に亜衣子も蚊に喰われたと言っていたからその跡だろうか、と思うが、亜衣子は膝よりも長い丈のドレスを着ており、いくら蚊でもドレスの裾の奥まで潜り込んで腿を刺すだろうか、と疑問が起きる。よく見ると、発疹は一箇所だけではなく、白い腿のあちこちに顕われていた。眼を移せば腹や脇、腕にも桜の花びらのようなピンク色の腫れが見られる。いくつかの腫れはまだ乾かない繁樹の唾液で光っている。頭から血の引く思いがした。

繁樹と亜衣子は性器を結び合わせる行為に入った。立てかけられた襖が震動でかたかた揺れる。春志の演奏が力強くなる。そして、気のせいか亜衣子の発疹がますますますます赤味を増したように見える。客席も何やら騒がしい。

横たわった繁樹の上に亜衣子が跨がる体位に変わった時には、亜衣子は肌の至る所に赤い発疹を浮かべていた。痛いのか痒いのかわからないが、唇から洩れる喘ぎ声はいかにも辛そうだった。しかし、下から突き上げる繁樹の動きに合わせて亜衣子も腰を上下させるのをやめない。いちだんと激しい運動があって、亜衣子が腰を引き繁樹の脚の上に後ろ向きに倒れた時、顔にも一面に真赤な花の紋様が印されているのが確かめられた。

春志は左手で音を繋ぐだけの演奏に切り換えた。客は静まり返っている。亜衣子はふらりと立ち上がり、腕をかかえる恰好で眼を伏せてこちらの方へ帰って来た。痛々しい様子に私はかけることばもなかったが、控え室から出て来た映子が「お疲れさま」と言いながら亜衣子にバス・ローブを着せかけた。私は二人について控え室に入った。

「つまり、こういう体質なのよ。」

壁にもたれて腰を下ろし、亜衣子は言った。明るい場所ではいっそう発疹が生々しく映る。

「一種のアレルギーなのね。他人の体液に弱いの。」

「痛いんですか？」私は尋ねた。

「ちくちくするような痛みね。掻きたくならない分、痒いよりましだと思うわ。」

亜衣子は微笑んで見せた。発疹は出ていても顔立ちの愛らしさは変わらない。愛らしく痛々しい顔で吐息混じりにつけ足す。

「セックスが気持ちいいなんて感じたこと、一度もないわ。」

これほど男に好かれそうな人が性行為を愉しめないなんて、と信じられない気持ちで胸が痛んだその時、ズボンのポケットに両手を突っ込んで室内をぶらぶらしていた保が言った。

「まあそれは俺も同じだな。一度でいいからオルガスムスとやらを感じてみたいよ。」

亜衣子と保にそう言われると、足の親指がペニスであるだけで性行為はつつがなく愉しめる私は居心地が悪くなる。だが、〈フラワー・ショー〉は別に性行為を愉しめない事情を負った者の集まりとは限られていないのだから引け目を感じることはない、と考え直しかけた矢先に、保が足の先で映子を差して言った。

「君は愉しめるんだものな。健常者だから。」

私は驚いて映子を振り返った。映子は自分に向けられた保の足先を押しのけた。頰が赤く染まっている。

「そんなこと、今さら言わなくたっていいじゃない。」

保はへらへら笑いながら応じる。

「新人さんにさりげなく君のプロフィールを紹介しているのさ。」

「もっと親切らしい親切をすれば？」

映子がいじめられているように思えたので、私は言った。

「私のことならそうお気遣いなく。」

すると保は無遠慮な笑い声を上げた。

「お気遣いなく、か。育ちがいいんだね。」

亜衣子が手を振った。

「馬鹿笑いしないでよ。客に聞こえるわよ。」

「はいはい。」

笑いを嚙み殺しながら、保は政美と田辺庸平の座っている方へ行った。映子は私に弱く笑いかけた。

「私は体の方は普通なのよ。」

「体の方」と限定したのが引っかかったので、私は訊く。

「どこが普通じゃないんですか？」

「そうねえ。」映子は保の方に顔を向けた。「あんなガキに惚れてるところかしら。」

繁樹が亜衣子の服をかかえて部屋に入って来た。「お疲れさま」と声をかけて亜衣子の前にかがみ込む。眼には辛いパフォーマンスに耐えた亜衣子への思い遣りが溢れている。亜衣子は疲れた表情で微笑む。恋人たちの素敵な情景ではあるが、第三者はそばに居辛くなる。私は立ち上がってショーの部屋に戻る。映子も一緒に来た。

木野田幸江の舞台が始まっていた。春志は好きなブギ・ウギをゆっくりしたテンポで弾いている。幸江は下半身裸で、客に向けて脚を開いて座っていた。典型的なストリップのポーズである。隣の映子が囁く。

「彼女はストリッパー出身なんだって。もう随分昔のことだけど。」

「あの人は一人で演じるの？」

「今日は一人だけど。相方のつく日もあるわ。」

幸江は片手に持ったバナナの皮を口を使って剝いていた。定石通り、バナナをペニスに見立てた淫靡な表情と仕草である。もう一方の手は両脚の付根あたりをさまよっている様子だ。達者な芸ではあるが、同性の姿態に欲情しない私には退屈である。

「誰が相方を務めるの？」

「保――と言うか、慎ね。」

そう言えば、保の弟の慎はまだ姿を見せない。今日は慎が欠場だから幸江一人で演技しているのか、と納得する。

幸江が四分の三まで皮を剝いたバナナを股間に突き立てる。予想した展開である。続いて下腹に力を込める。たっぷりした腿の肉が水を入れたビニール袋のように波打って揺れる。幸江はバナナを取り出して客によく見えるようにかざした。驚いたことに、バナナの先にくっきりとした切り込みが入っていた。映子が解説する。

「木野田さんはヴァギナに歯が生えているのよ。」

「歯が？」

「そういう症例は大昔からあるそうよ。」

幸江はバナナの根元を両手で挟み、ゆっくりと一回転させる。バナナの先の三箇所に歯形が刻まれているのがわかる。再びバナナが挿入される。取り出されるのは歯形のふえたバナナである。乱雑に嚙られたバナナを幸江は客の中に投げ入れる。バナナは女性客に当たったらしく、女の悲鳴と男の卑猥な笑い声が上がった。幸江は薄く笑っている。肝の座った女の迫力が伝わって来る。

次に幸江はキュウリで同じことをやった。ただ、キュウリは客席に投げると見せかけて女性客の悲鳴が上がったところで急に動きを変え、自分の口に押し込んで一口嚙るとがりがりと音をたてて食べてしまった。客は一斉に笑う。次に手に取ったのはいびつな形の西洋梨である。さすがにそんな物は挿入できないのではないか、と心配になったが、やはりこれは挿入するふりをして寸前で中止して観る者の笑いと安堵を誘うギミックだった。

ギミックによる息抜きの後、幸江は細長い鑢をかざし、不意に背後の春志を振り返ってだみ声で叫んだ。

「音楽中止！」

春志はびっくりして手を宙に止めた。幸江は鑢をヴァギナに差し込み、手を動かし始めた。静寂の中、かすかに硬い物がぶつかり合う音が聞こえる。ヴァギナの中で鑢が歯をこすっているのだ。聞き耳を立てていると、ワルツのリズムで音が鳴っていると気がつく。ワルツのリズムを聞き取った客が和やかな笑いを洩らす。春志の口元にも笑いが浮かぶ。

「音楽再開。」

幸江の声がかかると、春志は幸江の「演奏」したのと同じテンポで、可愛らしいメロディのワルツを弾き始めた。和やかな笑いがまた起こる。

「打ち合わせもしていないのに、あの子、機転がきくじゃない。」

映子が春志を褒めてくれた。

最後の芸の道具は風船だった。風船の口にチューブをつけ、チューブから息を吹き込んで膨らませる。少し膨らんだらヴァギナの中に収め、体内でさらに膨らませる。幸江は顔を真赤にしてチューブから空気を送り込み続けるが、なかなか変わったことは起こらない。気を揉んでいると、くぐもった破裂音がした。幸江はチューブを唇から放し、ほっと息をついた。ヴァギナの中の歯が風船を割ったのだということが呑み込めた。

幸江が引き上げる時、陽気な歓声と拍手があった。

「拍手をもらえるのは、あのおばさんが一人で演技した時だけなのよ。」

映子のことばに、私は先に交わした会話を思い出した。

「あの人に相方がつくこともあるって話だけど、普通の男じゃ相手はできないんじゃないの？」

「普通の男はね。」映子は笑う。「〈フラワー・ショー〉のメンバーの中には、相手になれる男もいるわ。」

「慎さんなら相手になれる？」

「いや、慎も平気では相手できないんだけど――」映子はことばを濁した。「無理矢理相手をさせるのよ。」

「誰が？」

「保が。」

兄が弟に怪我をするような行為を強いるのだろうか。私はぞっとした。

「どうして慎さんはお兄さんの言いなりになるのかしら？」

「逆らうことができないのよ。」

「なぜ？」

「じきにわかるわ。」

そう言ったきり映子は口を閉ざした。私たちの横を、綾瀬政美を抱きかかえた田辺庸平が通り過ぎて行く。第三幕の幕あけである。

庸平はトランクス一枚で蒲団に上がったが、政美はブラウスとズボンをつけたままである。

繁樹と亜衣子のように恋人同士の感情が滲み出した動作はなく、庸平は事務的に政美のブラウスの釦をはずして行く。政美は形成手術も施しているらしく、はだけたブラウスの間からゆるやかに隆起した乳房が顕われた。私は映子に尋ねた。

「これはホモセクシュアルのショーなの？」

「もうわかったの？　綾瀬さんが男だということが？」映子は感心した風に言った。

「一眼見ればわかるでしょう？」

「本人には一眼で男とわかったなんて言わない方がいいわよ。傷つくから。」

「彼は性転換者なんですか？」

「ニューヨークで手術を受けたそうよ。」

舞台ではブラウスを掻き合わせて乳房を隠そうとする政美と、隠すのをやめさせようとする庸平の小ぜり合いの演技が行なわれていた。庸平が苛立たしげにブラウスを剝ぎ取って投げ捨てると、政美は両手で顔を覆った。羞恥を表現する演技なのだろうが、本物の女である亜衣子がことさらに恥しさを顕わさなかったのと比べるまでもなく、いかにもわざとらしい。また映子に質問する。

「綾瀬さんが女だという設定じゃ、ホモセクシュアルのショーにならないで、普通の男女のショーになっちゃうんじゃないの？」

「途中まではね。」

庸平が政美の衣服を最後の一枚まで剝ぎ取った。政美は体を丸めて胸と下腹部を隠す。庸平は後ろから政美を羽交い締めにし、脚を政美の脚に絡める。体を丸められなくなった政美の下腹部が露わになる。ペニスはなかった。政美は悲鳴とも溜息ともつかない小さな声を上げる。庸平は政美の脚をじわじわと開いて行く。政美は左右に激しく首を振る。しかし、唇からは甘さを含んだ声が洩れ始める。要するに、ポルノグラフィでお馴染みの、抗いながらも快感に引きずられて粗暴な男の言いなりになる女を演じているのである。

紋切型の演技の上、演じているのが実は男であると知っているため、何とも言えず白けた気分になる。

「あの人は女になりたいの？」

「そう。何を好き好んでか、ね。」

映子はたび重なる私の質問をうるさがりもせず答える。

「女のうちでも、ああいった類の女になりたいのかしら？」

映子は事もなげに答える。

「男が思い描く女ってあんなものじゃないの。」

庸平によってついに政美の脚は大きく開かれた。途端に政美はぐったりと力を抜き、庸平の肩に頭を沈める。庸平は枕元のライトを取り上げ、政美の股間を照らす。客席から驚きの声が上がる。

「ここで人工の女とわかるわけよ。」映子が教える。

「どうしてわかるんですか？　形成手術を受けてるんでしょう？」

「つまり――」さすがに映子は言い澱む。「クリトリスまではつくっていないから。」

後はポルノグラフィックな演技が延々と続いた。フェラチオ、アナル・セックス、人工ヴァギナを使っての性交、さまざまな体位での行為である。動きは目まぐるしいが、繁樹と亜衣子の場合と違って性行為を行なっている二人の間柄を想像させる感情表現が見られないので、平板で退屈な印象しかない。政美は依然大袈裟な声を上げ続けている。

「面白くないでしょう？」映子が話しかける。

「面白くないですね。」

「女が観たって全然昂奮しないでしょう？」

「まっとうなホモ・ショーならまだ愉しめるでしょうね。」

「そうなのよ。でも、もう少し見ていて。」

蒲団の上の二人は頭をこちらに向けて、激しく腰を動かしていた。上になっている庸平の頰の肉は振子のように垂れ下がって揺れている。全身汗だくで、振子のような頰からも汗が滴り落ちている、と思ったが、次々に流れ落ちる滴はどうやら瞬きのたびに押し流されているようで、汗ではなく涙なのだった。よく見ると、めくれ上がった分厚い唇からはねっとりとした唾液が糸を引いて下りている。これはただごとではない、と思った時、庸平は政美からペニスを引き抜いた。精液の噴出と同時に顔から二つの球が転がり落ちた。ゆらゆらと宙で揺れるその白い球が眼球だと私が気づいたのと同時に、客たちが呻き声を出した。

庸平は落ちつき払って瞼を押し開き、眼球を一つずつあるべき所に収める。政美がにやりと笑って庸平の顔に接吻する。

「B級ホラー映画の世界でしょ？」

映子が言ったが、私は口がきけなかった。戻って来た庸平に、控え室から出迎えに来た繁樹がバス・タオルを渡した。庸平は汗と涙と唾液でぐしょ濡れになった顔をタオルで勢いよくこする。映子が庸平を見上げて「お疲れさま」と言ったので、私も倣った。すると庸平は、顔を拭う手を止めて真赤に充血した眼で私を見下ろし、言った。

「僕はホモでもサドでもありませんから。」

「あら、嫌味？」すかさず政美が絡む。「どうせあたしは変態よ。」

庸平は元来無口らしく、政美にかまわず部屋を出て行く。政美は庸平のトランクスを片手で振りまわしながら後を追う。「何よ、つまんない人ねえ」と叫ぶのが控え室から聞こえる。入れ替わりに亜衣子がやって来て、映子の肩を叩く。

「保が呼んでるわよ。」

映子が立つと、亜衣子が隣に座る。

「どう？　今までのところは？」笑う。「もううんざりだって顔をしてるけど。」

「途中ちょっと飽きないでもないですね。」

繁樹が亜衣子の後ろにしゃがんだ。

「ビデオなら飽きないように工夫できるんですよ。アップやアングルやカット割りで変化がつけられるからね。局所アップは刺戟も強いし。」

そういうことではなく、男性向けのポルノグラフィックなショーの性格のせいで退屈するのだが、繁樹は喋り続ける。

「ストリップみたいに客が参加できるなら別だけど、参加できなくてただ他人のセックスが生で観られるって言うだけじゃ、さほど刺戟的じゃないよね。裏ビデオの方が昂奮度が高いし、手軽に手に入るし、部屋でマスターベーションしながら観られるから、生のショーよりずっと有利なんだ。僕等は畸型だからまだ何とかやっていられるけど、健常者による性の実演はポルノの描写がハードになって以来すっかりすたれたんじゃないかな。正直言って、〈フラワー・ショー〉だってあと三年持つかどうか怪しいよ。」

「末期〈フラワー・ショー〉に是非御参加を。」亜衣子がつけ足す。

話している間に保と映子が現われた。今までのショーとは趣きが違って、保はTシャツとズボンを身につけ映子に手を引かれて出て行く。男が女の服を脱がせる儀式もなく、まず映子が自分の手で衣服を脱ぐ。向かい合って立った保は身動きしない。映子は保に絡みつき接吻する。保は棒立ちである。女の側からの求愛をテーマとするパフォーマンスなのだろうか。

映子が保の前に跪き、保の股間あたりに手をやった。保はこちらに背を向けているのだが、かすかな音で、映子が保のズボンのファスナーを下ろしてペニスを取り出し口に含んだのがわかる。映子が保を仰むけに横たえる。保の勃起したペニスが眼に入る。おや、と思う。今夜眼にした繁樹や庸平、また直接触れたことのある正夫や春志のペニスと比べて、保の物はいくぶん小さい。不審なのはそれだけではない。ペニスのそそり立つ角度、根元の位置が微妙に私の憶えたイメージと異なる。つきかたが違うと言うのだろうか。

映子が保の上に乗ろうとすると、寸前で保のペニスは勢いをなくした。映子は再び口に含む。保のペニスは力を取り戻すが、映子が跨がろうとするとまた萎える。今日の保は調子が悪いのだろうか。映子は保の腹に座り、保の手を自分の乳房に当てる。保は映子の乳房を愛撫し、上体を起こして舌も使う。しばらくあって映子が腰を上げるが、保のペニスはズボンの窓の内に隠れたままである。

「どうしたんでしょう?」

尋ねるが、亜衣子は首を振る。

「あれでいいのよ。」

映子は保のTシャツを脱がせた。若さに似合わない太鼓腹が顕われる。保は堅太りなのか、普通横たわれば側面に流れるはずの腹の肉がこんもりと盛り上がっている。次にズボンが引き抜かれると、私は眼を瞠った。保の両脚の付根にてらてら光る大きな傷跡があり、しかもそれぞれの傷跡の中央に短い角のような物が生えていたからだ。私の衝撃をよそに、トランクスが取り払われた。保は客側を向いて立ち上がった。陰毛がなかった。いや、それよりも、彼のペニスは股間ではなくもっと上の下腹から突き出すようについていた。そして、地色よりも白い傷跡が無数にあった。

「あれが保の弟の慎よ。」

亜衣子が囁く。私は乾ききった舌を動かして問い返した。

「何ですって？」

「保と慎はシャム双生児なの。慎の上半身は保のおなかの中にあって、下半身だけがああやって外に出てるの。あのペニスは慎の物よ。保自身のペニスは慎の体に邪魔されて先端しか外に出ていないの。」

では、保の両脚の付根の傷は、慎の脚を切断した跡だろうか。中央の角のような物は、切断手術後成長して伸びて来た慎の脚の骨だろうか。体外に出ているのが慎のペニスならば、保が女の体を見たり触ったりしても慎のペニスには昂奮が伝わらず、慎のペニスを刺戟しても保は快感を得られない、という理屈になる。そんな形態のシャム双生児が本当に存在するのだろうか、と疑っても、眼の前に存在するのだから認めざるを得ない。

疑問はまだ湧く。映子は保に「惚れている」と言った。だが、保のペニスはほとんど体内に埋もれているわけだから保とは性交が不可能で、保相手のつもりで体外のペニスを迎え入れても慎という別の相手と性交することにしかならない。どうやって二人は恋人としての性行為を成り立たせているのだろうか。

仁王立ちになった保は慎のペニスをこすりたてていた。乱暴な手つきで、口元には残忍な笑いを浮かべている。映子は曇った表情で見守っている。保は残忍な笑顔を映子にも向けた。映子の顔が悲痛に歪んだ。保は慎のペニスをこすりながら映子にのしかかった。私は思わず眼を閉じた。

しかし、二分とたたないうちに保は映子から体を離した。膝をついて、拳を握り締め下腹部に振り下ろす。肉を打つ鈍い音がする。映子の中で萎えた慎のペニスを打っているのだ。二度三度と保は拳を振り下ろす。保は痛みを感じないのだろうが、音を聞いている方は慎の痛みを想像して身がすくむ。春志も異様な気配を察したのか、シンセサイザーを弾くのを中断した。肉を打つ音はなおも響く。映子がたまりかねたように保の下腹部にしがみついた。ちょうど振り下ろされた拳が映子の頭を直撃した。

隣で亜衣子が、あ、と声を発した。私は悟った。筋書き通りのパフォーマンスではないのだ。慎のペニスは保にはコントロールできないのだから、保と映子のショーがそうそう筋書き通りに行くはずがない。保は早々に萎えた慎のペニスに本当に腹を立てているのであり、映子は見ていられなくて保の暴力を止めようとしたのである。

保は映子の頭を殴ってしまってはっとしたように硬直したが、しがみついている映子を不意に振り払うと、険悪な顔つきで引き上げて来た。映子は蒲団に両手をついて愕然としていたが、慌てて散らばった衣服を掻き集めると保の後を追った。

亜衣子が振り返って繁樹を見つめた。繁樹は立ち上がって、取りはずしていた三枚の襖を敷居に戻し始めた。客席がざわつきまばらな拍手が起こった。

春志はショーの唐突な終わりを知って、素早く短いコーダを奏でた。おかげで私も衝撃から立ち直るきっかけを得た。力の入らない足をふらつかせながら歩み寄ると、私は春志の首に腕を巻きつけた。

「保はプロフェッショナルじゃないのよ。」

本館の、私たちが最初に入った六畳間へと向かう廊下を歩きながら、亜衣子が言った。繁樹はまだ別棟の屋敷に残って事務処理をしているが、他のメンバーは先にあちらの部屋に戻った様子である。春志と私はシンセサイザーをかたづけたり、春志の汗を拭いたりぐずぐずしていたので遅くなった。亜衣子は話を続ける。

「慎の調子が悪くても不調なところをそのまま見せてもいいし、パフォーマンスを別の方向に持って行ってもいいし、いろいろやりようはあるのに、ショーの途中で本気で怒っちゃうのね。若いから自分の思い通りにならないと我慢できないのよ。まあ、ああいうところを、見せることを念頭に置いた完璧に演出されたショーじゃなくって本物の感情を剝き出しにする生の人生の断片だと言って喜んで、いつも保の出番を楽しみにしていてくれる常連ファンも多いんだけど。」

「でも」私の声は衝撃の余波で重い。「見せるべきじゃない部分を見せてる印象もありますね。他人が読みたがるわけでもない自分の日記を人の顔の前で開くような──」

「一般的には見せるべきではないとされているものを見せるのが〈フラワー・ショー〉ではあるんだけど。」

亜衣子は笑った。私は愚かしいことを口にしたのを後悔した。

「セックスとか、心の病気とか、人が他人には隠しておきたがる物事を暴き立てることに昂奮する人々は案外多いのよ。私たちはそういう連中を利用して稼いでるの。」

黙って一メートルほど歩いてから、亜衣子は溜息をつく。

「それにしても保はねえ。映子がかわいそうで——」

「二人は恋人なんですって？」

　慎のペニスをこすりたてながら残忍な笑いを映子に向けた保を思い浮かべて、私は尋ねる。あの時の保の残忍な笑いの意味ははっきりとは推し測れないが、自分に惚れている女に別の男のペニスをあてがわなければならない状況で浮かんだ笑いだということを考えると、ひどく屈折した陰湿な感情が奥にあると感じずにいられない。恋人に対してあんな恐ろしい笑いを向けられるものだろうか。あれは軽蔑し憎んでいる相手にでもなければ、向け得ない笑いではないだろうか。

「映子は保から離れられないみたい。」亜衣子は答える。「保の方は——映子に甘えきってるんじゃないの？」

「彼は凄く甘ったれだと思う。」突然春志が口を開いた。「声で感じるよ。あの人、とっても歯切れの悪い、喉元を締めて押し出した声を口の中でしゃぶってから外に洩らすような喋りかたをするじゃない？　僕、そっくりな喋りかたをする男の人を知ってるよ。人に何かしてもらうのが大好きで、みんなに母親コンプレックスって言われてた。」

　亜衣子は眼を輝かせて春志を見つめた。

「そう？　声でわかるの？　優秀ね。音楽の才能だけじゃないのね。」

　春志は照れて微笑んだ。

「でも、当たってないかも知れないよ。」

亜衣子はいちだんと嬉しそうに顔全体を輝かせた。

「私、春志君が好きよ。でも、保も嫌いじゃないのよ。まだ子供だって言うだけだし、馬鹿な子ほど可愛いものでしょう？」

六畳間に戻ってみると、「馬鹿な子」保は平生のへらへらした調子を取り戻して、ズボンのポケットに両手を突っ込んで歩きまわっていた。映子も消耗した様子ではあるが、入って行った亜衣子に微笑みかける。他の三人はめいめい勝手な所に座って、座卓に用意された寿司をつまんでいる。

「適当に食べてね。」

亜衣子が言う。春志は匂いで寿司と知ったらしく、すぐに座り込んで私に訊く。

「ウニある？　イクラは？」

私はウニの握りの所に春志の手を導く。演奏で体力を使った春志はおなかをすかせたらしく、次々に寿司を口に放り込む。

私はと言えば食欲がなかった。特に生臭い物は食べる気がしなかった。普段は寿司は好物なのである。ところが今は、生の冷たく脂っこい魚介類が食道を通り抜けるのを想像しただけで、まるで初めて男の精液を飲んだ時のように吐き気を催しそうになる。なぜ精液の味など思い出すのだろう。初めて他人の性行為を生で観て悪酔いしたのだろうか。性と味覚が結びつくのも妙だが、とにかく、生魚の匂いを嗅ぐのも気分はよくなかった。

暇そうに歩きまわっていた保が春志のそばに立った。特徴のある声が降って来る。

「君さあ。」

「僕？」

春志は手にした寿司を板に戻す。保が話しかける。

「力いっぱい演奏した後って、セックスしたくってたまらなくならない？」

何を言い出すのかと思ったが、訊かれた当の春志は戸惑いもせず答える。

「ならないよ。」

「ミュージシャンって、ライヴの後は女を抱くものじゃないの？」

「ロック系の人にはそういうの多いらしいね。だけど、僕は違うな。」

「自分の出した音に自分で昂奮することってない？」

「電気楽器を大音量で演奏すれば体が痺れるけど、僕はピアノだから。」

「そうか。俺、高校の時ちょっとバンドをやってたんだけどさ。思いっきりエレキ・ギターを弾くと慎の奴が勃起するんだよ。耳がないくせにさ。音波を感じたのかな？」

「慎って誰？」

尋ねてから春志はトロを頬張る。保は春志の手を摑み、自分の下腹に押しつける。

「こいつだよ。」

春志は衣服越しに掌に当たる物に注意を集中する。保が手を放しても、保の下腹に手を置いたまま言う。

「ペニスに名前をつけてるの？」

　室内に失笑が起こる。保は調子が狂った風に叫ぶ。

「違うよ。こいつは俺の体に寄生している双子の弟のペニスなんだよ。」

「ああ、そうなんだ。」

　もう話は終わったものと思ってか、春志は寿司に手を伸ばす。しかし、保は春志の隣に腰を下ろしてなおも話しかける。

「君はどんな時に勃《た》つんだい？」

「舐めたりこすったりしてもらった時だよ。」

「他には？　たとえばさ——」

　私が保の執拗さを奇異に感じた時、映子が保を遮った。

「何でそんなことばかり訊くのよ？」

「いいじゃないか。」保は反抗的に言い返す。「まともなペニスを持った男の話が聞きたいんだ。」

「だったら俺にも訊いてくれよ。」部屋の端から呼んだのは庸平だった。「俺にはあまり訊かないじゃないか。まともでないのは顔だけなのにさ。」

　それまで寡黙だった庸平が会話に加わったのを意外に思ったのは、私だけではなかった。幸江が庸平をまじまじと眺めて言った。

「あんたでも冗談みたいなこと、言うのね。」

保は焦れた声を上げた。

「いいじゃないか、誰に何を訊いたって。な？」

肩を叩かれ、春志は頷く。

「僕はいいよ。」

「そら見ろ。」

保は胸を反らす。映子は苦々しげに眼を伏せる。保は春志にすり寄る。

「こすってもらって勃起しても、すぐしおれちゃうことってないかい？」

「すぐにはしおれないよ。しばらく放っとかれれば小さくなるけど。」

「へえ。」保の視線が私の方に来る。「すぐだめにならないっていうのは、パートナーがいいんだな。」

赤面したのが自分でもわかった。取り繕おうとして言う。

「そういうわけじゃないと思いますが。」

保は私の科白を聞き流し、ねちっこい声でひとりごとのように呟く。

「いいパートナーに恵まれさえすれば勃起不全にも陥らないってわけだ。慎にもいいパートナーを見つけてやらないとな。」

あきらかに当てこすりだった。映子の顔色が変わる。保は映子の方は見ようともせず、ひとりごとめかした物言いを続ける。

「慎を奮い立たせてくれるいいパートナーがいないと、俺が迷惑を蒙るからな。」

部屋の空気が緊張した。保は涼しい顔で壁にもたれている。映子は努めて明るい表情をつくり、言う。

「そうね。慎にもいいパートナーがいれば、私も慎の面倒までみなくていいものね。」

あえて保の当てこすりを取り違えて見せて場を収めようとしたのだが、保は容赦がなかった。

「何言ってるんだ、慎の目下のパートナーはおまえじゃないか。」

「私は保が好きなのよ。」

抑えた声で訴えた映子を正面から見据えて、保は声を張り上げた。

「へえ、それは知らなかったな。おまえが好きなのは慎だとばかり思ってたよ。」

「わかってるくせに、どうしてそんなことを言うの？」

映子の眼差しは真剣で、今にも泣き出しそうだった。

「おまえは慎がほしいから俺にキスするんじゃないのか？　俺は慎のつけ足しだろう？　慎を手伝っておまえを歓ばせるのが俺の役目なんだろう？　おまえにキスされるたびに、俺がどんな気分になるかわかってるのか？」

「あなたこそ何言ってるのよ。私はいつも、普通のセックスなんかしなくたっていいと言ってるじゃないの。あなたが慎を使いたがるんじゃないの。」

「実際慎を使ったらおまえは歓ぶじゃないか。」

耳を塞ぎたくなる応酬を凜とした声で遮ったのは亜衣子だった。

「いい加減にしなさいよ、保。」

たしなめられると、保はよけいにはしゃぎ出す素振りを見せる。

「だって亜衣子さん、これは〈フラワー・ショー〉にとっても大問題だぜ。今日みたいな失態を繰り返さないためにも、慎にふさわしいパートナーを選んでやらなきゃ。」

「いいのよ、今日みたいな風でも。」

「あいにく俺は完全主義でね。完全なショー、完全な快楽、完全な肉体、完全なセックスを求めてやまないんだ。それに完全な恋人――」

亜衣子は身を乗り出して、保の頭を平手で叩いた。小気味のいい音が響き渡った。

「生まれ変わっておいで。」

私は一人で噴き出した。保は叩かれた頭を撫でさすりながら、甘ったれた口調で言う。

「俺、亜衣子さんみたいな恋人がほしいなあ。」

「私は嫌よ、あんたみたいなガキは。」

よほど強く叩いたのか、亜衣子は掌に息を吹きかけている。

「別の展開を考えてよ、保。同じシーンばかりで見飽きたわよ。」

政美が野次を飛ばす。映子は半ば笑うように顔をしかめる。

繁樹が茶封筒を手に部屋に入って来た。

「ギャラを分配します。」

歓声が上がる。繁樹は紙幣を数えては皆に分配して歩く。見ていたら、保にもきっかり一人分のギャラだった。繁樹は春志の手にも紙幣を握らせる。

「少なくて申しわけない。」

「僕はノー・ギャラでもいいよ。」春志が言う。「本職じゃないし。」

横で保が口を出す。

「もらっとけばいいんだよ。邪魔にはならないだろ。」

繁樹は私に向き直った。

「どう？　今夜の様子を見ても、一緒に旅に出る気がある？」

〈フラワー・ショー〉のショーそのものへの感想や各メンバーの個性から受けた印象、繁樹と亜衣子の情愛の深さや保と映子の捩れた結びつきを垣間見て覚えた感動や衝撃を整理して振り返ることができるほどには、私は醒めていなかった。むしろ、性的な昂奮でこそないが昂奮していたと言っていい。繁樹に問われてみて、芯の熱く火照った頭に浮かび上がるのは、この集団への強い興味だった。好きになるか嫌いになるか今は予想もつかないが、〈フラワー・ショー〉とメンバーをもっと知りたかった。だから、衝動的に返事した。

「行きます。」

第2部

8
CHAPTER ★

〈フラワー・ショー〉の移動用のマイクロ・バスには、花の絵が描かれている。クリーム色の車体の正面中央に赤紫色のハイビスカス、背面には下方から蔓を伸ばす赤い薔薇の繁み、側面にもマグノリアやらあやめやら百合やらが咲き乱れていた。私はそれらの絵の流麗なタッチと、配色・配置の巧みさに感心したのだが、描いたのは田辺庸平だと聞いても驚きはしなかった。無口で落ちつきのある庸平には、いかにも熟練した特技がありそうに思えたからである。だが、絵に感心したことを庸平に伝える機会はまだ来ていない。

〈フラワー・ショー〉の巡業は、世間で盆休みが明ける頃始まった。熱海で二回、伊東で一回、箱根で一回興行を打って、名古屋で旅の五日目を迎える頃には、一座は一緒に旅をし毎日顔を合わせてはいても、メンバー同士が会話を交わす機会は案外少ないことに気がついた。

宿に着くと、それぞれ割り当てられた部屋に散る。部屋割りは決まっていて、繁樹と亜衣子、保と映子、庸平と政美の三組がツイン・ルームに入り、幸江一人がシングル・ルームに泊まる。春志と私も一室を割り振られる。チェック・インの後は定められた集合時刻まで自由行動で、食事も好きな時間に好きな場所でとる。もちろん互いに無視し合っているわけではないので、たまたま食事時に同じ店で出喰わせば同じテーブルにつくこともあるが、わざわざ誘い合って出かけるところは今のところ見かけない。

ショーの時刻には全員が集まるが、仕事のための集まりであるからそうそう喋っている時間はない。あとは移動中のバスの中だが、ここでもお喋りして暇を潰す習慣はないらしく、保はコンピューター・ゲーム、幸江は眼鏡をかけて編物、他の者は読書かヘッドフォン・ステレオという具合に、めいめいの気晴らしに没頭する。誰かが読み終えた雑誌をまわしてくれるような折くらいしか、口をきくことはない。

長い間一緒に旅してまわっている人たちのつき合いかたは、そんな風なものなのだろう。古いメンバーたちがそうやってあっさりしたつき合いをしているおかげで、新参者の春志と私も彼等との溝を感じないですんでいる。早く一座に溶け込まなければ、といった焦りも湧かない。春志と私も素気ない空気の中で勝手に寛いでいればいいのだった。

バスには運転席と助手席の他に三人がけのシートが三列備えつけられており、春志と私は最後列に並んで座る。勝手に寛ぐのが大の得意の春志は、席につくが早いかヘッドフォンを耳に装着し、音楽を楽しみ始める。私は私でぼんやりと窓の風景を眺めたり本を開いたりする。旅の初めの一二日は、亜衣子や、庸平と交替でバスを運転する繁樹が手のあいている時にやって来て話しかけてくれたが、私たちが満足して座っているのを知ると、用のない限り来なくなった。

互いに私生活には不干渉で、一日のうちで会話を交わす時間が短くても、毎日会っていれば自然に、メンバー一人一人の性格や癖が少しずつわかって来る。たとえば、幸江が眼鏡をかけていない時にいつも眩しそうに眉根を寄せているのは、乱視だからであって怒っているのではないこと、幸江が眩しそうな眼で時々こちらをじっと見るのは、何か話しかけたくて眼が合うのを待っているのではなく、ただ見ているだけであること等、いつとはなしに知った事柄だ。

一座の中でいちばんよく喋り騒ぐのが保と政美であるのも、早々にわかった。一座が東京を出発した日、初めて座ったバスのシートがゆったりと座れ、振動をよく吸収することに気づいた春志が、「これはとてもいい椅子だね」と口にしたのをきっかけに、ちょっとした会話が始まった。前のシートに座っていた亜衣子が振り返って言った。

「この椅子に替えてから腰が痛まなくなったのよ。安物の椅子を使っていた時には、女性陣全員が腰痛に悩まされていたんだけど。」

「冷房で体が冷えるせいでもあったのよね。」

亜衣子と保の間に座っている映子が、背もたれと背もたれの隙間から顔を覗かせた。

「あなたは？　冷え症の方？」

「いいえ、特には。」

見れば、亜衣子も映子もクーラーのきいた車内で長袖のシャツを着、膝掛けを置いていた。保が背もたれの上に顔を出した。

「へえ、面倒のない女の人もいるんだ。」

すると、最前列のシートから政美が叫んだ。

「あたしだって面倒はないわよ。冷え症じゃない、蚊には喰われにくい、生理はない、妊娠の恐れはない。」

「それはよかったねえ。」保が叫び返す。「だけど、生理がないのに、この前亜衣子さんから生理を遅らせる薬を分けてもらってたのは、どういうわけだい？」

「お守り袋に入れたのよ。」

「お守り袋に生理があるのかい？」

何人かが笑う。政美は刺戟されたように舌を回転させる。

「いいじゃないの、何をもらったって。どうせあたしは、妊娠する恐れもないのに毎朝基礎体温を計っているわよ。初めて婦人用体温計を買った時にはどこで検温するのか知らなくて、できたての膣に体温計を差し込んだわよ。悪かったわね。」

その時の会話はそれで終わって、後は車内は静まり返ったのだが、同じ日の夜、第一回目の興行の後も保と政美が静けさを破る一幕があった。赤坂の料亭でのショーの折と違って、保と映子、あるいは慎と映子の舞台はわりあいにうまく運び、保が慎のペニスを殴りつける場面もなかったので、保の機嫌も上々だろうと思っていたら、興行場所の旅館から宿泊先のホテルに帰るバスの中で、やはり保はぶつぶつ言い出した。

「慎の奴、いつも今日みたいな調子だといいんだけどな。毎回毎回、今日は勃《た》つか勃たないかと気を揉むのにはうんざりだよ。どこかに、毎回間違いなく慎を勃たせてくれるいい女はいないかなあ。」

「ここにいるわよ。」

最前列のシートの上で、政美の手がひらひらと動いた。

「やめてくれよ。いくら何でも政美さんじゃだめだよ。」

「どうして？　あたし、テクニシャンよ。」

「テクニシャンでも何でもさ。」

「いいじゃないの。あんたとあたしがやるわけじゃないのよ。慎とあたしがやるのよ。あんたの趣味なんか、関係ないのよ。」

保はすぐには言い返せず、困ったように呟いた。

「弟を同性愛の世界に陥れるのはなあ。」

「何急に弟思いになってるのよ。さんざん慎を痛めつけてるくせに。」

「だって慎には脳がないんだぜ。痛覚だってあるかどうか――」

「そう言うあんたにも大した脳はないわよ。いつまでたっても、あたしが女だってわからないんだから。」

保は黙り込んだ。保と映子と並んで座っていた亜衣子に後で聞くと、保は苦笑いしていたと言う。

保と政美はからかい合って戯れる仲なのだろうか。保が甘ったれのかまわれたがり屋で、政美がお喋りの目立ちたがり屋なので、必然的に二人がやり合うことになるのだろうか。熱海の夜は、政美が保の注意を惹いて、いじめられかけていた映子を救ったようにもとれる。今のところはどうとも判断がつかない。

保は春志より一つ年上の二十歳だそうだ。映子は二十三歳だが、私も十二月で二十三になるので同い年である。二人は幼馴染みの恋人と聞く。保はしばしば映子に辛く当たるが、普段は普通に仲よくやっているようだ。

屈折した意地の悪い面がすべてではなく、保には優しいところもあった。伊東に泊まった日の夕方、春志とホテルの庭のベンチに腰かけていると、映子と散歩していた保が猫を抱いて歩いて来た。

「春志君、猫、好きじゃない？」

「好きだよ。」

春志が答えると、保は抱いていた猫を春志の胸に押しつけた。庭園の片隅で見つけたのだと言う。首輪がなく野良猫らしかったが、人に馴れておりおとなしかった。春志はそっと猫の背に掌を当て、大事そうにかかえた。

「この手触りが大好きなんだ。犬も好きだけど、毛の手触りは猫の方がいい。」

「そうじゃないかと思ったよ。」

「猫に触るの、久しぶりだなあ。僕、きっといつか猫を飼うよ。」

保は唇の片端を下げた奇妙な微笑を浮かべて春志を見下ろしていた。自分の親切に自分で照れているガキ大将、といった風情だった。そばの映子は、保の性質のよいところを誇らしく噛みしめるような表情で、春志の腕の中の猫を見つめていた。二人は猫を残して、またぶらぶらと歩いて行った。

メンバーの人柄を毎日少しずつ知って行くのを、私は楽しみにしていた。繁樹は春志と私の様子を見て言った。

「君たちには、順応性があるね。ずっと前から参加しているようだよ。」

順応性と言えば、初対面の時には怪異に感じた庸平の容貌も四五日で見馴れ、少なくとも眼にするたびにはっとすることはなくなった。庸平の姿を見かけると、容貌について何か感じるよりも先に、「あの美しい花の絵を描いた人」ということが頭に閃く。美しい花の絵のイメージと庸平を同時に見てしまう。容貌の印象よりも彼の秘めた特技の印象の方が強くなったのかも知れない。

昨晩大阪で、〈フラワー・ショー〉は演劇に客演した。もちろん一般公演ではなく、ビルの地下にある小さな劇場で看板も何も出さずひそかに上演される一晩限りの特別公演である。脚本と演出を兼任するのは劇団の座長で、私はその名を聞いたことはないが、一九七〇年代初期にアンダーグラウンド演劇の新星として一部で熱烈な支持を受けたものの、ある公演の失敗から逃げるように日本を飛び出し、そのまま忘れ去られかけていたが近年帰国して関西で活動を再開した人物だそうだ。客は例によって金持ち風のスーツ姿の紳士と連れの女が多かったが、長髪に絞り染めのジーンズというノスタルジックな風体の四十代の男女も少なからず混じっていた。

劇の内容は私などには理解できないものだった。顔を青緑色に塗り、股間から大きな張りぼてのカップ・ラーメンやこんにゃく、羽毛を撒き散らす破れ枕等をぶら下げた裸の男たちが舞台を右往左往し、「男根奪還！」と叫ぶ。舞台の上手から、股間にやはり張りぼてのジャック・ナイフや九尾の鞭をぶら下げた男たちが走り出て来て、カップ・ラーメンやこんにゃくを下げた男たちに洗剤を振りかけ、「おふくろのオカマを掘れ！」と叫ぶ。天井から巨大な卵が下りて来て真二つに割れ、スライムという名称の半固体状の玩具が無数に落ちて来る。下手から仮面をつけた半裸の女たちが現われ男たちと鞭をふるい合う。場面はＳＭの大饗宴になだれ込む。

私は一つだけあいていた席に春志を座らせ、自分は壁際に立って観ていた。近くの席の、三十代後半と思われる絞り染めではない普通のジーンズを穿いた男の二人連れが、「あの鞭打たれよる女たちはプロのＳＭ嬢なんやて」とか「こいつ、あかんわ。いまだに二十年前を引きずっとる」「長いことアメリカにおったさかい、日本のこと、よっぽど遅れとると思てなめとん違うか」等と話すのが耳に入った。

スピーカーから絶え間なく流れ出して来るノイズ・ミュージックに思考を邪魔されながらも、私も一応は芝居の主題を把もうと試みた。「男根奪還！」と言うからには登場人物の男たちは誰かにペニスを盗み取られ、代わりにカップ・ラーメンやこんにゃくをつけられた、という設定なのだろう。「おふくろのオカマを掘れ！」というのは、母親と肛門性交をする決意を抱けばひとりでに盗まれたペニスが戻って来るという意味だろうか、それとも、いざペニスを取り返したらまずはお祝いに母親と肛門性交をしたい、という願望を表わしているのだろうか。

男たちが盗まれたペニスを取り返すため壮絶な闘いを挑む、といった展開を私は予想したのだが、洗剤とスライムに塗れ女たちに鞭で打たれると、あっさりと股間の張りぼては引き剝がされ、ペニスが顕われる。これでは、ペニスは奪われていたのではなく隠されていただけということになり、当初の設定が狂いはしないだろうか。それに、「おふくろのオカマを掘れ！」とさんざん煽っておいて、ペニスの覆いが取れると、母親にしては若過ぎる女たちとSMを含んだ性行為をするだけなのは、一貫性がないというものである。

要するに、奪われてもいないペニスを奪われたと言い張り、母親と肛門性交をするのだと法螺を吹きながら、女を鞭打って性交することで満足する、嘘つきでいい加減な男たちの話なのだろうか。いや、ストーリーはあくまで飾りで、単にポルノ・ショーを観せたいのだろうか。いずれにしても作り手の粘着質の精神性ははっきりと伝わって来るから、やはり主題は自己表現、とでもいうことになるのかも知れない。

〈フラワー・ショー〉のメンバーは、芝居の前半、俳優たちが「男根奪還！」と叫んでいるそばにしつらえられた寝床で、パフォーマンスを行なった。自分自身のペニスでは性交できない保や、自らペニスを捨てた政美が、「男根奪還」なる題目を深く表現するための役割を負うのかと思ったがそうではなく、ただ舞台に彩りを添えるためだけに使われた模様だった。繁樹も亜衣子も保も映子も幸江も、何だかいつもほど熱心ではなく、短時間で務めを終わらせた。

ただ一人、庸平の扱いだけが違っていた。庸平には科白があった。寝床に正座した庸平にスポット・ライトが当たる。両端の垂れ下がった庸平の唇から「女！」と呻くような声が漏れる。

「女！　女！　俺を愛してくれる女！　俺を怖がらず、見下さない女！」と続く科白は棒読みである。政美が登場して庸平に絡む。「俺は平等を信じない」と言いながら、庸平は政美と性交を始める。「女は俺の憎しみにさえ気づかない」という科白も混じる。

「あんな科白を喋らされているけど、庸平さんにはちゃんと恋人がいるんだぜ。」

出番が終わって客席に出て来た繁樹が、耳元で囁いた。

「それも、なかなかの美人だ。庸平さんに惚れ込んで、押しかけ同棲を始めたんだ。庸平さんはあんなくだらない科白、言わなくたっていいんだ。」

振り向くと、繁樹は額に汗を浮かべて舞台を睨んでいた。舞台では、庸平が政美の脚を広げたところである。「俺の憎しみを受け止めてくれるのはこいつだけだ」という科白が耳に届く。俳優たちの「男根奪還！」という合唱がひときわ高くなる。繁樹はさらに言った。

「人間が人間を好きになる理由なんて、たくさんあるじゃないか。この芝居の作者にはそれがわからないんだ。庸平さんを好きになる女は、みんな庸平さんを見下しているか、とんでもなく醜い女だと決めつけたがっている。なぜだと思う？　自分自身が見下せる人間を必要としているからさ。」

私は爪先立ちになって繁樹の耳に口を寄せた。

「この芝居には、いやいや出てるの？」

「もちろんだよ、こんな愚劣な芝居。」

芝居の作者は、坊主頭で「I LOVE NEW YORK」とプリントされたTシャツを着た、やたらに声の大きな四十代半ばの男だった。終演後、繁樹について楽屋付近まで行くと、男の朗朗とした声が薄く開いた扉の間から通路まで響いて来た。誰かと話している様子だが、男の声しか聞こえない。繁樹が楽屋内に入ると、男の声はますます大きくなった。

「……また何度でも上演はできるよ。スポンサーが金を出すと言ってるからね。次回はもっと金をかけた芝居にする。まだまだスポンサーは金を出しそうなんだ。君たちにもまた出てもらうよ。こういうかたちの公演だけじゃなくて、一般客の観に来る公演の時にも出てもらえればいいんだけどね。まだ時代が成熟していないからね。でも、風向きが変わったら、きっと俺は君たちを専属の役者にするよ。相当のギャラを払ってね。何しろ、スポンサーは俺を買ってくれてるからね。……」

繁樹はギャラを受け取りに行ったのだが、芝居作者の話が長々と続くので、なかなか出て来られない。春志と二人で欠伸を嚙み殺していると、ようやく扉が大きく開き、繁樹が姿を見せた。すぐ後ろに庸平がいた。庸平の肩に太い腕を巻きつけて戸口まで出て来たのが、芝居の作者だった。作者はまだ喋りたてていた。

「本当に帰るの？　一緒に打ち上げに来ればいいのに。今日は君たちの役に立ちそうな人が何人も来るから、紹介してあげるつもりだったんだぜ。」

繁樹は非の打ちどころのない愛想笑いをつくって、作者に一礼した。繁樹より背の低い作者は、癇を立てた表情で繁樹を見上げ、次に、しっかりと腕で捕えている庸平に顔を近づけた。

「田辺君は？　来られるだろう？」

「僕、肝臓が悪いんで。」

庸平がぼそっと呟くと、作者のどす黒い顔に紅味が差した。だが、唾を呑み込んで怒りの色を押し殺し、ものわかりのよさそうな人物を演じようとする。

「わかった。無理に誘ってもしかたがない。また今度な。」

作者は両腕を庸平の体にまわして軽く抱くと、腕をほどいて庸平の背中を威勢よく叩いた。

楽屋の扉が荒々しく閉じられた音を聞いて、繁樹と庸平は顔を見合わせにやりと笑った。

「困ったおっさんだよ。」

二人に続いて階段を上りながら、私は声をかけた。

「田辺さん、楽屋に引き止められてたんですか？」

私は庸平に話しかけたつもりだったが、答えたのは繁樹だった。

「あのおっさん、役者としての庸平さんに惚れ込んでるんだってさ。『俺に身柄を預ければ男にしてやる』って口癖みたいに言ってるよ。」

「よく聞く科白ね。『俺に身を任せろ。女にしてやる』とか。」

私のことばに、庸平がちらりと振り返った。繁樹は愉快そうに笑った。

「おっさんは、男も女も同じことばで口説くんだよ。セックスは女としかしないみたいだけど。」向き直って庸平に言う。「こんなところでの仕事、もうやめようか？」

「どっちでもいいよ、別に。」庸平が答える。「たまには困った奴にも会わないと、この世を楽園と勘違いしてしまうからな。」

「そうだね。」

ビルを出て、他のメンバーたちが乗り込んで待っているバスまで歩いて行く間、繁樹と庸平は無言だった。私は二人の後ろ姿から眼が離せなかった。先刻の短い遣り取りで互いに充分理解し合う様子や、自然に揃った歩調から、二人が心の通い合った友人同士であることは推察できる。しかし、騒々しい芝居と騒々しい芝居作者に接した直後であるせいか、並んで歩く二人の後ろ姿が弱々しく見えてならなかった。

繁樹と庸平が弱々しい人間に見えるのではない。二人の結びつきから生まれる力が、その夜見せつけられた芝居と芝居作者の発散する傍若無人な力と比べて、あまりに穏やかで弱いと感じられたのだ。もしかりに、あの芝居作者のような人間が何人か集まって蛮力をふるえば、繁樹と庸平はひとたまりもなく潰されてしまうのではないか。そんな不安を覚えた。

かつて私がつき合っていた正夫と晴彦を始めとする友人たちとの密着ぶりを思い返すまでもなく、男が二人結びつくとそこには必ず、他の男たちの勢力と競合しようとする力、あるいは他の勢力から自分たちを守ろうとする力が生まれ出るように思う。ところが、繁樹と庸平にはそれがない。自分たちの結びつきを外に向かって誇示しない。他の男たちの勢力圏をそっと脱け出して歩き去るだけだ。二人とも攻撃的な性質を持ち合わせていないからだろうか。

私は攻撃的ではない男が好きだ。攻撃的な男は私の親指ペニスを切り落とそうとする。私は攻撃性のかけらもない春志が好きだし、〈フラワー・ショー〉の渉外役を引き受け、控え目なリーダーとしてメンバーをまとめている繁樹が人間として好きだった。だから、繁樹があの芝居作者のような人間の前で同等の粗暴さを持たないばかりに影が薄くなってしまうのが、何か口惜しかった。

　同様に、庸平が気味の悪い芝居の中で、「特異な容貌と体質のせいで女の愛情に恵まれず、怨恨を募らせている男」という紋切型を演じさせられているのも、口惜しいことだった。庸平には美人の恋人がいるということは繁樹から聞かされただけだから、実際どのような愛情を寄せられているのか不明だけれども、庸平が美しい絵を描けるのを私は知っている。あの芝居作者が、庸平という人間のほんの一部しか見ようとしないで、自分の都合で紋切型に当て嵌めているのは不快だった。

　一座は目下神戸のマンションに逗留している。バス・ルームが二つもある外国人向けの豪華マンションで、〈フラワー・ショー〉の興行を各方面に売る仲介屋の一人、もしくは彼の属する組織が借り上げているのだが、〈フラワー・ショー〉が京阪神地区で興行を行なっている期間中は利用してもいいことになっているのだそうだ。

　数日前、初めてこのマンションの部屋に足を踏み入れた際、春志は室内に立ち籠めている匂いを、「マリファナの匂いだ」と指摘した。春志は仕事相手の音楽関係者とマリファナを吸った経験があるのだと言う。漂っているのは確かに、煙草の匂いとは微妙に違う植物性の尖った匂いだった。

「俺、もうハイになって来たよ。」

　深呼吸して声を上げたのは保だった。映子が窓をあけた。保が文句を言い始めた。

「何だよ、せっかくの匂いがもったいないじゃないか。」

「私は喉が痛くなるのよ。」

映子も、いつも保に一方的にやられているばかりではないらしい。今回はひとことで保を押し切った。

亜衣子が私を呼んだ。行ってみると、繁樹が奥の広い部屋のチェストの引き出しをあけていた。

「こいつが匂いの元だ。」

繁樹はブリキ缶の中に詰まった一見お茶の葉のような葉っぱを示した。引き出しの中にはマリファナ入りの缶ばかりではなく、白い紙にくるまれた怪しげな薬や注射器、注射を打つ時に腕を縛るゴム紐等がごちゃごちゃと並んでいた。私は尋ねた。

「この部屋の借主は医者なの？」

「医者ではないのよ。」

亜衣子がもう一つの引き出しをあけた。そこには夥しい数の八ミリ・ビデオのフィルムがあった。

「法に触れる類の物ばかり。アメリカから密輸入した物が多いの。」

亜衣子が説明すると、繁樹も言った。

「僕も裏ビデオには出演したけどね、僕の出たのなんて話にもならないくらい可愛らしい物だということがよくわかる。ここにある物には身の毛がよだつよ。」

「他の引き出しはあけないのが賢明ね。」

「この部屋の借主は、引き出しの中味を使っていかがわしいパーティーを開くんだ。」

「暴力団関係者？」

思いついて尋ねたが、繁樹は首を横に振った。

「やくざともどこかでは接触があるかも知れないけど、やくざじゃあない。どっちみち、知らなくたっていいことさ。」

繁樹は薬類の入った引き出しを閉め鍵をかけると、鍵を亜衣子に手渡した。亜衣子は受け取った鍵をバッグに収めた。

「ビデオは興味があるなら観てもいいけど、薬は危ないからね。」繁樹が言う。「鍵をどこにやったか、保には言わないでくれるかい？ 彼は薬が好きなんだ。」

いかがわしいパーティーの会場になるというこの部屋には、二つの寝室の他に、三間続きのリヴィング・ルームにも一間に一つずつ、キング・サイズのソファー・ベッドが置かれている。メンバーはホテルに泊まる時と同じ組み合わせの四組と一人に別れて眠る。私と春志はリヴィング・ルームのソファー・ベッドの一つを寝床にしている。午前中の早い時間に眼を覚ますと、リヴィング・ルームの玄関に近い部分のソファー・ベッドで眠る保と映子、奥のチェストのある一角で眠る繁樹と亜衣子の姿を眼にすることができる。保はいつも、映子の胸に額を押しつけて眠っている。

マンション暮らしの間も互いの私生活には不干渉という原則は変わらず、食事も皆でつくって一緒に食べるということはなかった。外出嫌いの庸平と節約家の幸江は自炊しているようだが、他の者は外に食べに行く。政美は京阪神地区に友人が多いらしく、毎日あちこちに電話をかけては昼食の約束をしていた。

それでも、マンションでの生活はホテルでの生活よりもメンバー同士の親睦の機会が多い。今夜は興行のない休みの日なので、保と幸江と政美は連れ立って、ちょうど神戸に巡業に来ているプロレスを観に行った。私は外食に飽きて来ていたのでたまには自炊しようかとも思ったのだが、関西に着いて以来関西弁の響きとアクセントを面白がり、街では人々の話すことばに聞き耳をたてている春志が、外で食事をしたいと言ったため、イタリア料理店に行くことにした。

八時頃マンションに戻ると、プロレス見物組はまだ帰っていなかったが、他の四人はリヴィング・ルームにいた。庸平は春志と私が寝床に使っているソファー・ベッドに身を横たえて本を読み、繁樹と亜衣子と映子はチェストのあるコーナーで雑談している。春志と私は雑談の輪に加わった。

「ビデオを観てみない？」繁樹が私に言った。「話の種にさ。一本くらいは観ておいても悪くないと思うよ。」

好奇心はあったが、私は隣の春志に顔を向けた。繁樹はすぐに気がついた。

「そうか。春志君が退屈かな。」

「退屈じゃないよ。音と声が聞ければ。」春志が言う。

「でも、あんまりグロテスクなのは——」私は急いで訴える。「幼児をどうにかしたり、本当に人を殺したりするのは、観たくないわ。」

「わかってるよ。ソフトなやつだね。」繁樹は立ち上がってチェストの前に行く。「アメリカにはいろんな変態がいるからね。キャット・ファイトなんていって、女と女が摑み合いの喧嘩をする場面を収めただけのフィルムもあるんだ。女は全裸になるわけでもないし、レスビアン・シーンに移って行くわけでもない。いったい何が面白いんだろうと思うけど、そういうのが好きな人もいるらしいんだ。まずはそれでも観よう。」

チェストの引き出しをあけて八ミリ・ビデオのフィルムを搔きまわしている繁樹に、亜衣子がからかい半分の声をかける。

「あなたの出てるのを観せてあげないの？」

「嫌だよ。恥しいよ。」

繁樹は真面目な声で答えた。私も繁樹の出演しているアダルト・ビデオを観るのは恥しい。繁樹の裸と性交場面なら毎日のように生で観ているのに、ビデオを観るのが恥しいというのは奇妙な感覚かも知れないが、今は身近な友人となった繁樹の前でまだ知り合っていなかった頃の繁樹の特殊な生活を鑑賞するのは、どうも気が引ける。

「ジャンル別に分類されていないから探しにくいな。」忙しく手を動かしながら繁樹がこぼす。「タイトルも省略した形でしか書かれていない。全く整理の悪い連中だ。キャットって書いてある、これかな。」

繁樹は一本フィルムを取り出し、機器にセットする。無修整のポルノ・ビデオを観るのは初めての私は、どきどきしながらモニターに映像が顕われるのを待つ。〈フラワー・ショー〉について旅に出なければ、無修整のポルノ・ビデオなど一生観られなかったかも知れない。貴重な経験に臨む気分は格別である。

タイトル・クレジットもなく、画面にいきなり可愛い仔猫が映し出された。キャット・ファイトと呼ばれるジャンルのフィルムだから、導入部に猫を使ってみたのだろう。本当に猫と猫の喧嘩のフィルムだったりして、と考えて一人で笑う。映像はかなり粗い。絨毯の上を歩きまわる仔猫を追うカメラは、時々手ぶれで大きく傾く。

フレームの内に男の手が伸びて来て猫を抱き上げ、テーブルに載せる。ちょこんと座った猫を男の手が優しく撫でる。いやに導入部が長いと思うが、仔猫が愛らしいので飽きない。顔は映らず手だけの男は、猫の頸筋を掻いたり指の腹で額を軽く叩いたり、さまざまなやりかたで仔猫を愛撫する。愛撫に飽きた仔猫が歩いて行こうとするのを引き止め、撫でまわす。猫がニャーと啼く。

「ねえ、何が映ってるの?」春志が私を突つく。

「仔猫よ。」

「仔猫? どうして猫が映ってるの?」

「わからないけれど。」

春志に答えながら、私は何だかおかしいと感づき始めていた。ポルノ・フィルムなのに人間の体がなかなか登場しないのはもとより、男の仔猫への愛撫が妙に執拗なのである。可愛がっているのではなく、弄ぶと言うかなぶっているような気配が漂っている。画面の中の仔猫はもうあきらかに愛撫をうるさがっている。しかし、男は猫を放そうとしない。

「何か変じゃない？」

最初に口に出したのは映子だった。亜衣子もモニターを見つめたまま頷いた。

「どうも普通じゃないわね。」

「何が？」繁樹はのんびりした調子で尋ねる。

「猫をなぶってるみたい。」

私も言ったが、繁樹は首をかしげる。

「え？　そうかなあ。どこが？」

画面では、男の手が行こうとする猫の襟頸を摑んで乱暴に引き戻している。仔猫も異様な気配に気づいてか、しきりに啼き始める。身をくねらせて逃がれようとする仔猫の頭を、男が拳で殴りつける。男はなおも猫を押さえつけ、もはや撫でているとは言えない力で体中をこすりたてる。ぶら下げて顔を叩く。仔猫が爪を出す。その前肢を摑んで捩る。

「何をやってるんだ。これは？」

繁樹も動揺を顕わした。すると、庸平の声がした。

「動物版のスナッフ・ビデオだよ。」

庸平は読みかけの本を片手に、リヴィング・ルームの間仕切りの段差の所に立っていた。

「仔猫だの仔犬だのを、いじめ抜いて殺すんだ。」

「本当かい？　ひでえ変態行為だな。」繁樹は私たちに尋ねた。「止めようか？」

私たち女三人は返事をしなかった。映像に気を取られていたのである。画面の猫いじめはエスカレートしている。むごたらしい。怒りも湧く。何よりも怖いし、信じられないと思う。だが、怖さに捉えられてかえって身動きできない。決して観続けたくないのに、眼を逸らすことができない。悪夢の真只中にいるかのようである。

「僕は観ないよ。」繁樹は立ち上がった。「君たちは豪胆だな。」

豪胆と言われれば豪胆なのかも知れない。ただし、平然と眺めているわけではないのだ。心臓は激しく脈打っているし、脂汗も滲んでいる。感情は仔猫の側に移入している。遠い昔、ごく幼い頃に、小さくて弱い生きものがこのフィルムの中の仔猫と同様になぶり殺される光景を目撃したような気がする。夢の中の出来事だったろうか。ともかく、かつてよく知っていた不快さと恐怖感に全身が麻痺している。

「どうしたの？　ねえ、どうなってるの？」

春志が揺すぶるが口がきけない。画面に手術用のメスが光る。一瞬の後、メスが血に濡れる。

亜衣子がたまりかねたように席をはずした。亜衣子と庸平の会話が耳に入る。

「何なの？　猫は女の象徴なの？」

「違う。猫そのものを殺《や》りたいのさ。」

「狂ってるわね。」

「ああ、もちろん。」

フィルムは猫がぴくりとも動かなくなった後も十分ほど続いた。屍体にも手をかけるのである。男のマスターベーション・シーンすらない、徹頭徹尾残酷なフィルムだった。画面が暗転すると溜息が出た。私とともに最後まで観ていた映子が、青ざめ硬張った顔で私を振り返る。彼女も不快感と恐怖感で麻痺していたに違いない。

画面が再び明るくなり、今度は愛くるしい仔犬が登場した。映子と私は視線を交わす。「もういいわね?」と尋ねると映子が頷いたので、私は繁樹の投げ捨てたリモコンを拾い、モニターの電源を切った。

「第二部は飛ばして第三部を観るといいよ。」庸平が言った。「第三部は仔パンダ殺しなんだ。でも、パンダの仔なんて手に入らないからアニメーションでつくってるんだ。笑えるよ。へたくそなアニメでさ。こいつをつくった奴等、馬鹿だよ。」

映子も私も笑う気力は残っていなかった。ソファー・ベッドで膝をかかえている繁樹が、私たちの表情を見て訊く。

「嫌なのに観てたのかい? どうして止めなかったの?」

「どうしてだかわからないわ。」

呟くと、映子は弱々しい足どりで浴室の方へ歩いて行った。顔でも洗って気分を変えずにはいられないのだろう。私はぼんやりと座っていた。庸平が突然口を開いた。

「ああいうビデオを観てきゃあきゃあ泣き喚く若い女は、僕は嫌いだ。表面だけでも冷静さを保てる女の人が好きだ。一実さんだっけ？　君はいい女だと思うよ。」

私は驚いて庸平を見つめた。「いい女」というお世辞だけは、生まれてこのかた一度も言われた憶えがない。私に見つめられて、庸平はふっと息をついた。

「俺なんかにいい女と言われてもしかたがないか。」

「いえ、嬉しいです。」慌てた余り、私は吃りそうになった。「そんな豪勢なお世辞——」

「お世辞なの？」春志が口を出した。「僕、お世辞だと思わないよ。君は声がとってもいいじゃないか。顔はよくわからないけれど。」

身内である春志に人前で褒められ、ますます慌てる。

「悪い、悪いわよ、顔は。」

「顔は悪いの？」

私が恥しがっているのに全く気づかず、顔を庸平たちの方に向けて、春志は一同に問いかけた。

「ねえ、一実ちゃんって顔は悪いの？」

「やめてよ。」

私は春志の肩を抱きかかえた。亜衣子が笑いを嚙み殺しながら答えた。

「悪くないわよ、決して。」

好意的に評価してもらったところで、当面の恥しさが消えるわけではない。春志がまだ何やら埒もないことを言おうとするようだったので、肩を抱いた腕に力を込めると、春志は面白がって私を引きずりながら床に倒れ込んだ。春志は無邪気だが、私は人前で恋人同士のじゃれ合いをするのも睦言を交わす以上に恥しい。起き上がろうとしたが、片腕が春志の体の下敷きになっているため動けず、恥しさから逃がれようと試みるのは諦めるほかはなかった。

庸平の声がした。

「俺もこんな風に女の子と仲睦まじくやりたかったよ。」

「やればいいじゃないか。」繁樹の声である。「庸平さん、できるだろう？　恋人がいるんだから。」

「若い時にやりたかったってことさ。三十三にもなると、子供みたいに戯れる体力も気力もないよ。若い頃の俺には女がいなかったからな。ゆうべの猿芝居じゃないけど、俺、昔は本当に若い女を憎んでいたよ。」

「どうして？　恋人がいなかったから？」亜衣子が訊く。

「そういうことだね。今となっては笑い話だけどさ。ずっと女がほしいほしいと思ってて、苦労に苦労を重ねてやっと仲よくなった女の子が、初めての夜に俺の体質を知ってショックで膣痙攣を起こしてね。今なら相手にしてみればさぞやショックだろうと考えることができるけど、当時は憎かったなあ。そんなにショックを受けなくたっていいじゃないか、と腹立たしかった。だから、いろんな男の体を知っていて驚きや嫌悪感を隠し通すことのできる、年増のソープランド嬢が好きで、些細なことできゃあきゃあ悲鳴を上げる若い女は大嫌いだったよ。今じゃ若い女も大好きだけどね。」

庸平の重い話に、繁樹も亜衣子も応えることばを見つけられない風だった。ところが、春志が横たわったまま明るい声を上げた。

「眼の見えない女の子を恋人にすればよかったのに。見えなきゃショックも受けない。」

私は春志の体の下から腕を引き抜こうとする動きを止めた。春志の単純さに対して庸平がどう反応するか心配だった。数秒の沈黙の後、庸平はさらりと言った。

「それは思いつかなかった。」優しげな口調で続ける。「でも俺、見てほしいという気持ちもあるんだよ。恋人にはね。信じてもらえるかどうかわからないけど、ノーマルな容姿、ノーマルな体質の男以上に、全部見てほしいという気持ちは強いと思うよ。」

するると、春志は言った。

「じゃあ、触らせて、僕に。」

一呼吸置いて庸平は答えた。

「いいよ。」

春志は体を起こし、庸平の声のする方向へにじり寄って行った。間仕切りの段差に腰かけている庸平は、手を伸ばして春志を引き寄せる。春志は庸平の正面に膝をつき、肉が襞のように垂れ下がった庸平の顔を撫で始めた。庸平は眼を細めた。動物のグルーミングを思わせる仕草で、春志は庸平の顔に指を走らせて行った。繁樹も亜衣子も、身を伸ばすようにして二人の様子を見つめている。

一通り触り終えると、春志は言った。

「わかった。」

それから春志は、私が常々感じ入っているこまやかな感情表現を見せた。庸平の顔を両手で挟み頬ずりしたのである。庸平は何か訴える風に春志の肩越しに私を見た。次いで瞼を閉じ、両腕を春志の体にめぐらせた。庸平は微笑んでいた。

和んだ空気に包まれた時、玄関のチャイムが鳴った。亜衣子が扉をあけに行くと、保の「ただいま」という声が聞こえた。プロレス見物組の帰宅である。保はばたばたと足音を響かせて駆け込んで来て、居残り組の顔を見まわした。チェストのあるコーナーに一人座っている私と眼が合うと、勢いよく突進して来て「男根奪還！」とゆうべの芝居の科白を叫び、チェストに飛びついた。素早く引き出しから取り出した物を私の鼻先に突きつける。

突きつけられた物は、男根型のバイブレーターだった。見て取った途端に私は笑い出した。保も頬を弛めると、バイブレーターを引っ込め二三度上下に振る。

「そうか、あなたはこんな物なら足先についているんだよな。」

その時、映子が奥の浴室から出て来た。保が手にした物を見ると顔をしかめる。

「また何を持ってるのよ。」

「男根を奪還したのさ。」

政美と幸江も入って来た。幸江が亜衣子に向かって言う。

「保ったら騙したのよ。プロレスを観に行こうって言うから行ってみたら、女子プロレスじゃないの。」

「何が悪いんだよ。」保が怒鳴る。「女子プロレスだからいいんじゃないか。」

「私は筋骨逞しい男の体が見たかったのにさ。」

幸江の愚痴を聞き、政美がわざと甲高い声を出す。

「まあ、おばさんその年でまだ男が好きなの？　助平ねえ、全く。」

「あんたはどうなのよ？　女の体を見て嬉しいの？」

「あたしはね、素敵な同性に憧れる乙女心を持っているのよ。」

庸平の隣に腰を下ろした政美は、買って来た女子プロレスのパンフレットを開く。その背中に幸江がことばを浴びせる。

「四十一歳が乙女なの？」

「乙女とは言えないわね。おねえさんね。」政美はすまして応じる。「おねえさん、とっても気に入った子がいるのよ。もし男の子だったらツバメにしたいくらい。ほら、この子。」

開いたパンフレットの一部を指差し、庸平を小突く。庸平は興味もなさそうだったがお義理に覗き込み、気のない様子で口を開く。

「へえ、そうかい。」

「どの子？」

保がバイブレーターを手にしたまま立って行く。私も政美の好みが知りたくて保に続いた。政美の指差した箇所には、ショート・カットの精悍な少年さながらの面立ちの女子プロレスラーの写真が載っていた。保は言った。

「その人、肉づきが薄過ぎるよ。俺、重量級のあの人がいいな。」

「あたしはこの子がいいわ。女でもこんないい子がいるなら、レスビアンに転向しようかしら。」

「俺はあの重量級の人に押し潰されたいよ。」

保はバイブレーターを振りまわした。政美が眼を止める。

「あら、いい物持ってるわね。」

「しまえよ、そんな物。」庸平が片手で払う動作をする。「うっとうしいぞ。」

「せっかく奪還したのにしまえと言うのかい？」保はふざけているとはっきりわかる大仰な口ぶりで言い募る。「庸平さんにはうっとうしいかも知れないさ。だけど、俺は俺自身の男根がほしいんだ。この切実な願いをわかってくれる人はここにはいないよな。政美さんは俺がほしくってたまらないものを自分から捨てちゃうし、一実さんはいりもしないものを余分に持ってるし。」

「わかったよ。」

庸平が言ったが、保は喋るのをやめない。

「こんなまがい物でも俺にはだいじなんだ。何しろこいつで映子を歓ばせてやらなきゃいけないからな。」

またひどいことを、と私が眉をひそめたのと同時に、映子がつかつかと歩み寄って来て、保の手からバイブレーターをひったくると、返す手でバイブレーターの亀頭に当たる部分を思いきり保の前頭部に打ちつけた。新鮮な光景に私は眼を瞠った。政美は口笛を吹き、亜衣子は手を叩いて声を出さずに笑っている。保はよろめいて尻餅をつくと、演技なのだろうが仰むけにばったりと倒れた。映子はバイブレーターを放り込んだ引き出しを音高く閉めた。

保は両手で頭を押さえ、大声を張り上げた。

「みんな、この女の正体を見たかい？　人前じゃしおらしく装ってるけど、二人きりの時には俺は暴行を受けてるんだぜ。」

「つまり、あんたはマゾだったのね。」政美が言う。「知らなかったわ。」

「帰って来てからもプロレスが観られるとはね。」発言の主は幸江である。

「いつも殴ってほしくて嫌がらせばかり言ってたのね。」これは亜衣子だ。

「どうして殴られたいの？」春志が素朴に尋ねる。

「そういう愛のかたちもあるんだよ。」繁樹の声が届く。

口々に茶化されてさすがに恥しくなったのか、保は顔を覆った。以前亜衣子が言った通り、保は可愛い。今夜よくわかった。サディスティックな傾向もマゾヒスティックな傾向も、甘えが昂じて出て来るのだろう。映子は憮然としてソファー・ベッドに腰かけている。保のお守りがさぞかしたいへんであろうことも察せられる。

保は頭をもたげた。

「だけど、ゆうべの芝居屋のおっさん、俺が一方的に映子をいじめ抜いてると信じてるぜ。」

「そうよ。だからあなたと映子は気に入られているのよ。」亜衣子は冷静に話す。「あの男は、むごい男に女が耐えて一途につくしている図が大好きなのよ。私なんて嫌われてるわよ。男を受け入れられない片輪の女だってことで。まあ、こちらもあいつは大嫌いだけど。」

「嫌な奴の話題になると、気が滅入るな。」曇った声で繁樹が呟く。

私は思い出して、庸平に尋ねた。

「庸平さんもあの人には誤解されてるんでしょう?」

庸平にはちゃんと恋人がいるのに、容貌と体質のせいで女の愛情を獲得できない男の役柄を演じさせられている件である。庸平はゆっくりと顔を向けた。

「いいんだよ、誤解させとけば。」

「口惜しくないですか?」つい口調に熱が込もる。

「君は口惜しいの?」庸平が笑う。「恋人がいるのをあいつに話さないのは、口惜しくないからじゃない。現実を教えると奴のためになるじゃないか。あいつの役に立つことなんかしてやりたくないから黙ってるんだよ。黙ってて、表面では奴に従順に振舞いながら腹で嘲るのが楽しいのさ。」

私はあっけに取られた。

「意外に陰険なんですね。いや、悪口のつもりじゃないんですけど。」

「わかるよ。」庸平は歯を見せて笑う。「君の人柄はだいたいわかる。」

嬉しくなって、私も笑った。無口な庸平とも今夜少し親しくなれた気がした。

「幸江さん、政美さん、おなかすかない?」保が呼びかけた。「プロレスの会場で焼きそば食べただけだろう？　俺、腹が減ったよ。」

「豚汁が鍋に残っているから食えよ。」庸平が言った。

「いただくわ。あんたがつくった豚汁ね？」

政美はさっと立ち、奥のダイニング・キッチンに走る。ガス・コンロのスウィッチを捻る音がする。夜食をとる時刻になって疲れが出て来たのか、皆もうあまり喋らない。いつもの素気ないつき合いの〈フラワー・ショー〉に戻ったのかも知れない。交流のひとときが終わったのは残念でなくもないが、楽しい気分の名残りで胸は満たされていた。明日からの旅は昨日までの旅よりももっと快適になるだろう、と思う。

温まった豚汁の匂いが漂って来ると空腹を意識し、私も相伴にあずかることにした。政美と映子が配膳役を務め、春志と私にも椀と箸を渡してくれる。映子は最後に保に椀を渡す。保は唇を曲げ、例の照れ屋のガキ大将の表情になる。映子もかすかに笑い、保の隣に寄り添う。

豚汁はとても美味だった。私は思わず庸平に声をかけた。

「絵の才能だけじゃないんですね。」

庸平が怪訝そうな顔をしたので、さらに私は言った。

「豚汁もおいしいし、バスの花の絵も凄くいいと思います。」

旅の一日目から抱いていた感想を、ようやく伝えることができた。

庸平は照れ臭そうに俯いた後、頭を起こして嬉しそうな、また親しげな眼をして頷いた。

CHAPTER
★
9

神戸のマンションに滞在した一週間の間に、幸江に七つ年下の恋人がいるのを知った。幸江は五十二歳だから恋人は四十五歳である。働き盛りの年齢なのに定職を持たず、幸江の収入でパチンコや競馬や株をやっていると言うから、いわゆるヒモなのだろう。ヴァギナに歯の生えている幸江の恋人ではあるが、別に鋼鉄のペニスの持主ではなく健常者らしい。

幸江は毎晩のように東京の留守宅を守る恋人に電話をかける。マンションでも、夜皆で話している折にふいと立ち上がり、リヴィング・ルームの隅の電話の所へ行ってダイヤルするのである。一度、恋人が電話に出ないらしく、受話器を置いてはかけ直すのを数回繰り返したことがあった。壁の時計を振り仰ぐ幸江に、政美が声をかけた。

「出ないの？　きっとシャワーを浴びてるのね。」

映画等で、浮気をしていて妻からの電話に出そこねた夫が、しばしば「さっきはシャワーを浴びてたんだ」と言いわけすることに引っかけての、冷やかしである。幸江は癖である眩しげな表情で政美に顔を向けた。政美は口元に笑いを漂わせながら声だけは沈痛な調子で言う。

「しょうがないわね、男って。妻や正式の恋人が留守にしている時に限って、きれい好きになるんだから。」

「浴室にも電話をつけたら？」保が提案した。

「そこまでやったら男は逃げるわよ。」映子が反対する。「疚しいことがなくても、監視されてるみたいで息が詰まるでしょう。」

「それだけじゃないわ。」政美も言う。「浴室に電話をつけて『シャワーを浴びてた』っていう言いわけを使えなくしたら、女の側だって困るのよ。男が電話に出て来ないのは本当に家をあけている時だけだということになると、かえって電話をかけるのが怖くなるじゃないの。女心ってそういうものよ。」

「週刊誌で憶えた女心かい？」

保が混ぜ返すと、政美は「お黙り」と睨んだ。私も話に加わった。

「でも、家をあけてた言いわけだって無限にできるじゃない？　煙草を買いに出てたとか、飲みに行ってたとか。」

政美は渋面をつくった。

「あんたもわかってないわねえ。保と同じレベルだわ。男の浮気を疑ったことはないの？」

ないわけがない、と答えようとした矢先、幸江が割り込んだ。

「この子は男に浮気されても気づかない口だよ。」

「そうですか？」私はきょとんとした。

「あんまり気がつかないものだから、男の方から『もし俺が浮気してたらどうする？』なんて仄めかしたりして。」

幸江のことばに政美と庸平と繁樹が笑った。何が面白かったのか私にはわからないが、幸江の口にした私に浮気を仄めかす男の気持ちに共感して笑ったのだろうか。私としては心外だった。私が恋人の浮気に神経を尖らせる方ではないのは事実だが、だからと言って、恋人の貞節を信じて疑わないほど能天気でもないのである。ただ、恋人の浮気などというものは心配し始めたらきりがないから、自分と恋人の間柄が変化しない限り神経を尖らせないでいようと考えているだけだ。

しかし実際私には、かつて正夫に別の女との性交渉を仄めかされた経験がある。幸江の批評は全く当たっていないわけではないのである。そのため、うまく反駁できない。また、男の浮気に気づくか気づかないかと問う以前に、恋愛経験が乏しくて男の浮気に深刻に悩まされた記憶がないという事情もある。男に浮気されて気がつかないなどということはない、と言いたくても証拠が出せない。

「悩まなくてもいいのよ。」

政美が腕を伸ばして私の頭を撫でた。子供扱いに面喰らった拍子に気が逸れ、私は幸江の批評への不満を忘れた。

幸江は財布を片手に外へ出て行った。政美がにやにや笑った。

「愛人が電話に出ないのを知られるのが嫌だから、外から電話をするんだわ。可愛いわねえ。」

「冷やかすからよ。気の毒に。」亜衣子が嘆息した。

そんな風に気安くことばを交わす機会の多かったマンションを発つのは、少し寂しかった。

翌日の広島からは再びホテル暮らしに戻り、メンバー間の交流は密度を落とした。けれども、神戸のマンションに入る前よりも親しくなれた分、以後の旅は楽しくなったと言える。

刺戟の強い毎日ではあった。特に保は映子に甘え政美と喚き合うだけでは活力を持て余すのか、春志や私をもかまいにやって来る。赤坂の料亭で初めて〈フラワー・ショー〉の全メンバーに会った時から、最も印象の強い言動を示したのは保だったが、旅に出てつくづく保は変わった青年だと感じ入ることになった。

九州のどこであったか、温泉地のホテルに宿泊した日のことである。あてがわれた部屋に専用の露天風呂がついていたので、興行先から帰って来るとさっそく春志とともに利用した。ベランダの先の岩場の低い所に小さな湧湯があり、周囲は岩と山肌に囲まれているので覗かれる心配はない。春志は湯に漬かるとごつごつした岩に頬を寄せた。私は眼を閉じて草と土の匂いを嗅いでいた。

そこへ、隣の部屋の露天風呂から岩をよじ登って、裸の保が姿を現わしたのだった。保の体は見馴れているので、岩の上に下半身の太い白い影が浮かび上がっただけで彼だとわかる。だからあまり驚きはしなかったのだが、やはり啞然として、岩伝いに駆け下りて来る保を見つめた。下りて来た保は私たちの漬かっている湯に飛び込んだ。狭い風呂の中で、保の脚と私の脚がぶつかった。私は体を縮め腕を胸の前で交差させた。

保は陽気な大声で言った。

「何だ、恥しいの?」

「それはそうよ。」

　私は平然としている保の顔を見つめ続けた。保は膝で私の脚を揺さぶりながら言う。

「君はずるいんだよ。俺の裸を見てるくせに、自分のは隠すんだからな。」

　弱いところを衝かれた。常々私は〈フラワー・ショー〉に随行しているだけで、パフォーマンスには参加していないことを引け目に感じていた。メンバーといくらか仲よくなったとは言え、本当の仲間とは認められていないのは重々わかっている。保が今彼流のやりかたで私との距離を詰めにかかったのもよくわかった。他のメンバーたちが大人の態度で私に接している中で、保がそうして近づいて来てくれたのは喜ぶべきことだった。

　私は胸を隠していた手を下ろし、力を抜いた。脚が保の脚と密着し、保の臑毛が湯の中でそよいで私の臑をくすぐった。保は私の体から眼を逸らし、春志に呼びかけた。

「やあ、春志君、君も恥しい？」

「僕、恥しくないけど――」春志は眠そうな声で答える。「僕には君の裸が見えないのに、君は僕の裸を見るのはずるくない？」

「ああ、そりゃずるいな。」保は一歩半動いて春志の前に行った。「じゃあ、俺を触診していいよ。」

　保のことば遣いは私の裸を見られることよりも恥しく、思わず声を上げる。

「なあに？　お医者さんごっこをするつもりなの？」

「いやいや。」保は私に向き直った。「だって、彼は手で見るんだろ？」

「僕、恥しいって気持ち、よくわからないな。」保と私の遣り取りを無視して、春志が言い出した。「裸でいるのが恥しいってことは盲学校の先生に言い聞かせられたよ。でも、どうして裸でいると恥しいのかは教えてもらえなくて、とにかく裸でいるのは恥しい、恥しい、恥しいって聞かされ続けた。繰り返して聞かされれば、そういうものかと思うけどさ。ねえ、恥しいってどういうことなの？」

保は律儀に考え込む様子を見せた。

「恥しいと、顔に血が上るんだよ。顔に血が集中するから血管が開いて顔がむずむずする。それから火照って顔が熱くなるんだ。鏡を見ると、赤くなってる。」

保の真面目くさって説明する様子が何だかユーモラスである。

「僕にもそんなことあったかな。」春志も考え込む。「僕、憶えてるよ。子供の頃、裸でいると恥しいって教えられたから、裸でいる時に感じるのが恥しい気持ちなんだろうって考えた。だから恥しい時には肌寒くなるんだろうって長い間思ってた。」

保と私は笑った。笑うと三人の脚がぶつかり合った。話しながら湯に浸っているうちに、私も恥しさを忘れていた。リラックスすると、子供の頃親戚の集まりに行って子供たちだけで入浴させられた時のことを思い出し、保と春志と私が大人たちにまとめて風呂に放り込まれた三人の子供のように思えて来た。気分が浮き立った。子供の頃も、従姉妹たちと入浴するとうるさい大人の小言のない所で、湯をかけ合ったりシャボン玉をつくったり、存分に遊べるのが楽しくてならなかったのだが、その時と同じ気分であった。

保が湯の底で手を這わせて私の左足先を探った。少々驚いて、私は保の手を踏みつけた。

「何するの？」

「噂の親指ペニスに挨拶したくってさ。」

「親指ペニスは右足よ。あなたが今触ったのは反対側。」

「あ、そうか。」

保は自由な左手の方を伸ばして来た。私は身をよじって保の左手を摑んだ。親指ペニスに触られるのが恥しいと言うより、本能的に庇いたくなったのだ。

「何だよ、いいじゃないか。他人行儀はよせよ。」

保はぐずる子供のように肩を左右に振りながら迫って来る。「他人行儀はよせよ」という言いかたも心をくすぐり、私は抗いつつも笑い出してしまう。保は私が笑ったのを見て安心したのか、私の足の下から右手を引き抜き、いっそう遠慮なしに手を出して来た。

これでは保に押し切られて親指ペニスを摑まれてしまう、と思った時、保が大声を上げて湯を叩いた。見ると、春志が保の下腹部に手を伸ばしていた。

「痛いよ、その摑みかた。」

保が言うと、春志は手を放した。保は私に訴えた。

「腹の肉を捩ったんだぜ。」

私は躁状態だったのかも知れない。腹の肉、と聞いてまた笑いが込み上げた。春志はすまなそうに呟く。

「ごめん。捩るつもりじゃなかったんだけど、君が動くから。」

「動かないから触ってみろよ。」

保は春志と向き合った。春志はそろそろと保に手を近づける。

「慎君には前に触ったよね？」

「ああ。俺のはこいつだ。」

保の腿に邪魔されて私には見えなかったが、保は春志の手を彼自身のペニスに導いたようだった。私もはっきりとは見たことのない、慎のペニスの陰に隠れ先端しか顕われていないというペニスである。

「睾丸がないんだね。」春志が言った。

「体の中に埋もれてるんだ。」

答えると、保は春志の股間に手をやった。春志は気に留めず保の股間をまさぐっていた。男二人が裸で性器を触り合う図は妙なものだった。しかし、眼をそむけたくならないのは性的な雰囲気がないからである。保はホモセクシュアルの傾向が皆無のようで、春志の股間にやった手をぴくりとも動かさない。そのままの恰好で、保は私に話しかけた。

「俺、男の友達とこうやって握り合うのが夢だったんだ。中学校とか高校生の男どもって、よくふざけてお互いに握り合うじゃないか。でも俺はそういう遊びに加われないだろ？　たまに俺にふざけかかって来る奴がいると、必死で逃げてたよ。うっかり手を触れられたら、俺の体が普通じゃないのがばれてしまうからな。」

高校生の保がズボンのポケットに両手を突っ込んで教室の壁にもたれ、性器を摑み合って戯れる同級生たちを笑顔で眺めている光景が、眼に浮かんだ。私に想像できる悲しみなど、保が実際に抱いた悲しみには遠く及ばないだろう。小さな声で相槌を打つのが精一杯だった。

「それと、修学旅行。みんなと一緒に風呂に入らなきゃいけないから、行きたくても行けなかった。臨海学校も林間学校もだ。だから俺は、今こうやって人と一緒にお湯に漬かれるのが無性に嬉しいんだ。」

胸がさらに痛んだ。私は黙って頷いた。すると、急に保はにやりと笑った。

「だから君のも握らせろ。」

言うが早いか保は体を躍らせた。派手な音とともに湯のしぶきが私の顔にかかった。反射的に閉じた瞼を再び開いた時、私の右足の親指は保の掌中にあった。

「素早いだろう?」

保は私に顔を近づけて片眼をつむった。が、その茶目っ気のある表情がふっと揺らいだ。微笑を湛えていた唇が弛んで丸く開き、眼が震えるように瞬かれた。全く同時に私の顔色も変わったはずだ。保と私は引きつった顔を突き合わせたまま静止した。静止していなかったのは、私の体のある一箇所のみだった。

「これはまた——」保は不自然な笑いを浮かべて口を開いた。「俺が触ったからか?」

「あなたがって言うより——」

私も驚き呆れていたので、ことばを繰り出すのが楽ではなかった。出現した当初こそわが親指ペニスはちょっとした刺戟にも敏感に反応したものだが、春志とつき合ううちに刺戟にも馴れ、摑まれたくらいでは勃起しなくなっていたはずなのだ。

「一実ちゃんのはとても感じやすいんだよ。」

春志が言った。春志にはつき合い始めの頃の敏感な親指ペニスの印象が強いらしい。そう言えば、しばらく春志と性行為をしていない。旅に出てからは毎日一緒にいるのだが、新しい生活に心を奪われているのと旅の疲れで、二人とも性行為を忘れていたのだ。

保は親指ペニスを握っていた手を離した。風呂の底で私の親指ペニスは穏やかに膨張していた。

「やりたいの？　そう言えば、ずっとしていなかったね。」

そう言って春志が動きかけたので、私は慌てて押し止めた。軽い欲望は確かに兆していたが、保の前で性的行為を行なうのはそれこそ恥しい。

「いいよ、やりなよ。」保は言った。「俺は気にしないから。」

「別にしなくたっていいのよ。」

「我慢は体に悪いぜ。」

「勃起したからって欲情しているわけじゃないのよ。」

「へえ、そういうもの？」保は首を捻った。「そうか、慎の奴だっていったん勃起しても萎えることがあるものな。刺戟すれば勃《た》ちはするけれど、本当に欲情していなければ勃起は持続しないってことか。」

話している間に親指ペニスは元気をなくし、元の姿に戻ろうとしていた。

「あっ、もったいない。」

保がまた親指ペニスを握った。意識して力を込めたのだろう、さっきよりも強い刺戟が神経を駆けめぐった。衰えかけていた親指ペニスがいっそう逞しく伸張したのが、見なくてもわかった。私が抗議するよりも早く、保が言った。

「勃ってるところを見せてくれよ。普通の男って、中学生の時とかに勃起するようになると、見せっこするって言うだろう？　俺もやってみたかったんだ。」

保は真顔で、悪ふざけを企んでいる風ではなかった。

「ちょっと力を弛めてくれない？」

私は頼んだ。刺戟に引きずられて欲望が起こりそうだったからである。保は握っているのではなく手を添えている程度に、力を抜いた。優しく添えられた手の感触は悪くなかった。欲望を昂まらせるほどではない、意識すまいと心がければ意識しないでいられる、慎ましやかな心地よさが親指ペニスに満ちる。性的な行為をしているのではなく、仲のいい友達と手を繋ぐといった類のスキンシップを行なっている感じである。

「俺のも触らないか？」

保に勧められるままに手を伸ばしたのは、私も保の言う男子中学生の気分になっていたからだ。頭の片隅には、普通女は男友達の性器をためらいもせずに触るだろうか、という疑問も浮かんだが、目下私のいる世界、保と春志と私の三人だけの世界では、このスキンシップはごく自然な行為としか思えなかった。

まず慎のペニスに手が触れた。小さくて先まで包皮に覆われた、成熟しきっていないようなペニスだった。このペニスは精液も尿も排出しない、勃起するだけの器官だという。

「その下だ。」

保は親指ペニスを握っていない方の手で私の手を取った。指先が、慎の上半身を内に収めた保のたっぷりした腹の肉の下深くにもぐり、すべすべした亀頭らしき物に触れた。指を動かすと、亀頭の中ほどで包皮に行き当たった。突起は三センチくらいで、ほとんど亀頭の部分しか体外に出ていないようだった。しかも、慎の体に圧迫されてか、歪んだ方向を向いている。

相互スキンシップが成り立つと、保は話し始めた。

「不思議なんだけどさ、こんな体に生まれたのを絶対人には知られたくないって思う一方で、仲よくなった友達なんかには見てほしい、知ってほしいっていう気持ちになるんだよ。俺のすべてを知ってほしい、理解してほしいという気持ちとは違うんだ。理解なんかしてもらえなくたっていいさ。自分でもなぜだかよくわからないけれど、隠し通すのがたまらなく嫌になるんだ。」

庸平も同じようなことを話していた。私は尋ねた。

「繁樹さんや庸平さんともこんな風に触り合った？」

「いや、あの人たちとは──」保は苦笑した。「あの人たちは大人って言うか、堅いじゃない？　何となく。」

「頭が？」

「そう、頭がね。いい人たちだし、好きだよ。だけど、対等にじゃれ合えない気がするんだ。」

「そうかも知れないわね。」

話しているところへ保の名を呼ぶ声がした。隣の部屋の露天風呂との境の岩壁の上に、浴衣姿の映子が立っていた。保は映子を仰いで大きく手を振った。映子は浴衣の裾を少し持ち上げて、歩きにくそうに下りて来た。

「ここにいたの？」保に言う。

「そうだよ。おまえはどこにいたんだ？」

「あなたを探してたんじゃないの。」

春志と私が裸なので、眼の遣り場に困って映子は足元を見つめている。

「探してたんなら早く見つけてくれよ。」

実はマゾヒストの気があるなどという評判も立ったが、普段の保の映子に対する態度は相変わらず悪い。

「こちらにお邪魔するなら、そう言っておいてくれればいいでしょう？」

「先に言うとおまえは止めるだろう？」

「だって迷惑じゃない。」

保は春志と私を振り返る。

「君たち、迷惑だった？」

「いいえ。」

春志と私は首を振った。保は親指を立てた拳を映子に向けて突き出した。映子は困った表情で私の顔を見る。彼女の気持ちを考えて、私は保に言った。

「悪いじゃないの、心配かけて。」

すると、保は立ち上がった。

「悪かったよ、映子。君を放っておいて、一人で風呂に入ったりして。さあ、おまえも一緒に入ろう。」

保は湯から地面に跳び上がると映子に抱きつき、湯の方に引っぱった。映子は足を踏みしめて叫んだ。

「何するの？」

「おまえを仲間はずれにして悪かったから、仲間に入れてやろうって言うんだよ。」

「やめてよ。」

振り払おうとした映子の背後にまわり、保は湯の方に押す。映子は笑っていない。嫌がっているのだ。私としては、映子は同性でもあるし、一緒に湯に漬かる仲間に加わってくれれば楽しいと思う。だが、顔を赤くしてもがき抵抗している姿を見ると、保を止めないわけには行かない。保の名を呼んだ。しかし耳に入らないらしく、保は映子の浴衣を摑んで引きずった。

結局、突き落とされた恰好で映子は湯に入って来た。浴衣を着たままである。むっつりした表情で肩まで湯に沈めている。保が映子の浴衣の肩口を引いた。

「脱げよ。」

「もう濡れちゃったんだから、着ていても同じことよ。」

「一人で体を隠してて恥しくないか?」

「恥しいに決まってるでしょう。」

「だったら脱げ。」

「あんたは私に恥をかかせたいんでしょう? それなら着させておけば?」

「聞いたかい? この強情さは何だと思う?」保は春志と私に言う。「想像できるだろう? こいつ、後で二人きりになったら俺をひっぱたくつもりだぜ。」

「今ひっぱたいてあげるわよ。」

映子の手が保の頬に飛んだ。保は真横にいたので、腕を振らないでまっすぐ横に突き出した掌を当てたかたちになり、冴えない音が響いた。大して痛そうではなかったが、保は打たれた箇所をさすった。

「掌打を見舞ったな。」

掌打とは格闘技用語だろうか。

映子は保を打つと、中腰になって浴衣を脱ぎ、地面に投げた。下着はつけていなかった。座り直した映子は照れを含んだ微笑を私に向けた。

「こんなガキとつき合って行くのはたいへんよ。」

「お察しするわ。」私は答えた。

「ひでえな。」ぼやきはしたが、保は楽しそうである。「さっき、一実さんの親指ペニスを見せてもらったんだよ。」

「そうなの。」映子は私に眼を向け、遠慮がちに言う。「私も見ていいかしら？」

私は頷いた。私の方は映子の裸体や性交場面をしょっちゅう見ているのだから、断わる法はない。映子は湯の底を覗き込んだ。私は、勃起の気配もなく平常形に収まっている親指ペニスを、映子の見やすい位置に差し出した。

誰でも珍しい物を見ると触ってみたくなるのだろうか。映子もまた、親指ペニスに手を触れたのである。映子の手が伸びた時、私はまさか触られるとは考えていなかったので、彼女は私の足元に手をついて親指ペニスを真上から眺めようとするのだろうと思い、よけようとしなかった。ところが、その手が親指ペニスを撫でたものだから、私は縮み上がった。私の足先が膨張し始めたのは言うまでもない。

映子は驚かなかった。驚くどころか、「あら」と声を洩らすと笑い出し、勃起し始めた親指ペニスをあやすように何往復か撫でたのであった。私は足を引いたが、狭い風呂に四人も入っているため、映子の手が届かない所まで足を動かすことができなかった。大いに焦って、春志の肩に手をつき腰を浮かせた。だがすでに遅く、親指ペニスは快感に痺れながら大きくなって行く。力の抜けた私を春志が腕で支える。

「私、悪いことをしたのかしら？」

映子が不思議そうに訊いた。この人も無邪気な人らしい。保が教える。

「親指ペニスは感じやすいんだってさ。」

「別に恥しいことじゃないわよね？」

「俺にもあんなのが生えて来ないかなあ。」

保と映子の暢気な会話に苛立ちながら、私は撫でまわされて覚えた快感を必死で忘れようとしていた。しかし、忘れようとすればするほど快感の余韻に意識が集中した。たまらず春志の肩にしがみつき、言った。

「もう出ましょうよ。」

「うん。」

春志の腕に縋って立ち上がった。その時、保の眼が輝いた。

「いいことを考えたぞ。」

保も立って、私と春志を押して風呂の端に座らせ、いきなり私の右足頸を持つと、自分は私たちに背を向けて私の右足を腿の付根に挟み込んだ。勃起した親指ペニスだけが、保の体の前方に突き出たかたちである。保ははしゃいだ。

「一実さんと俺が合体すると具合がいいじゃないか？」

「よしなさいよ、保。」映子の声である。

つき合いきれない、と感じた私は一本足で立ち上がり、保の肩を叩いた。

「人を玩具にしないでよ。」

保の腿の間から右足を引き抜こうとした。途端に頭がくらくらとし、眼の前が薄暗くなった。

長い時間湯に浸っていてのぼせ気味であった上に、親指ペニスに血液が集中したので、貧血を起こしたらしい。保の肩から手が滑った。異変を悟った保が私の右足を解放した。私は立ち直ろうとした。けれども、顔から急激に血が引いて足元がふらつき、そのまま気を失って倒れてしまった——。

保はふざけていたかと思うと真面目になり、真面目かと思うと突拍子もなくふざけ出す。いちいちつき合っていると振りまわされてくたびれる。私が貧血で失神した翌日はばつが悪そうな顔をして、詫びのつもりか彼の宝物の携帯用コンピューター・ゲームを貸してくれたが、私が怒っていないのを知るとすぐに、「君が失神している間に親指ペニスを満足させてあげたよ」と嘘をついてからかった。本気にした私がどぎまぎすると笑う。「今度、本当に俺と合体して、映子を歓ばせてやってくれよ」などとも言った。

映子は心配そうに私に尋ねて来た。

「保のこと、嫌い？」

「嫌いじゃないわ。私、顔を見るのも嫌になるほど人を嫌ったことってないのよ。」

「そうでしょうね。保はその人のよさにつけ込んで甘えるのよ。」

私は笑わずにいられなかった。

「だったら、保君にいちばんつけ込まれてるのはあなたじゃない。」

映子も相当に変わった人だと私は思う。一見平凡な人間のようだが、充分に気が強いし度胸もいい。保よりは常識をわきまえている風だが、彼女自身にもどこか常識を顧慮しない部分がある。ややこしい性格の保の相手を務め、私が保を嫌ってはいないかといったことまで気にして訊きに来るところなど、微笑ましい限りである。容貌もまた、平凡なようでいてじっくり眺めれば、眼尻の切れ上がり具合とか唇の形とかなかなか粋であることに、先日の入浴中気がついた。

保は映子が私に彼を嫌いかと尋ねたのを知らない。保は保で、ある日バスの中で唐突に私に質問した。

「ねえ、〈フラワー・ショー〉の中で誰がいちばん好き?」

期待する答でもあるのだろうか。なぜそんなことを考えなければならないのか、と思い曖昧に答える。

「別に——みんな同じだけれど。」

私の答を聞くと、保は頭を振った。

「つまらない人だなあ。」

「そうなのよ。」

保の真似をしてへらへら笑っておいた。

ともかくも旅は楽しく続き、九州地区をまわって東上し箱根を再訪した時には九月になっていた。

今朝、眠りから覚めてベッドを下りようと毛布をめくったら、春志のペニスがトランクスの下で勃ち上がっているのが眼に入った。私は動作を中断した。春志はまだ寝息をたてている。触れもしないのにひとりでに勃起した春志のペニスを見るのは初めてだった。オフ・ホワイトのカーテンの織目から侵入して来たはっきりしない光の下で、春志の健康の印が幻のように映った。

旅に出て以来一度も春志と性行為をしていない、と気づいたのは九州で保と一緒に入浴した夜である。あの晩から何日もたっているが、依然として性行為をしていない状態が続いていた。例の晩は私が貧血を起こしたために性行為どころではなかったし、翌日から数日間春志は電話で依頼された作曲の仕事をかたづけるのに忙しく、私たちはまた性行為のことを忘れてしまったのである。春志が自然勃起をするのも無理はないかも知れなかった。

二十日以上も性行為から遠ざかっていても、私は特に切羽詰まった欲求は感じていなかった。春志はいつもそばにいるし、性行為をしなくても毎日が楽しい。春志にしても、今日まで一度も性行為をしかけて来ないで平気でいたのだから、切羽詰まった欲求をかかえているとは考えられない。ただ、男なのでそろそろ精液を排出すべき時期に差しかかったのだろう。

切羽詰まった欲求は感じていないけれども、近頃性行為をしていないと気づくと性行為が懐しくなる。決して嫌いではないのだから、ちょっとやってみようかという気になる。その気が起きたところで実行しなければまた忘れてしまう。忘れたって不都合はないのだが、あまり長い間忘れっ放しでいるのももったいない等と考えているうちに、だんだん欲求が湧いて来た。

春志の股間に手を伸ばしかけた。だが、ふと以前眠っている間に親指ペニスをチサトに弄ばれ非常に不愉快だったことを思い出した。春志は眠っている時に私に手を出されても別に怒りはしないだろうと思う。しかし、チサトと同じ行為をするのは抵抗がある。私は伸ばしかけた手を引っ込めた。春志は何も知らずに眠っている。起こそうかとも考えるが、よく眠っているのに起こすのは気の毒である。

眠っている者の性器を勝手に使うと準強姦になるそうだが、手ならかまわないだろうか、と思いついて、投げ出された春志の手に手を重ねてみる。しかし、私の手が触れてもぴくりとも動かず無防備に投げ出されたままの春志の手が無垢で痛々しく感じられ、手を離す。春志の足と私の顔という組み合わせの接触ならば、眠っている春志が痛ましいこともないだろうか、とまた思いつき、ベッドの端に移動して春志の足の裏に頬を寄せてみる。今度は痛ましさは感じなかったが、行為が妙な分、いやらしさがいっそう強く感じられ、やはり眠っている者に一方的に性的なことをしかけるのは猥褻だ、という結論に行き着いた。

春志が眼を覚ますのを待つしかない。私はベッドの上に座り直した。春志のペニスは相変わらず天井を差していた。周期的な生理現象とは言え、勃起するからには性的な夢を見るとか、何らかの刺戟要因があるのだろうか。私の親指ペニスは精液を分泌しないので男のペニスのメカニズムはわからない。性的な夢を見て勃起するのだとすれば、春志は今どんな夢を見ているのだろうか。夢の中で快感を覚えているだろうか。

春志が夢の中で覚えているかも知れない快感を想像していた私は、無意識のうちに私自身のペニスを握っていた。親指ペニスの握り心地と記憶にある春志のペニスの握り心地が同時に手に伝わって来た。そして湧き起こったのは、親指ペニスと春志のペニスを同時に愉しませたいという欲望だった。この時、私の頭の中では親指ペニスと春志のペニスは一体だった。だから、湧き起こった欲望を満たすにはただ親指ペニスをこすればよかった。

さっき性行為をしたいと思った時に私が抱いたのは、普通の女としての欲望、つまりヴァギナの欲望であったはずだ。それがいつの間にか、親指ペニスの欲望にすり替わっている。考えてみれば奇怪なことだが、どうせ私は奇怪な女なのだから細かいことにこだわる必要はない。ベッドを下りてバス・ルームに入った。親指ペニスをこすってベッドを軋ませると春志の眠りを破ってしまうからである。

親指ペニスは快楽を予感してすでに勃起しかけていた。私は洋式便器の蓋に腰を下ろし、親指ペニスを握り締めた。胸をときめかせる快感が走った。後は機械的に手を上下に動かして快楽に身を任せればよい——と思っていたのだが、意外なことが起こった。親指ペニスが本格的に膨張し始めた時、九州の露天風呂での一件が甘い疼きを伴って甦って来たのである。しかも、甦った記憶の中心に浮かんだのは映子による親指ペニスへの愛撫だった。

戸惑ったものの私は手を休めなかった。戸惑いよりも快楽への欲求の方が強かった。快感が昂まり行く中でぼんやりと、あの時の映子の愛撫は確かに快かった、今感じているのと同じくらい快かった、と思い、映子の女らしい華奢な手のイメージを瞼に描く。続いて、その映子の手が男根型バイブレーターを摑み保の頭を打った情景、露天風呂での保の顔を叩いた情景、さらに〈フラワー・ショー〉のパフォーマンスで慎のペニスを包む情景等が次々と思い出され、快感はいちだんと強くなった。なぜこんなことを思い出しているのだろう、と訝しんだ時にはもう止められなくなっていた。ほどなく私は頂点に昇り詰めた。

ひょっとすると今のはひどく倒錯的なマスターベーションだったのではないか、という疑問がよぎったのは、昂奮が収まった後だった。醒めてみると同性の手など思い浮かべることで快楽を得たのが信じられなかった。九州での一夜の記憶が甦ったのは、それがたまたま親指ペニスに刺戟を受けた体験としてはいちばん最近のものだったからだろう。映子による親指ペニスの愛撫が中心に浮かんだのも、たまたま保による刺戟よりも映子による刺戟の方が強烈だったから、と考えれば不思議ではない。しかし、九州での出来事を追体験するだけではすませられず、映子の手の登場するさまざまな情景をマスターベーションの燃料にしてしまったことについては、弁明が成り立たない。

私には同性愛の素質はなかったはずだ。それなのに、どうして同性の手に快楽のイメージを託したのだろう。映子の姿を思い浮かべてみる。映子の裸体も見馴れているから思い浮かべるのはたやすい。けれども、淡々とした印象しかない。安心した。私は決して映子に性的関心を抱いてはいないのだ。ところが、映子の手を思い浮かべてみたら、たちまち胸と右足の先に酔心地が甦った。私は映子の手に欲情するのだろうか。これではまるで同性愛フェティシストではないか。

今しがたのマスターベーションの快さははっきりと憶えている。たぶん、もう一度映子の手をイメージしながらマスターベーションを行なうと、完全に癖になるだろう。変態になりたくなければ、九州での映子の手の感触を忘れるまでマスターベーションをしないことだ。そう思う一方で、別の考えも生まれた。だが今しがたの快楽をまた味わえるならば、変態になってもかまわないのではないか――。

思わず私は再び親指ペニスに手を伸ばすところだった。が、部屋の方から聞こえた物音が私を我に返らせた。そうだ、私には春志がいたのだ。春志がいるのだから今さら変態になるわけには行かないし、そもそもマスターベーションなどしなくてもいいのだ。春志を思い浮かべないでマスターベーションをしたことで、彼に対して不貞を働いたようなうしろめたい気持ちも起こった。春志の胸に飛び込まなくては、と思い立ち、私は便器から立ち上がった。

部屋に踏み出して、私は気をそがれた。先ほど眠ったままペニスを勃起させていた春志は、眼を覚ましてベッドを揺らせながら一心にマスターベーションを行なっていたのである。

眼が覚めて寝返りを打ったら勃起していることに気がついたからマスターベーションを始めた、と春志は言った。朝勃起するなんて久しぶりだな、と思った以外には何も考えず即座にペニスに手をやったのだ、と。性行為がしたいとは思わなかった、ただペニスを満足させたかった、だから私に声をかけることは考えつかなかったのだそうだ。

春志がマスターベーションをしている場面を目前にした私は、うしろめたい気持ちを引きずっていたために、さっき私がバス・ルームで不貞なマスターベーションを行なったことを春志が千里眼で見抜いて彼も同様の行為に及んだのではないか、と想像してしまった。すぐに、そんなことはあり得ない、と思い直したのだが、今度は何とことばをかければいいのか迷った。しかたなく、「おはよう」と呼びかけた。すると春志は、右手を動かしながらあいている左手を私に差し延べた。私は春志の左腕に肩を抱かれ、彼のペニスの先から白い精液が溢れ出すのを眺めることになった。

マスターベーションが終わると、春志は私に抱きついた。春志にとって、マスターベーションへの衝動と他人との性行為への衝動は全く別のものであるらしかった。私もマスターベーションをすませたばかりだったが、春志と抱き合うと新たな欲望が生まれ出した。性欲を満たしたいという欲望ではなく、春志と接吻したい、春志と愛撫を交わしたい、春志と全身で仲よくしたい、という欲望である。映子の手などはもう思い浮かばなかった。春志と久々に性器を合わせ、私は深い歓びに達した。

久々の性行為は感動も体への刺戟も強い。日の暮れる頃、私は出血を見た。月経予定日もさほど先ではなかったから異常なことでもないのだろうが、午前中の性行為が出血を招いたと思えてならなかった。春志と一緒に薬局へ生理用品を買いに出かけホテルに戻って来ると、興行先に出発する時刻になっていたので、生理用品の入ったビニール袋を提げて駐車場に直行した。

今日は〈フラワー・ショー〉の今回の興行日程の最終日である。明日ホテルをチェック・アウトして東京に帰ると、一週間の休みに入る。毎回最終日には、保と幸江の絡むパフォーマンスが行なわれる慣例になっている。もちろん私が見るのは初めてである。ショーの時刻が迫るにつれ、私の思いは乱れた。慎のペニスが幸江のヴァギナの中の歯によって傷つけられるところを見るのは怖い。だが、保の人間性には興味を惹かれているので、その際保がどんな感情を顕わすか知りたい。落ちつかない気分が続いていた。

メンバーたちはバスの外で涼んでいた。繁樹と庸平の姿はまだ見えない。保は珍しくおとなしく、しゃがんで花火をしている。亜衣子と並んで花火を見下ろす映子の横顔が眼に入った。今朝のマスターベーションを思い出すと、きまりが悪い。映子の顔を見るのは平気だが、手を見るとどぎまぎするかも知れなかった。

亜衣子が私の提げたビニール袋に眼を止めた。

「あ、生理？」

生理用品は紙袋に包装されているのだが、形と嵩から女には中味がわかってしまう。私が頷くと、亜衣子と映子はさっと一歩退いた。

「寄って来ないでね、うつるから。」

女子高校生がよく行なうゲームである。月経中の女と一緒にスポーツをやったり過度にじゃれ合うと、月経の予定日を迎えていない者まで出血が始まることがあるので、誰かが月経になったと聞くとそうでない者たちが冗談に仲間はずれにするのだ。私は笑って言った。

「どうせ、あなたたちも明日あたりから始まるんでしょう？」

〈フラワー・ショー〉の興行日程は亜衣子と映子の生理周期を考慮して組んであることを、私は知っている。どうしてもうまくスケジュールが組めなかった月は、二人は薬で月経を遅らせるが、たいていは二人の月経予定日から一週間の休みが始まるように調整されているはずである。また、この休みは慎のペニスの傷を治す期間でもある。

「あら、知ってたの。」亜衣子も笑った。「でも、私は今夜はまだ生理になるわけには行かないのよ。映子は今日は出演しないから、いいんだけど。」

「どっちにしても、隣に立ったくらいじゃうつらないでしょう？」

「あれは、どうしてうつるの？」映子が尋ねる。

「汗の匂いでうつるって聞いたけど。」

突然政美が走り寄って来て、私を抱きすくめた。

「あたしにうつして。あたしならかまわないのよ、うつされても。」

私は叫び声を上げ、ビニール袋を地面に落とした。政美は私に腕を絡めたまま言った。

「いいわねえ、その声。あなた、小学生の頃、男の子に水をかけられたり髪を引っぱられたりして、さんざんかまわれたでしょう？　男心をそそる声よ、それは。羨ましいわ。」

政美についてはまだよくわからない。常に賑やかな人ではある。けれども、女の方が蚊に喰われやすいとか、体を冷やしやすいとか、月経がうつるとか、女同士でなければ通じにくい話題を耳に挟む時、政美はいったいどんな気持ちになるのだろうと思う。もしも見かけ通り政美が女になりたくて性転換したのだとしたら、そうした会話を耳にすると、自分が生まれつきの女ではないことを思い知らされて辛くなるのではあるまいか。

私は政美に尋ねた。

「女になんか抱きついて愉しいんですか？」

やや間を置いて、政美は体を離した。

「そりゃあ男の方がいいわよ。」

言うなり、政美は春志を抱き締めた。春志は「あ?」と毛ほども緊張感のない声を洩らした。保が大声で笑った。

繁樹と庸平が連れ立って現われた。メンバーたちはバスに乗り込み始めた。私は地面に落としたビニール袋を拾い上げた。上体を起こすと、政美が私の耳に囁いた。

「あたし、本当は男好《ず》きじゃないのよ。」

訊き返そうとしたが、政美はさっさとバスに向かって歩いて行った。男が好きなのでなければ何が好きなのか。何も好きではないのか。なぜ去勢までして女を装っているのか。それらの疑問は持ち越さなければならなかった。

バスで乗りつけた先は、大学の合宿や会社の研修旅行で利用されるような、質素な外観のホテルだった。二階建ての棟に挟まれた敷地内に停めたバスを降りると、繁樹は迷う様子で周囲を見まわした。今日の興行主は新顔で、やって来たホテルも初めて使う所なので、勝手がわからないのだそうだ。佇んでいると、右側の建物から三十歳前後の痩せた男が出て来た。

色白の肌が妙になめらかで顎と鼻の下に針金のような髭が一二ミリ生え出したその男は、ポリエステル混合の白いシャツにノータックの茶色のズボンというおよそ今風ではない服装のせいもあって、どこか浮世離れした印象であった。自分は人間開発セミナーを主催しており、今日はセミナーの教材となっていただくためにあなたがたをお呼びした、パフォーマンスの合間に受講者たちに向かって講義をするがお気になさらずいつもと同様のショーを見せてほしい、といったことを喋る。

男に案内されて建物に入り廊下を進む途中、春志が尋ねた。

「人間開発セミナーって何？」

私は新聞や雑誌で得た知識を伝えた。

「人が自分の殻の中に封じ込めている本来の素質を、殻を打ち破って発揮できるように手助けする、心のトレーニング・センターみたいなものじゃなかったかしら。」

「殻って何？」

「自分で自分に嵌めている枷じゃないの？」

「どうして自分で自分に枷なんか嵌めるの？」

「さあ、知らないわ。」

変態になるまいとして自らマスターベーションを禁じるようなことを、自分で自分に枷を嵌める行為と呼ぶのかも知れない、と今の私は想像する。

亜衣子が近づいて来て小声で話しかけた。

「案内してるあの人、宗教カルト関係者っぽくない？　あの眼、この世を見ていないわよ。」

「でも、人間開発セミナーは宗教とは関係がないって読んだけど。」

「近頃はいかがわしいセミナーも出て来たって話よ。あの人のシャツの胸に名札がついてたけど、ヒジリヌマタケシって書いてあったわ。」

扉の一つを開いて中に入るように促す案内人の胸元を見ると、本当に「聖沼たけし」と記されていた。扉の内側は舞台の袖に当たる小部屋風のスペースになっていた。舞台には小さな階段を使って上がって行く仕掛けである。舞台の正面側に大勢の人の気配がするが、伸び上がらなければ見えない。私が手を上げたら順次出て来てください、と言い残して案内人は扉を閉める。パイプ椅子に座って待っているとノックがあり、二人の若い女がポットと茶器を持って入って来る。地味なOL風の身なりだが、胸の名札にはそれぞれ「聖谷かおる」「聖沢ゆかり」と書き込まれている。

私はシンセサイザーをセットするために舞台に上がった。眼の端に、三十人ほどの男女がかしこまった面持ちでパイプ椅子に腰かけ舞台を見上げているのが映った。壁際にも十名ほどの男女が立っている。落ちついた態度の彼等の胸元には名札が光っているようだ。やはり「聖河」とか「聖海」とか、「聖」シリーズの名前なのだろうか。脂汗の滲み出しそうな雰囲気である。控えスペース寄りの壁にコンセントを見つけ、できるだけ演奏位置が客席から遠くなるようにスタンドと椅子を配置する。

春志を椅子に座らせて控のスペースに戻ると、庸平が話していた。

「俺たち生贄にされるんじゃないか?」

保がズボンのファスナーを下げた。

「今宵の生贄は慎の血。」私を見てつけ加える。「一実さんも今日は血を流しているんだね。祭壇に供えてやるかい?　慎の血と混ぜて。」

「あなたの血となら混ぜてもいいわ。」

私は何気なく冗談を返したのだった。ところが保は眼を見開いて私を凝視した。

「そうだよなあ、俺は血を流さないもんなあ。」

保の眼は座っていた。片手にビールの缶が握られているのに気づいたのも、その時だった。保はいつもに増して粘っこい発声で、呪文を唱えるように続けた。

「だけど、栄養を摂取して慎の分まで血を製造してやっているのは俺だ。」ひときわ声を高める。「聞いてるか、慎。おまえは俺の血を盗んでるんだから、俺に文句は言えないんだぞ。」

保の気を鎮める方法など見当もつかなかったが、私は彼に歩み寄ろうとした。だが、後ろから誰かに腕を引かれた。振り返ると映子が低い声で耳打ちした。

「かまわない方がいいわ。慎に怪我をさせる日はいつもこうなのよ。」

不意に客席の灯が消えた。舞台だけが煌々と照らし出される。舞台の前に「聖沼たけし」と覚しい人影が走り出て来て、ワイヤレス・マイクで口上を述べ始めた。

「皆さん、いよいよセミナーの最後の晩を迎えました。東京で四日間、この箱根でも四日間、合計八日間のセッションを行なって来て、皆さんは受講前の自分とは違った新しい自分を今感じているはずです。今夜これから始まるショーは新しいあなたたちへのプレゼントであり、あなたたちが自分がどんな風に変わったか確認するための試金石であり、セッションの総仕上げなのです。」

政美が呟く。

「いつもと随分違うわね。助平ムードがないわ。」

事実、「聖沼たけし」の喋りかたはまるで殺菌されたように清潔だった。

「新しくなったあなたたちは、今夜のショーを見てももはや動揺しなくなっているはずです。動揺するどころか、繰り広げられる光景を冷静に分析し、これまであなたたちをあれほど捉え悩ませていたセックスなるものの正体がいったい何であったか、改めて思い知ることになるでしょう。」

聖沼が喋っている間に、舞台中央に蒲団が運び込まれた。最初に出演する繁樹はシャツの釦をはずし始めたが、顔にはあきらかに当惑の色が浮かんでいる。亜衣子が繁樹の手を取って両の掌で包んだ。繁樹は微笑んだ後、表情を引き締める。マイクの声がやんだ。聖沼の手が私たちのいる舞台上手に向かって振られた。繁樹は立ち上がった。

繁樹と亜衣子の演技の間中、客席は静まり返っていてどよめき一つ起きなかった。春志も普段の興行との雰囲気の違いを感じ取って、クラシック系の曲を静かに弾き通した。舞台の前に立っている聖沼の顔つきが、袖からはよく見えた。いかにも不熱心に舞台の上の演技と客席の様子を交互に眺めていた聖沼は、亜衣子の全身が発疹に彩られると、二人が引っ込まないうちにマイクを口元に運んで講釈し始めた。

「いかがでしたか？　あなたたちにはもう言うまでもありませんね。八日間のセッションを通してわれわれが学んで来たのは、セックスとは強者が弱者に加える暴力であり、弱者が強者に与える侮蔑であり、二人の人間の実に隠微なかたちでの闘いであるということ、そしてそれは愛情を抱き合っている二人の間においても変わりはないということでした。今われわれの見たセックスに、そのことがはっきりと顕われていたと思います。」

引き上げて来た繁樹と亜衣子は、足を止め聖沼の方を振り返った。

「男性には素晴らしい性器が備わっていました。この性器によってもたらされる快楽は、セックスという暴力によってもたらされる苦痛を遥かに上まわり、セックスが暴力であることを忘れさせるほどのものだろう、と思わせます。女性の方は男性の性器を受け入れ、確かに局部的には強い快楽を得たかも知れません。しかし、彼女の敏感な肌は、男性によるくちづけや愛撫を暴力として受け止めました。その証拠が赤い発疹として顕われたのです。」

「何だ？」繁樹は首をかしげた。

聖沼の話は続く。

「男性が女性にどれだけの快楽を与えようとも、彼の加える暴力の罪深さを償うことはできません。もちろん、快楽を味わわせてやっているのだから俺の行為は暴力ではない、と言うこともできません。女性の発疹反応によって、彼は自分のやった行為の罪深さをごまかしようもなく思い知らされるのです。そして女性の方は、男性に発疹を示すことで彼の欺瞞を侮蔑しているのです。われわれの多くは、特別な性器を持った男でもないし、特別な体質に生まれた女でもありませんが、かたちとしては見えにくくとも、先ほどの一組の男女と同じセックスをしているのです。いったい、こんな闘いが愛の名に価するでしょうか？　もしわれわれが本当に愛し合っているのなら、どうしてセックスなど行なえるでしょうか？」

〈フラワー・ショー〉のメンバーは全員唖然としている。

「無茶苦茶なこじつけだな。」繁樹が呟く。

「セックスを排する宗教かな。」庸平が言う。

「面白いじゃないの。」政美はほがらかである。「あたしたちの時にはどんなことを言うのかしら？」

庸平と政美の演技につけられた講釈は次のようなものだった。

「われわれはおぞましいセックスを行なって来たために病んでいます。ただ今の舞台に登場した人工の女性は、自分の果てしない性欲と暴力性から逃がれたくて苦悩する男性と、セックスを放棄しようとしてしきれない女性の、二つのモデルを同時に表わしています。男性の方は、性欲と暴力の連帯の輪から脱け出そうとする裏切者の男や、セックスを放棄したいと望む反逆者の女を捕え、威かして既成の秩序の中に引き戻そうとする者です。けれども秩序の側に立つ男性もまた病に冒されているので、セックスのクライマックスで正常な姿を保つことができないのです。」

「俺、そんなにひどい男かよ。」庸平はぼやいた。

「さて、われわれは八日間のセッションを重ねて、セックスの実相に迫り、いかにわれわれの属する秩序が病んでいるか知りました。今後われわれはどうすればいいのでしょうか？」聖沼は芝居がかった間を置く。「既成の秩序から脱け出して、新しい秩序をつくるしかないではありませんか。セックスから解放されるための新しい秩序です。われわれが夢見る新しい秩序とはどんなものか？　今からヒントをお見せしましょう！」

　聖沼が手を上げ合図を送ってよこした。ところが、出て行くべき幸江は退屈の余り居眠りをしていた。亜衣子が肩を揺すった。眼をあけた幸江は、キュウリと鑢と風船とチューブを小脇に、慌てて舞台に駆け上がった。

　一般の興行では笑いを呼ぶ幸江のパフォーマンスも、今夜の見物人たちには全く受けなかった。幸江が歯形のついたキュウリを投げても反応はなく、キュウリが床に落ちた音が響いただけだった。

「繁樹、連中の顔つきを見たか？」庸平が言った。「この世の住人じゃないぜ。」

　繁樹は浮かない表情で「ああ」と答えた。

保はずっと黙って俯いていた。メンバーの会話や聖沼の講釈も耳に入っていない風である。膝の上で弄ばれていた空のビール缶は今や握り潰されている。彼はちょっと突つけば爆発しかねないほど緊張を昂めていた。映子はそんな保を見るのが辛いのか、離れた所に座りやはり俯いている。

　舞台で風船の破裂音がたつと、保は釦を弾き飛ばさんばかりの勢いで服を脱ぎ捨てた。青ざめた顔で慎のペニスを握り締め、ゆっくりと舞台への階段を上る。映子は椅子を立ち、舞台の近くに移動する。

　保と幸江が愛撫を交わしている間は相変わらずどんよりとしていた客席の空気も、保がペニスを幸江に挿入するとわかった時にはかすかに揺れ動いた。慎のペニスをこすりたてながら保は、立てた両脚を大きく開いた幸江に向かって体を傾ける。だが、勃起力の弱い慎のペニスは今日も不調で、いざ挿入しようとして手による刺戟をやめるとしおれてしまう。保は何度も体を起こしてやり直す。そして、苛立った保は慎のペニスを殴りつけ始める。いつもながら嫌な音が響く。

何とか挿入に成功した後の保の動きは激しかった。ヴァギナの内部で起きていることは見えないが、保の体と幸江の体がぶつかる肉の音が耳を刺し、私の脈搏も速まった。保は狂ったように腰を振る。一般的な性交ではおそらく行なわれないと思える、無理な捻りも加わる。双生児の弟のペニスをずたずたに抉るための行為だからである。保の背中一面に輝く汗が透明な血に見えた。保は血塗れだった。そう思った刹那、私は私の下腹部から経血が滴り落ちるのを感じた。また貧血を起こしそうだった。

保がペニスを引き抜いた。客席から呻くような声が湧いた。聖沼がここぞとばかりに叫んだ。

「去勢！　去勢です。去勢を行なえばわれわれはセックスから解放されるのです。男も女もです。彼の勇気を見習いましょう。性器になど何の価値もありません。男は性器を切り落とし、女は性器を縫い塞ぐのです。いえ、意識の上だけでいいのです。われわれはセックスをやめましょう。子孫を残す必要もありません。それでは人類が滅びる？　いいえ、生殖は俗人たちに任せておけばいいのです！」

保が荒々しい足どりで戻って来た。慎のペニスは血だらけだったが、なぜか勃起したままだった。保は険しい表情で吐き捨てた。

「去勢すればセックスから解放されるって？　冗談じゃない。俺は生まれつき去勢されてるけど、セックスしたくってたまらないぞ。」

　保の燃えるような眼が映子を捉えた。

「舐めろ。」

　有無を言わせぬ口調だった。たじろぐ映子に向かって、ことばが重ねられる。

「舐めろ。やってくれよ。」

　映子は唇を震わせる。

「でも、それはあなたのペニスじゃないわ。」

「俺のだよ。俺のペニスとどこが違うんだ？」

「あなたが気持ちよくなるわけじゃないでしょう？」

「なるさ。気持ちよくなるさ。他人にはわからないだろうけど、このペニスで俺は感じるんだ。本当は下についているみっともないペニスが慎の物で、こいつは俺の物なんだよ。」

「どうしてそんな嘘を――」

「黙れ！　舐めるのか舐めないのか、はっきりしろ。」

　保は映子を壁際に突き飛ばした。突き飛ばされた映子の体がぶつかって、私はふらついた。体勢を戻したところへ保が突進して来て、私は二度ふらついた。周囲が視野に入らなくなっているらしい保は、私を押しのけ映子の前に立ちはだかった。私は保の無礼よりも映子が心配で、壁際に眼を遣った。映子は私の腰のあたりを見つめていた。視線を落とすと、私のスカートにべっとりと慎のペニスの血がついていた。

映子は私に眼で謝ると、腰を落とし保の下腹部に顔を寄せた。私は見ていられなくて、そばにあった椅子に座り込んだ。私の様子を見て、亜衣子は舞台に残っている春志を連れ戻しに行った。私が迎えに行かなかったのを不審がった春志が、私の肩に手を載せても私は春志にもたれることしかできなかった。

私は考えていた。慎の血はどんな味を映子の舌に伝えるのだろう。スカートについた血を舐めればわかる、と気づいたのは、立ち上がった映子の手と唇が赤く染まっているのを眼にした時だった。

解説　親指ペニスの哀しみ

内藤千珠子

松浦理英子の小説を読むと、幸福な切なさを感じずにはいられない。幸せなようであって、しかし同時によるべなさにおそわれるような、矛盾した、とてもアンビバレントな感触である。きっとそれは、小説を読み終えたとき、私たちが何となくあたりまえのものとして受けとめていた世界が全く違った姿を現して、困惑しながら、新しい自分と向き合わなければならなくなるからなのだと思う。

『親指Pの修業時代』は、女友達の遙子を失った一実という女性が、親指ペニスという贈り物を授けられたところからはじまる物語である。自殺した親友の四十九日の翌日、右足の親指がペニスになっているという夢から覚めると、一実の右足の親指は、本当にペニスそっくりになっている。この親指ペニスを、一実は遙子の死と結びつけて、呪われているような気分にとらわれてしまう。もう決して会えない友達と、呪いにも、あの世からのメッセージにもみえる親指ペニス。失うことと、与えられることとが、物語のはじまりを刻んでいる。

物語の語り手は、親指ペニスをもった一実である。けれど、その物語世界の外側には、一実が最初に親指ペニスのことを打ち明ける小説家のMがいて、一実の語った物語をMが小説として書いたという枠組みになっている。すこし鈍感だが無垢な受容性をもっている、とMに観察された一実は、特権的な語り手にはならず、小説内には複数のものの見方が交錯する。

では、語り手の「私」(一実)は、親指ペニスを与えられたことによって、何を体験し、どう変化したのだろうか。

遙子がいつでも厳しいほどに人を選ぶ基準や自分の意志を大切にしていたのに対して、「私」の他者への好意は受動的だった。だから「私」は、特別な親しさを求めてくる相手に、この人は自分のことをそれほど好きではないのだ、という、寂しい痛みを与えてしまう。

そんな「私」に、親指ペニスができることで、大きな変化が訪れる。自分を「正常で健康な女」だと思っていたのに、親指ペニスによって、「男だか女だかわからない」、「奇怪な女」になってしまったからである。親指ペニスは、「私」を標準的な女性から、一般的な基準を外れたマイノリティへと変化させる。そのことによって、世の中の決まりごとを素直に受容する、という受動性は、ゆらがずにはいないのだ。

それまでつきあっていた恋人の正夫の男根中心主義的な発想の苦々しさに気がつくのも、「私」の感じ方の変化によるものだ。正夫と別れた「私」は、盲目の少年・春志に、急速に惹かれてゆく。春志に出会った「私」は、相手にとって特別でありたい、という願いを抱くことになる。それは、唯一無二の存在と巡りあえた至福の状態でもあるけれど、「私」ははじめて、選ぶことを知ってしまった恐怖に追いつめられる。それほど特別で大切な存在を、もし失うことになってしまったら？　親指ペニスは、「私」に幸福と不幸とを同時に教えるのである。

だが、春志はかつての「私」がそうであったように、誰とでも仲よくなり、唯一の特別さを選択しない、受動性をもった少年だった。「私」は性的に特殊な事情をもつ人々が、それを見せ物として興行する〈フラワー・ショー〉に関わるが、興行中、春志の受け身の性質によってすれちがいが生まれ、別れることになってしまう。春志との別れや、〈フラワー・ショー〉で出会った映子との関わりを通じて、「私」の考え方はどんどん変わってゆく。

春志によって、特別であることの喜びを知った「私」は、同性である映子との関係によって、性をめぐる全く新しい体験をする。それまでの自分が、一般的に流通している性のイメージに頼り、それを真似したりなぞるようにして性行為をしてきただけだった、と気づくのである。イメージから解放され、「感受性が裸」となった「私」は、そのときはじめて自分の欲望と向き合うことになるのだ。だが、相手の映子には、映子の想像する恋愛イメージがある。だから、「私」と映子は、触れ合いや性行為を通して、ぴたりと一致することは決してできない。「私」の考え方や感じ方の変質は、ものの見方がより豊かになったという幸福と、だからこそこれまで見ないですませてきたものが見えてしまうという絶望的な感覚とを同時に引き起こす。

こうした過程で、遙子の記憶が「私」の頭をよぎる。世の中にはびこる「恋愛」を「仮想恋愛」「擬似恋愛」とみなして、遙子はそれを事業に転化させた。「私」もその仕事を手伝っていたけれども、かつての「私」こそ、「仮想恋愛」の幸福に酔っていただけなのではないか、そして、もしかしたら、遙子は性愛の対象として、「私」を好きだったのではないか、と。その発見は、胸をしめつけるような後悔ととりかえしのつかない現実として、「私」に迫ってくる。

さらに、映子と「私」の恋には、保や春志など、男たちが関わって、濃密な関係性がもつれあう。性的な特別さをめぐって揺れ惑う登場人物たちのつながりは、世の中で一般化された、わかりやすい恋の争いにはならず、排除の力が働かない、固有の恋愛関係として描かれている。

このような固有の恋愛関係が描かれるストーリーを追いながら、読者である私たちもまた、自分の恋愛をめぐって新しい見方をしなくてはならなくなる。もしかすると私の恋愛は、一般的なイメージをなぞった仮想恋愛みたいなものなのかもしれない、と。

だからといって、この小説のなかでは、仮想恋愛と本物の恋愛の間に境界線は引かれないし、本物の恋愛のモデルが示されることはない。そして、逆に、擬似的だったり仮想だったりするのだとしても、恋愛感情それ自体が否定されるわけでもない。この小説を読んだ読者は、恋愛や性をめぐるあたりまえの感じ方を喪失させられ、新しいきっかけを与えられてしまうのだ。


さて、主旋律を奏でる一実の性愛をめぐるストーリーに加えて、この小説にはいくつもの魅惑的な補助線が引かれている。なかでもとくに心惹かれるのが、遙子の存在と繊細な対関係を結ぶかにみえる、〈フラワー・ショー〉の政美の存在である。遙子の存在は、かつて「私」からは見えなかったものをあらわす、象徴的な記号である。それに対して、性転換手術を受け、女になりたいという欲望を表明する政美は、現在の「私」の死角を示す存在であろう。

辛辣にして刺激的な発言を繰り出す政美は、いつもその倒錯的で過剰な言葉の技術で皆の笑いを誘うのだが、表面的にはうわすべりした軽い調子をみせながらも、ときに、本質的で急所をつくような言葉を織りなしている。その政美の、「私」が決して本気で受け取らないでよい調子で発話される、「たまにはあたしたちの所にも来てよ。」「ペニスのある女がいたら素敵だと思うの。好きになるんじゃないかしら。」「ねえ、一生あたしのそばにいない？」という冗談めかした求愛の文句、さりげなく肩に手を置いたり、頭を撫でたり、抱きすくめたり、といったスキンシップ、ほかの誰でもなく「私」にだけ打ち明けられる、男が好きなのではない、女として女を愛したい、という性をめぐる語りを重ね合わせてみると、小説テクストの深層にある、遥子と政美の対になった役割がみえてくる。

もちろん、ストーリーの裏に隠された物語として、政美の「私」への恋情がある、と強弁したいわけではない。小説の内に、「私」の視界には像を結ばず、語り手が特別な意味を読み取ることのない、もうひとつの愛情表現のコードが埋め込まれている、ということである。かつて「私」が遥子からのメッセージをそれとして受け取らなかった可能性があるのと同じように、物語の現在時にも、「私」からは見えずに受けとられない意味の連鎖があるのだ。

女と男の二元構造を越境し、性の規範である異性愛を踏み越える政美の在り方はしかし、小説内で高次の存在として設定されているわけではない。それはあくまでも、細部の連なりから生まれる、ストーリーの余白にある意味である。ストーリーの余白に何を読み取るのか。そのようにして読者の想像力へと働きかける細部が、この小説にはふんだんにちりばめられているといえるだろう。

最終的に、恋人としての映子は去り、春志が残る。「私」は自分の意志で恋人を選べなかった。映子も春志も、どちらも選びたい、という、特別さがせめぎあうような状態だったのである。しかも、どちらか一人選んでも、理想そのものとはなりえない、なぜなら二人をあわせたものが究極的な理想なのだ、ということに、「私」は思い当たってしまっている。

物語末尾で「私」が感じている、親指ペニスが役割を終えたという喪失感と、深い愛情や特別な関係で結ばれたという幸福からは、親指ペニスの伝える哀しみと快楽とが直に響いてくる。喪失感を含んだ一実の幸福から私たちが受け取るのは、恋愛、女、男、性といった言葉にくるまれて、あたりまえだと思っていたものが、不安定に軋むような感覚にほかならない。

この先、「私」は映子との間に特別な友情を育み、春志との間には、マニュアルやモデルのない独自の恋愛関係を築き続けるだろう。親指ペニスに導かれて「私」が行き着いたのは、性器結合という「中心的な目標」をもった欲望ではなかった。同様に、「私」という語り手によって物語のなかにつれていかれた読者は、誰もが同じようにたどれるコースやゴールを与えられたわけではない。安定した意味や規範をはぎとられ、私たちにはこの特別な小説を読んだ快楽と同時に、生のままにさらされる痛みが与えられる。

物語が終わったそのあとに、親指ペニスの快楽と哀しみは、ひとりひとりによって違っている裸の固有性に向かうよう、語りかけてくる。その切ない両義性こそ、小説の言葉がもった力そのものなのだと思う。

本書は一九九三年一一月、単行本として小社より刊行されました。
初　出……「文藝」一九九一年夏号—九三年冬号

新装版
親指《おやゆび》P《ピー》の修業《しゅぎょう》時《じ》代《だい》 上

一九九五年 九 月 四 日 初版発行
二〇〇六年 四 月二〇日 新装版初版発行
二〇一九年 八 月三〇日 新装版3刷発行

著 者 松浦《まつうら》理英子《りえこ》
発行者 小野寺優
発行所 株式会社河出書房新社
〒一五一-〇〇五一
東京都渋谷区千駄ヶ谷二-三二-二
電話〇三-三四〇四-八六一一（編集）
〇三-三四〇四-一二〇一（営業）
http://www.kawade.co.jp/

ロゴ・表紙デザイン 粟津潔
本文フォーマット 佐々木暁
印刷・製本 大日本印刷株式会社

定価はカバーに表示してあります。
落丁本・乱丁本はおとりかえいたします。

Printed in Japan ISBN978-4-309-40792-0

ベッドタイムアイズ

山田詠美　40197-X

スプーンは私をかわいがるのがとてもうまい。ただし、それは私の体を、であって、心では決して、ない。——痛切な抒情と鮮烈な文体を駆使して、選考委員各氏の激賞をうけた文藝賞受賞のベストセラー。

指の戯れ

山田詠美　40198-8

ピアニスト、リロイ。彼の指には才能がある。2年前に捨てたあの男、私の奴隷であった男のために、今、愛と快楽の奴隷になろうとするルリ子。リロイの奏でるジャズ・ミュージックにのせて描く愛と復讐の物語。

蝶々の纏足

山田詠美　40199-6

少女から女へと華麗な変身をとげる美しくも多感な蝶たちの青春。少年ではなく男を愛することで、美しい女友達の枷から逃れようとする心の道筋を詩的文体で描く。第96回芥川賞候補作品。

ジェシーの背骨

山田詠美　40200-3

恋愛のプロフェッショナル、ココが愛したリック。彼を愛しながらもその息子、ジェシーとの共同生活を通して描いた激しくも優しいトライアングル・ラブ・ストーリー。第95回芥川賞候補作品。

風葬の教室

山田詠美　40312-3

私は両耳をつかまれて、高々と持ち上げられた可哀相なうさぎ——。理不尽ないじめに苦しむ少女に兆す暗い思いを豊かな筆致で描いた表題作の他、子守歌に恐怖と孤独を覚える少女を見つめた佳篇「こぎつねこん」併載。

インストール

綿矢りさ　40758-7

女子高生と小学生が風俗チャットでひと儲け。押入れのコンピューターからふたりが覗いた〈オトナの世界〉とは!?　史上最年少芥川賞受賞作家のデビュー作&第38回文藝賞受賞作。

著訳者名の後の数字はISBNコードです。頭に「4-309-」を付け、お近くの書店にてご注文下さい。